闇属性の魔法使いだが、なぜか勇者になってしまった
～それはともかく、嫁にいい暮らしをさせるために頑張って成り上がろうと思う～
サンマグロシホタテ
Illust: 池咲ミサ
KiNG novels

オリヴィア
クリス
ディアーネ
ルーフェイ

アルテナ
トレニア
ユングフィア
ヴィヴィアン

凛々しいユングフィアの恥ずかし気な表情は、たまらなく俺を興奮させる。こんなにも可愛い彼女を避けるとは神殿の男連中は本当に見る目がないな、ちょっと力が強くて背が高いくらい魅力のうちだろうに。
脱がせて分かったが彼女は、胸だけでなく尻もデカい。しかも形もいいし、鷲掴みにした感触は俺好みだ。
「はぁ……わ、私の身体を……好きにしてください……」

闇属性の魔法使いだが、なぜか勇者になってしまった

2

～それはともかく嫁にいい暮らしをさせるために頑張って成り上がろうと思う～

サンマグロシホタテ

illust:池咲ミサ

KiNG novels

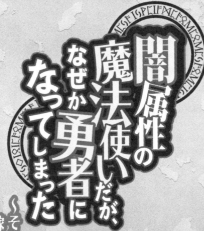

contents

第一章　波紋～勇往邁進する英雄……の陰で人々は四苦八苦していた～

波紋～帝国

文化とは、その国の歩んできた歴史や地域の環境、周囲の情勢。そしてそこに暮らす人々の気質と欲求に合わせ、最適化と取捨選択を繰り返し、洗練されていく事が文化として育《はぐく》まれるのだと俺は思う。

そして異なる文化が触れ合う事で、反発や浸透等、反応は千差万別。しかし異なるモノに触れた時、間違いなく様々な動きが起こり、多かれ少なかれ影響を受け、日々進化し続けるのだ。

……と、柄にもなく高尚っぽい事に思考を割いているのは、そうでもしてないとちょっと煩悩が溢れて、大して強度の無い俺の理性の堰が壊れそう。つまり何が言いたいのかと言うと……。

「えーい！　それそれ～～」

「きゃっ！　やったわねぇお返しよ。オリヴィア、協力してルーちゃんに攻撃よ」

「きゃふぅ。二人がかりなんて卑怯です姉様ぁ」

「うふふ。あ、こらルーフェイ走ったら危ないわ」

まったくクレイターの文化は最高だ。水が豊富な場所なら水遊びは一般的だが、それ《水遊び》専用の衣装とは恐れ入った。やっぱり文化の発展には異なる価値観を取り入れ、そして人々の望《欲望》みに適応した形に変化していくんだな。

俺は早速影響を受けてるぞ。今現在水辺で戯れてる嫁たちが着てる『すくみず』なる衣装は最高だ。この素晴らしき文化を全力で応援するために、一瞬クレイターへの移住を検討してしまったのは内緒だ。

かつてクレイター諸島を統一へと導いた、猫人族の英雄が考案したとされる、この『すくみず』。水を弾き、伸縮性に優れた素材で作っており、上下が繋がった紺色の下着のようなデザイン。

一説に彼は神の加護を受け、この世界にない知識を有していたと文献に記されていたが、真偽は定かではない。だが彼がクレイターに齎《もたら》した大きな変化を鑑《かんが》みて、独創性溢れる人間だった事には誰もが異論を挟むまい。

そんな事より統一を果たした英雄たる彼が、特に情熱的に普及に努めたと伝わる『すくみず』は、何度でも言うが最高だな。

多分ルーフェイの親御さんに挨拶に行く機会があるだろうから、その時は彼の墓に必ず花を捧げようと思う。そして祈ろう貴方が世界に齎してくれた『すくみず』は最高だと。遠き天の国で猫人族の妻に今でも『すくみず』を着せているであろう英雄に感謝を届けたい。

そこでふと気付いた。仮にクレイターを訪ねるとして、たった一週間程度の道中で、どうやってルーフェイと結婚するまでに仲を深めたのか、説明しないといけないのかな？　王様の命令で結婚なんて言ったら、仕方なく娶《めと》ったとか思われるかもしれないし……うーん。

先ず出会いは護衛任務だ。王女であるルーフェイは、このマーニュ王国に国交を結ぶための使者団の代表として、唯一海に面した領地である、ラーロン地方のカロリングの街にやって来た。

領主であるカール王子との交渉は無事に纏まり、帰路の護衛として二千人の傭兵団と、勇者の俺も誘われ同行する事になった。話し相手になるだろうと連れてきた二人の妻、オリヴィアとディアーネともすぐに仲良くなり、海岸へ向かう旅は順調に、そして楽しく進んだ。

だが、順調だったのは道半分まで。途中何故か魔王種と呼ばれる巨大な女王蟻『鋼蟻帝パラポネス』と遭遇したのだ。

そして撃退したら。なんか急速に外堀埋められてルーフェイとの結婚をクレイターの国王様に認められ、その場で俺の三番目の嫁さんになった。随分と経過を端折った気がするが、俺の主観だとそんな感じなんだよな。

いやルーフェイは明るくて可愛い子だし、無邪気に懐かれ俺もすっかり絆されてたので、彼女を受け入れ。父親であるクレイター国王の前で夫婦の誓いを交わしたのだ。

そして別れ際にルーフェイが王様から貰った小さなカバンは、【収納空間《アイテムボックス》】の効果を封じた魔法道具らしく、着替えやら小物が色々入ってた。

俺も使える【収納空間《アイテムボックス》】の魔法。この国で同じものを作ろうとすると、どうしても女子供じゃ一人で持てない重量になり。使用者にも魔術の素養を求めるようになってしまう。

それが小柄なルーフェイの肩に引っ掛け、持ち運べるほど軽量かつ小型化できるのだから、クレイターの技術は大したものだ。しかもデザインも凝っていて、鞄単品でもお洒落で高級感のある逸品だ。

その鞄の中身を見せて貰ったんだが、大量の服や下着は分かるが、何故かルーフェイ用の『すくみず』だけでも十数点。ちょっと彼女が着るにはサイズの大きい水着まで入っていた。なんでも背が伸びても困らないように、って書かれた手紙が入ってたが気が早すぎるだろ。

仲縮性のある素材だし、丁度水辺で休憩するので嫁たち三人で試しに着てみることになった。っていうか俺が見たいと言ったら、皆がその気になってくれたのだ。

そして馬車の中で『すくみず』に着替えた三人の姿を見た瞬間。俺は急いでいつも以上に念入りに、もはや俺たち以外の存在を一切遮断する勢いで結界を構築してしまった。ここが屋外でなく俺の屋敷の寝室だったら、とっくに三人は俺に押し倒されてただろう。

だが仕方ない、俺の嫁たちが可愛すぎるのが悪いのだ。一人だけでも犯罪的なまでに可愛いというのに、それをタイプの違う三人の美少女が、『すくみず』を纏って恥ずかしそうに「どうですか？」とか聞かれたときは、煩悩を抑えるのに必死で気の利いた言葉が出なかったのが悔やまれる。

持ち主のルーフェイは、国元では箱入りのお姫様で、自由に水遊びなんて殆ど経験が無かったので、大はしゃぎだ。しっぽを振りながら水のかけ合いをしてる姿は実に愛らしい。

そしてオリヴィアとディアーネ。元々小柄な人狼族用の水着はサイズが小さいので、伸縮性の高い『すくみず』がぴったりと身体に食い込み、少し窮屈そうだ、だがソレが二人の大きなおっぱいと細い腰を強調してくれる。

それだけではなく、二人が着てる『すくみず』は人狼族が着るのを想定したモノ。つまり、その……尾てい骨の辺りに穴が当然開いてる、と言うか、チラチラお尻の割れ目が見えるのが余計に興奮させてくれる。

恥ずかしそうに手で隠すオリヴィアが可愛すぎる。流し目でさりげなく魅せつけてくるディアーネはいつもよりエロい。

おまけにおっぱいが大きいせいか、固定するための紐の丈が足りなくて今にも解けそうだ。あぁ、今すぐにもあのブルンブルンと震えるおっぱいを押さえてあげなくては。

「クリス様ぁ、早くこっちで遊びましょう。冷たくて気持ちいいですよ」

俺が戻ったのに真っ先に気が付いたルーフェイが、手を振って誘ってくる。うむ、楽しく遊んでるのに問答無用でエッチするのは無粋ってもんだな、煩悩を必死に抑え俺も川に入る。ちなみに男物の水着は無いので、濡れても大丈夫なズボンを穿いて上半身裸である。

水をかけ合ったり、足が着くくらいの所で泳いだりと楽しいひと時を過ごす。

遊んでる内に気が付いたのだが、ルーフェイは運動能力が高いので、あっさり泳げるようになり。ディアーネは体型維持の為、普段から運動してるので問題なく泳げる。ただオリヴィア……彼女は運動が苦手であった。

「だ、旦那様！　離さないでくださいますね？」

「大丈夫だって、オリヴィアが嫌がる事はしないから、な？　ほら水に顔をつけて、上げて息継ぎして……」

必死な顔で泳ぎの練習をしてるのだが。俺の手を握り、バシャバシャと水を蹴る姿はなんというか微笑ましい。なんか小さい子の面倒見てる気分だ。

付きっ切りで泳ぎの練習に付き合ってる間、ディアーネとルーフェイは、ほど近い場所で釣り糸を垂らしている。ただ全く釣れる気配が無い。

あ、そう言えば生き物全般が全く立ち入れない結界張ったんだから、釣れるわけないか。一旦結界解除して魚だけは入れるようにしとこう。ついでに二人が釣りをしてる周囲に集めてやれ。

「だ～ん～な～さ～ま～！　よそ見しないでくださぁぁい。溺れますよ。旦那様に見捨てられたらわたくし溺れちゃいますよ」

「見捨てないから、何があっても俺はオリヴィアを大事にするから」

ちょっと涙目になってるオリヴィアに、悪戯しようと考えたが止めておこう。拗ねてしまったら機嫌を直すまで、指一本触れさせてくれないかもしれん。それは困る、この『すくみず』姿のエッチなオリヴィアを見て我慢なんて出来るわけが無い。

立ち泳ぎしながら手を繋いでいる今、水に浮かんでバシャバシャしてるオリヴィアの、しっぽ用の穴が気になって仕方ない……ふむ。ディアーネたちは魚が釣れたようではしゃいでる。

つまり物陰に引っ張り込んでもバレない、バレないだろう。別にバレてもオリヴィアの後で可愛がればいいや。勿論バレなくても後でたっぷり可愛がるのは確定だが。

「ところでオリヴィア、こうして二人で川に入ってると、初めての時を思い出すな」

「え？　そうですわね、あの時の旦那さまったら……あら？　旦那様？」

俺の意図を察したのだろう、顔が赤くなっていくのが分かる。俺はちょっとした中州《なかす》になってる場所までオリヴィアを連れ込む。この中州《なかす》は草むらになってて隠れられるのが良い。

勿論草でオリヴィアの珠の肌が傷つかないように、【収納空間《アイテムボックス》】からシートを取り出し地面に敷き、キスしながら優しく押し倒す。

少し小さめの『すくみず』は、濡れた分肌に張り付き、ちょっとだけ張った乳首が分かる。

思わず息を飲む。閨《ねや》ではエッチな下着とかで誘ってくれる事が多いけど、俺の好みとしてはこっちの方がエロいかも知れない。

「あぅ……旦那様そんなに見られたら……恥ずかしい……」

顔を赤くして目を背けるオリヴィア。無意識なのだろうが胸と性器を細腕で隠そうとするんだが、その恥じらいは逆効果だぞ、これ以上俺を興奮させてどうするんだ？

もう辛抱できず、オリヴィアの両脚を広げ、片脚を小脇に抱える。『すくみず』を僅かにずらし、既に湿り気を帯びていたオリヴィアの膣に挿入する。

「んはぁぁ！　あっあっ、い、いきなりですか？」

ちょっと驚いた様子だが、何度も俺のチンポを受け入れたオマンコは、キツく、それでいて柔らかく俺を包み込んでくれる。

「もう濡れてたし、いいだろ？　そんなエロい格好のオリヴィアを見て、我慢できるわけがないよ」

「あぁん……もう、仕方のない旦那様」

苦笑するオリヴィアだが、俺がスケベなのはどうしようもないので、首に手を回し抱きしめて、甘えるように身体をすり寄せてくれる。

「でも……そんなエッチな旦那様に求められると嬉しいですから……いつでも、わたくしを好きになさってください」

「オリヴィア……愛してるぞ。そんな興奮するセリフ言われたら我慢なんて出来ないからな！」

あぁもう可愛い！　こんな事言われたらますますチンポが昂っちまう。細い腰に腕を回して引き寄せると同時に腰を突き出し膣奥を叩く。

「はぁぁぁ！　ンンンッ！　こ、こんなに奥までっ！　奥まで届いてるのぉ！　あっはぁぁぁぁん！」

俺の精液を搾り取ろうと、締め付けてくるオマンコの感触を堪能しながら、腰を激しく前後に揺する。片脚を抱えてる状態のせいか、しっぽ穴の隙間から見えるお尻が震えてるのが見える。

じっくり見ようと体勢を変えると挿入の角度も変わり、オリヴィアの嬌声が大きくなる。

「あ、当たってるぅ、あんっそこ、そこが気持ちいいのぉ！」

おっと、図らずも新しい感じるポイント発見。そこを重点的に攻めると、オリヴィアの身体が震え、オマンコから零れる愛液が増える。

このままイカせても良いけど、出来ればもっとオリヴィアを乱れさせたい。腰の動きは止めずに首筋にキス。それと同時に一突きごとに揺れるおっぱいを鷲掴みにする。

『すくみず』で締め付けられてるので、いつもより弾性の強いおっぱい、その突起をつまみ、転がすように指で刺激する。

「ひぃあぁぁ！　あっあっあぁぁぁぁん！　そ、そんなにされたら。イク、もうイッちゃいますぅぅぅ」

ふふっ、オリヴィアは乳首が弱いからな。オマンコとおっぱいを同時に攻めらると、背筋を震わせ、膣壁がキュウウッと締まる。

「あぁ、イっていいぞ、俺も、俺も一緒にオリヴィアの膣内《ナカ》に出すぞ！」

「はぁぁあん！　来て、旦那様の精液をください！　あぁぁん！　旦那様の子供孕ませてぇぇぇぇ！」

オリヴィアの全てが愛おしい。俺の手で乱れる愛妻の姿に堪らなくなり、唇を重ね。同時にオマンコの一番奥で欲望を吐き出す。可愛いオリヴィアを孕ませるために。愛するオリヴィアを俺だけのものだと刻み付けるかのように。

「はぁん……旦那様、キス。もっとキスして……んむっ」

「オリヴィア……んっ。ごめん今朝あんなにエッチしたのに、まだまだ鎮まらない」

「はっんんっ……わたくしも……もっと旦那様に気持ち良くしてもらいたいです」

愉悦の表情で俺に手足を絡めるオリヴィアの期待に応えるべく、彼女の小ぶりなお尻を掴みさらに激しく挿入し……。

「クリス様、私たちも混ぜてくださいな」

「わふぅ、姿が見えないから心配したんですよ」

いつの間にかこの中州まで泳いできたディアーネとルーフェイに、背後から抱きつかれた。当然『すくみず』姿の二人を抱かない選択肢が、俺の中にあるわけが無く。爽やかな青空の下、川のせせらぎの音に紛れ、三人を存分に愛し嬌声を響かせた。

◆　◆　◆

急げ！　急げ急げ急げっ！　早く拠点に戻り報告しなくてはっ！　クレイター諸島連合王国の使者団の動向を監視する任務の最中、このような事になるとは予想外にも程がある！

「おい、ラディ落ち着け、このペースじゃ馬が潰れるぞ」

「くっ！　しかしシグマよ、急いで報告しなくては……冗談抜きに手遅れになるかもしれんのだぞ！」

俺たちの駆っている馬は、優秀な個体を何世代も交配させ続け、特に選び抜かれた駿馬《しゅんめ》だ。身体は大きくそれに見合う体力もあるが、流石に限界が近い。

俺は帝国の名家に生まれ、国政を司る官僚となるべく幼い頃から英才教育を受けていた。その期待に応えるべく骨身を惜しまずに働き、より役に立てるよう努めていた。

随行するシグマは若干二十歳、しかも平民の出でありながら、皇帝陛下の親衛隊に選ばれるほどの騎士だ。尋常ではない努力を重ねてきたのは経歴から見ても明らか、俺は彼を素直に尊敬し信頼している。

領土の拡張を続ける帝国において。官僚として目の回るほど忙しい日々を過ごしていたが、幼い頃から叩き込まれた擲身報国《てきしんほうこく》の家訓に従い、大過なく務めを果たしていた。

しかしある日。ちょっとした気遣いが裏目に出て、ある高貴な方の不興を買ってしまったのだ。そのため中央から追い出され、こうしてマーニュ王国に潜り込み、諜報員の真似事をさせられている。

汚れ仕事ではあるが、この任務が陛下のお役に立つならば是非も無し。このラディは帝国の為に務めを果たすのみ。

そう、急がなくては！　先程目撃したあり得ない情報を、一刻も早く報告しなくては、取り返しのつかない事態になってしまう。

「ラディ、無理して馬を潰したらこの先は徒歩だぞ？　余計に時間がかかるのは自明だ。逸《はや》るのは分かるが冷静になれ」

シグマの指摘を受け、馬を休ませるために一旦休憩をする事にした。しかし、ただ休むのでは逆に落ち着かない。こういう時は先程この目で見た想像を絶する事態を何とか飲み込み、理解するべく状況を整理するのだ。

「先ず確認させてくれ、パラポネスが滅んだのは間違いないか？　気絶したとか眠らされただけの可能性は？」

「それは無い、間違いなくあの黒い靄《もや》に包まれた瞬間、魔王種パラポネスは即死した。根拠としてはまず第一に、護衛団が去った後、生き残りの鎧蟻が意味もなくウロウロしていたな？　あれは女王蟻を失って司令官が存在しない時だけの行動だ」

馬に水と専用の栄養剤を与えながらシグマは断言する。その言葉に俺は頷くしかない。帝国の騎士は鎧蟻の魔王種、パラポネスについてかなり詳しく。眷属である鎧蟻の生態も詳細まで学んでいる。

「第二は、あの場所に放置されていた大量の鎧蟻の死骸は、パラポネスが直接生み出した個体で間違いない。普通の巣で生まれた個体とは似てるようで全く違っていて、魔王種の影響なのか外殻の分厚さが違うんだ」

俺は知らなかった事だが長年の研究によると、魔王種パラポネスが直接生み出した個体は、外殻は強靭で力も強い。しかしその反面、食事をする機能を有しておらず、また女王蟻であるパラポネスから遠く離れる事が出来ず、数日しか生きられないらしい。

勿論、流石の魔王種でも無尽蔵ではなく相当消耗するので、弱い獲物を狩るのに兵隊蟻を生み出す事はあり得ない。身を削って使い捨てる兵隊蟻だ、相応の強敵だと魔王種が判断した相手なのだろう。

あの場所でパラポネスは兵隊を生み出していた、つまり強敵と戦闘を行った事の証明となる。

そしてあの小山と見紛《みまが》う巨体が忽然と姿を消すなど、打倒された以外考えられない。瞬間移動で移動させようにも、あの魔王種の外殻は加工しなくても魔法を無効化するのだ。唯一精神に働きかける闇魔法だけは効果があるが、使い手は希少だし、感情の無い昆虫型の魔物相手だと、幻覚で誤魔化して逃げるのが精々だ。

この国に連れてきた時のように、配下の蟻を支配して無理やり移動させたとしても、見失うなどあり得ない、繰り返すが魔王種パラポネスの巨体は小山ほどもあるのだから。

「狼の魔王種を倒した勇者の話は、あの街にいれば自然と耳に入るが。可能性があるとしたら奴が護衛団に紛れていたという事か。集めた情報によると確か【収納空間《アイテムボックス》】を使えたはずだし、勇者以外に魔王種をどうにかできる人間がいると考えるよりは、勇者が倒したと考えた方が自然だ」

「誰が倒したかは、どうせすぐに宣伝されるだろう、今は気にしなくていい。重要なのはこの作戦、既にあらゆる点で裏目に出てしまっている。損切りするのが遅れれば遅れただけ帝国はダメージを受けてしまう」

マーニュ王国に潜んだ諜報員たちは、秘密裏にクレイター諸島連合王国と交渉を進めていると知り、既に報告している。そして帝国が下した命は俺たちの予想を遥かに超えていた。即ち魔王種の配下を支配してこの国まで運び込んでくることだ。

帝国としては魔王種の討伐は叶わずとも、領地から追い出すだけでも成果はある。そしてマーニュ王国の唯一海に面した地の近くに押し付ければ、それだけで国交は不可能だ。

そして帝国はこれまで通りにクレイター諸島連合王国に対し、独占的に食料を売りつけ。高性能な魔法道具を独り占めできる。

本来、この常人の想像を遥かに超えた壮大な作戦は、リーテンブ帝国以外の諸国の動きを縛る一手であったはずだ。少なくとも実行してしまえば崩す手段など無い。そう思っていた。

「流石にパラポネスと言うべきか……慣れない気候のこの地に運ばれてから、たったの数日で周囲の大型の魔物はほぼ食い尽くしている。今やこの森は弱い小型の魔物しかいない、安全な土地となってしまっている」

「分かってる、こうして二人だけで休んでるのに、一切魔物が現れない、気配すらない。たまに見かけても逃げるようなのしかいない」

全てが裏目、魔王種が討たれたことで俺たちも方針を改めざるを得ない。くそっ、これから拠点に戻って、陛下に報告し指示を仰がなくては。遠距離通話の魔法道具は纏め役しか持ってないのがもどかしい。

「仮に……勇者が魔王種を倒したとして、本国はどうするのかねぇ？　確か皇族として遇するんだっけ？」

「ああ、情報の拡散は止められないが、急げば対策はできる、しなくてはいけない」

勇者とは神の代理人、法の女神を信仰する者は帝国民の一割ほど。奴が皇族となれば、国民の一割が他国人を次期皇帝候補として支持すると予想される。信仰とはそういうものだ、ああ嫌だ、考えたくもない。

皇族として遇するとはつまり、皇帝の血を引く女子を嫁がせ、順位が低いとはいえ皇位継承権を与える事だ。当然国民の一割が支持する人間は無視できない勢力となる、帝国の事を何も知らない他国人がだ。

これは他国人だからと言う理由で取りやめる事は出来ない。何故ならばこれは、軍神を奉じる大神殿で多くの神官たちが祈り、願った奇跡の代償として、絶対に履行しなくてはならない誓いなのだから。

予め定めた『武勲』を成し遂げた者に対し、『富と名誉』を与えると軍神に誓いを立てる。その効果は『武勲』を立てるべく戦う気概を持つ、全ての者に対しファールス様の権能の一端を貸し与えられるという、一世一代の大奇跡。軍神固有の神聖魔法【英雄大戦《デミ・ゴッド・ウォー》】。

陛下が即位した当時の大神官が、その寿命を削って断行したと伝えられている。その『武勲』とは魔王種の打倒、魔王に挑む気概を持つ全ての者に加護を与え、成し得た者に『富と名誉』を、即ち皇族として遇する事。

神に誓った奇跡を前に『富と名誉』を与えないなど、宣誓の破棄が出来るはずもない。法の女神の代理人である勇者が、軍神の加護を得て魔王種を打倒など、皮肉にも程がある。しかし宣誓の不履行など自殺も同然だ、軍神の怒りを買うなど考えたくもない。

「もう休憩は十分だろう。急ごう、進んでないと気が逸って休めない」

「分かった、ただし馬に鞭は入れるなよ、俺が休めと言ったら休むんだぞ」

シグマとしては馬が潰れるほど急ぐのは反対なのだろう。先程馬に飲ませた栄養剤も本来であれば与えたくなかったに違いない。短期間で体力が回復するが、使用が過ぎると馬の寿命を削る毒ともなる魔法薬なのだから。

しかし、今は時間が黄金より貴重なのだ。拠点に到着するまで馬が潰れない程度に急ぎ、俺たちはカロリングの街にある拠点を目指す。

波紋～国王

元々は法の女神トライアが降臨した、と伝説に語られる小さな祠の周囲に信徒たちが集まり、紆余曲折を経て大神殿となり更に人が集まった。今ではラーロン地方最大の都市に成長し、この地を治める領主の姓を戴く都市カロリング。

そして現在天才と名高いカール王子が領主となった事で、凄まじい速度で発展し続けるこの街に俺たちは帰ってきた。一週間と少しの期間留守にした程度で、帰ってきたと思えるのだから、どうやら自分で思ってる以上にこの街を気に入っていたようだ。

帰り道は他に人がいないので、休憩するたびにイチャイチャ。時にはエッチ。特に途中川で遊んだとき『すくみず』に興奮しすぎたせいで大分遅れたので、途中さらに馬車の中で一泊した。

馬車のベッドは流石に四人で寝るには少々手狭なので当然密着。エッチしない選択肢は無いので、全員裸なのだが。無邪気に懐くルーフェイに抱きつかれ、頬を舐められるオリヴィアとディアーネの恥ずかしがる姿は、鼻血が出るかと思った。

美少女同士の裸の触れ合いに興奮して、つい張り切って気が付いたら外が明るかったのは反省してる。

気分は高揚していても寝不足に変わりはないので、次の日ものんびりと進む。街に到着したのが丁度良い時間帯だったので良かった、暗くなると屋敷で働いてるオバちゃん達は帰ってしまうからな。

新たに俺の妻となったルーフェイも一緒に住むのだから、紹介しないといけない。急いで屋敷に向かおうとしたところで、オリヴィアに止められた。

「お待ちくださいませ旦那様、魔王種を討ち取った件と、ルーフェイと婚姻を結んだ件は出来るだけ早くに、カール様とトラバント様に会ってお伝えするべきです」

「クリス様、このような重要な話は後回しにすると面倒な事になりますわ。私たちは馬車の中で待っておりますので、まず辺境伯の屋敷に向かうべきかと」

嫁二人に言われ、尤《もっと》もだと思い辺境伯の屋敷に向かうが、途中で彼が王都に行っているのを思い出した。期間的にどう考えても不在だろう、どれくらい王都に滞在するのかも分からないので、今日会うのは諦めるしかない。

それならばと大神殿を訪ねてみたら、お祭りの準備で誰も彼も忙しそうにしており、声を掛けにくい。一応勇者の俺は、顔パスでトラバントさんに会いに行けるだろうけど、予め都合を聞いといた方が良いな。

「うーん、伝言で済ませるような話じゃないし、かと言って忙しい最中に無理やり会いに行くのも非常識だろう。ここは手紙を送っておいて、会うことができたら詳しく話せばいいか」

早速鳥型使い魔を召喚する、通常この手の使い魔は、空飛ぶ魔物に襲われたりする可能性があるので、余程緊急でない限りは、重要な手紙には使わないのが普通だ。

しかし俺の潤沢な魔力を注いだ使い魔は、強力かつ飛ぶ速度が速い上に、魔物には認識されない術が施してあり安全だ。早速オリヴィアの監修の元でカール王子に送る手紙を書き、使い魔に持たせる。ついでだ、二個ある魔核も一緒に送ってやれ。俺が持ってても持て余すからな。

どこからともなく王都でも持て余すよ！　会議場が混沌の坩堝《るつぼ》だよ！　とか空耳が聞こえたが、気にせず屋敷に帰った。トラバントさん宛の手紙を書いたら、長旅の疲れを癒すべくオリヴィア、ディアーネとイチャイチャし、ルーフェイを存分に可愛がるのだ。

◆　◆　◆

余の名はカロルス・マーニュ、このマーニュ王国を治める王である。国王陛下などと持て囃されても、王の仕事など華やかなのはごく一部。大半は地味な書類仕事に、自分勝手な事ばかり抜かす連中の陳情を聞いてやったり、悪口雑言がまだマシと思える程の、ネチネチとした嫌味が飛び交う会議をしたりと。ストレスが溜まる事この上ない。

「ふぅ……全く余計な仕事を増やす輩どものせいで、もう夜ではないか」

いつもより公務の終わる時間が長引いてしまったが、愛用のカップに満ちたホットワインの仄かな甘みが疲れを溶かしてくれるようだ、そして鼻腔をくすぐる香りを楽しむ。そして甘い菓子を口に運び、繊細な甘味を味わいながら咀嚼、そして口内に余韻を残しつつワインを一口飲む。

ふむ、レモンの風味が少々強かったかの？　ここは少々砂糖を入れて……いやラム酒をひと匙、贈り物《ブレンド》次第で様々な一面を見せてくれる酒は、正しく我儘で気まぐれな美姫のようであるな。

まったく、余の心に安寧を齎《もたら》してくれるのは酒と甘味だけ、正しく終生余の寵愛を受ける恋人と言えよう。だが最近は我が寵姫との語らいを邪魔する無粋者が多くて困る、余の心を救ってくれる寵姫を特に妬み引き離そうと目論むのは、典医とか言う役職の奸臣である、何時かはどうにかせねばなるまい。

具体的には書類を片付け、公務が終わり良い気分で飲んでるところを邪魔する奸臣。余の主治医にして宮廷魔術師マラジ・モンドバンがいきなり余の執務室に入ってきて、余の美姫《ワイン》達を魔法で氷漬けにしてしまったのだ、なんたる不敬か！　この無礼者め、ただ一日一杯の約束を忘れてひと瓶飲み干しただけではないか。

睨みつけ、怒鳴って黙らせようと思ったが、マラジの奴から放たれる怒気と攻撃的な魔力にちょっと冷静になる。それ以前にほんとに寒い！　マラジから発する冷気が余の執務室を満たしている。ま……まぁ王たる余は、臣の苦言を聞き届ける度量を持っておる故に不問にいたそう。余が寛大で良かったな、決して怖いからではないので勘違いするなよ。

「……だからもう若くないんですから、酒と甘味は程々にって言ったじゃないですか！　なんですかその転がってる酒瓶は！」

「喧《やかま》しいわ、余のストレス解消法を邪魔するでない。余に禁酒・禁甘味をさせたくば国内の厄介事を少なくとも半分にしてみせよ」

サイン一つで国民の人生変えかねない重圧が貴様に分かるものか！　玉体たる余は常に心身を健

康に保たねばならぬ、よって心の安寧を齎《もたら》す酒を飲むのは国益に……怖いから睨むなマラジ、寒いから冷気を抑えよ。

「ストレス解消なら運動してください！　飲むなとは言いませんが控えてください陛下！」

えぇい煩《うるさ》い、仕事が多いんだから仕方ないであろう。余は悪くない、役に立たん倅が悪いのだ。奴が王太子として公務の役に立てば、余がここまでストレスを溜める生活しておらんわ。

オルランドは幼少の頃は利発で、国を率いる勇敢な男になると期待しておったものが、十八にもなって十四の小娘に入れ込みとても公務を任せられん。小娘を排除できれば良いのだが愛の女神から賜ったとか言う能力で、男共を誑《たぶら》かし下手《へた》に排除しようとすれば反乱が起こりかねんのだ。

精神干渉の類は無効化する装備を持たせていた筈なのだが、目を離した隙に失くしてしまったとか……失くしたで済むかアホンダラ！　アレがどれだけ高価か分かってるのか？　ああ、こんなことなら世継ぎ争いを避ける為、なんて余計なことを考えないでカールを残しておけば良かった。

後悔しても仕方ないか、側室の産んだ長男と正室の産んだ次男。カールが産まれてから王宮に漂う不穏な空気は決して勘違いの類ではなく、早い時期に王太子を定めねば大きな禍根が残ることは、歴史を紐解いても明らかである。

母親の身分は正室の息子であるカールが上ではあるが、オルランドの生母の実家もそれなり以上の名家で影響力は大きい。余は長子継続の慣習に則りオルランドを王太子とし、カールを婿入りさせ臣籍へと降ろした。

幼い頃から厳しい教育を施したオルランドが馬鹿で使い物にならなくて。辺境に婿入りさせたカールは史上有数の天才と褒め称えられている。

王都を時代遅れの田舎にしてやる。などと公言しており、眉を顰《ひそ》める家臣もいるが、余は若者らしい健全な野心だと思っている。

事実凄まじい勢いでカールの領地は発展を遂げており、触発されて更に王都を発展させるべく献策をする者。カールのやり方を真似て、己の領地を豊かにしようとする者など良い影響が多い。ええい八歳の息子をさっさと臣籍に降ろすなどと決めたバカは誰じゃ！　余であるわド畜生が！

今更泣き言を言って、後悔してもどうしようもない。世の無常を噛み締めつつ、いつもの癖でホットワインで満たした水差しに手を伸ばす……が、凍りついていて水差しから出てこない。

「だから飲みすぎですって、お酒とお菓子は没収です。良いですか明日から食事のリクエストは受け付けません、陛下の嫌いな野菜であっても、無理やり食べていただきますからね」

くっこの奸臣めが、王に向かって好き嫌いをする童の如き扱いとは何たる無礼か、誰だこんな者を召抱え傍に置いた愚か者は……余であった！

「分かったわい、まったく明日から余は機嫌が悪いから覚悟いたせ」

「ストレス解消に運動が嫌なら娼婦でも呼びますか？　陛下が毎晩空にするワインの代金に比べたら安上がりですよ」

ワインは余の個人的な資産で買ってる物だから、お前に口出しされる謂れはないわい。ったく嗜好品の予算に制限をかけた宰相め、酒くらいでケチケチしおって、あんな守銭奴を宰相に据えた愚か者は誰だ……余である。

「余の場合、女を抱くにも事前の身辺調査がなければ、指一つ触れられんわ、余の胤《たね》が市井《しせい》に混じったらどうなるか考えてみよ」

「はて？　娼婦の子供が父親を知らないなどありふれた話でしょう。貴種の落胤を自称する程度の自由はあるかと、自称した結果どのような未来を辿るかは分かりかねますが」

それなら後宮の女を抱けと言われるかもしれんが……正直若い頃はともかく、今はあまり顔を出したくない。なんというか空気がどんよりしてると言うか、ギスギスして居心地が悪いのだ。子供を産むには厳しい年齢の側妃が殆どであるしな。

若い娘を後宮に入れるのも選択肢としては有りだが、一度やったら、泣きながら実家に帰らせてほしいと哀願される。それくらい後宮の人間関係は……努めて柔らかく言えば魔窟である。

メイティア伯爵に命じれば身辺調査済みで、安全な女を用意できるかもしれんが、一回や二回ならともかく、ストレス解消のたびに呼びつけては、誰に悪心が芽生えるか分かったものではない。

具体的には娼婦の子に王子を自称などされたりしたら非常に困る。万が一馬鹿《オルランド》を廃嫡しようなどと、考える大馬鹿が現れるかも知れないからだ。

そういった可能性があるだけで面倒事の種だというのを、マラジはあり得ない事と考えているようだ。まぁ医者に政《まつりごと》の面倒さが理解できるとは思わんが、お前も一応だが貴族家の当主であろうが。

初代から連綿と続く典医の家系モンドバン伯爵家は、魔法薬の研究と流通を司る一族で、魔法使いとしても名の知れた一族だ。

医者が政治に関わると碌なことにならん場合が多いので、基本的に医術と魔術の研究を優先し、社交にはあまり関わらない一族だ。とはいえ宮廷魔術師は軍に関わることが多いので、まるで付き合いが無いわけではない。

こやつの家の事はともかく、酒がダメなら茶を用意させると、なぜかバカみたいに苦い薬草茶を出してきた。お前余が苦いのが嫌いなの知ってるだろう、なぜ飲ませようとする？　肝臓によく効く魔法薬を混ぜた？　だったら味くらい何とかせよ。嫌がらせか？　嫌がらせなんだなこの奸臣め、後で覚えてろ。

苦い薬草茶に顔を顰め、ちびちび飲みながら、目の前のマラジに気が付かれないような仕返し方法を考えていると、ドアをノックする音が聞こえた。

むっ？　公務の時間が終わったというのに、また面倒事か？　酒が入った時に書類は読みたくないのだが。仕方ないので入室を許可してやると、カールが滞在していた屋敷の執事長がやってきた。

「失礼いたします陛下、実はカロリング卿の屋敷に、この書状と小包が鳥型使い魔により届いたのですが。カロリング卿はすでに領地に戻られており、放置する訳にもいかず、陛下の判断を仰ぎたく存じます」

ふむ、鳥型の使い魔に運ばせたと言う事は緊急の連絡であろうか？　鳥型使い魔は意外と融通が利かず、屋敷に家人が不在であれば、書状を持って帰ってしまう。しかし逆に人がいればそのまま渡して去ってしまうのだ。

これが辺境伯家の家臣であれば、なんとかしてカールを追って書状を届けたであろう。しかしカールが王都で滞在する屋敷は余が手配した使用人、要するに王家が召抱えた者だけしかおらぬ。カールの家臣は一緒にラーロン地方に向かっておる最中であろう。

緊急の案件であれば急ぎ伝えねばならぬ、王家が所有するゴーレム馬車であれば今晩中に追いつくのも不可能ではない。その前に一応内容に目を通しておくか、酔い醒ましに薬草茶を啜り手紙を読む。むぅ！　なんと勇者殿からの書状ではないか、これは場合によっては余が手助けを……、

――ぶふぉぉぉぉぉ!!

「へ、陛下如何なされましたか！」

「ゲホッゲホッゲホッ！　おい小包！　今すぐ小包を開けよ」

中身は……書状の内容通りであった。つい先日見たものと同等のモノ。凄まじい魔力を秘めた魔王種の魔核が、簡易に包装だけされ小包から転げ出てきた。しかも二つ。

マラジは小包の中身のあまりの規格外さに言葉もない。執事長は高価な魔核なのは理解しても、どれだけの価値があるのかは知らないのだろう。

「なっ！　なぜこんなモノが無造作に小包で届けられるのですか！　一つで城が建つほどの価値があるのですよ、使い方次第ではそれ以上だ！」

「お前も手紙を読め……余は少し考えをまとめる」

マラジに手紙を渡し、頭をスッキリさせる為にもう一度薬草茶を飲む。食い入るように手紙を読むマラジの顔が段々青くなってるが、まぁ気にすることはないか。執事長には魔核は余が預かるので、他言無用を言い渡し退室させる。

さて、如何したものか？　合計三つ手に入った魔王種の魔核の扱いは……勇者殿の功績として

王家に献上という形で受け取った魔核だが、一つだけでも反響が凄まじかった。ある者は兵器として運用するべきと主張し、ある者は国を豊かにする為に利用すべきと断じ、またある者は己の浪曼を会議場で語りだしたので叩き出された。城より巨大な動く鎧って何に使うのだ何に。

しかも兵器として利用しようとする連中でも意見が分かれ、騎士団長と筆頭宮廷魔術師の取っ組み合いにまで発展したのだ。魔術師筆頭はマラジの父親で、モンドバン家の前当主なのだが、なぜ老境の魔法使いが若い騎士団長と肉弾戦で渡り合えるのかは知らん。

国を豊かにしようとする一派でも、食料、流通、防犯、医療、その他諸々に利用すべきと主張が入り乱れ、とても意見が纏まらない。一つでこれなのだ、三つも有ることがバレたら……頭痛くなってきた。余が秘蔵しては駄目か？　駄目だろうな。

他にも考えることは多い、その内の一つは『鋼蟻帝パラポネス』がなぜ我が国にやってきたのか？女王蟻という性質上、かの魔王種は巣から動かず、膨大な数の配下に餌を集めさせ、卵を産む。ただそれだけの魔王の筈だ。

なるほど三百年も一箇所を動かなければ、餌を集めるにも限度があるのは道理である。しかし地理的に遠い我が国よりも、帝国内には豊かな穀倉地帯があるのだ、そちらを目指すのが普通ではないか？　そもそも野生の生物が、まして単純な思考の昆虫型魔物が慣れない気候の土地に移る可能性はかなり低いだろう。

情報が足りない、この手紙の内容だけで判断は危険か。とりあえず開拓の名目で送る兵力は上乗せしておこう。ヘタをすれば帝国には『魔王種を縄張りから追い出す』手段があるのかも知れないのだ、リーテンブ帝国への備えはもう一段警戒度を高める必要がある。

　次はクレイター諸島連合王国か、交易に関しては反対する者はおるまい、便利な魔法道具が直接輸入ができるのは助かるからな。魔王の魔核を一つ譲ったのが気になるが、姫を差し出してきた以上、歩み寄る姿勢を見せているし、魔核の対価を支払うとも王自らが言っておる。一応こちらから人を送っておくが、基本はカールに任せるとしよう。

　勇者殿に姫を嫁がせたのは、恐らくは帝国への備えか。無いとは思うが勇者殿が、万が一にもクレイターに抱き込まれては大損害である。手を打たねばと思ったが、考えるまでもなく若い男を引き止めるのは、女が一番手っ取り早い。間違いなくカールもこの手紙を読めば同じ結論に至るはず。

　呼び鈴を鳴らし、やってきた侍従に命じる。

「今すぐアルチーナを呼んで来い。ああ、ついでにヘルトール公爵にすぐ来るように伝えよ、何があってもだ」

　薬草茶を自棄《やけ》気味に飲み干すと酔いが完全に醒めた、この手紙の内容が事実であれば……明日の緊急会議の混沌が目に浮かぶようでゲンナリする。いっそのことカールに丸投げしようかの？　それが余の心の平穏を守る最上の手段に思えてきた。

　書状を一応写しておくか？　説明の手間が省ける。原書は急いでカールの元へ届けなければな。ふと手紙を預けたマラジを見ると妙に静かだ、さっきまで青い顔してたのにどうした？

「陛下、カール様に書状を届ける役目、私に任せていただけますか？　今からゴーレム馬車を走らせればそれだけ早く追いつけます」

魔法使いの方がゴーレム馬車を速く走らせる事が出来るのだから、まぁ確かにマラジが適任であるな。余の愛する寵姫《ワイン》を氷漬けにした許しがたい奸臣だが、一応信頼はしておる。

「よかろう、任せた、王家所有の馬車を使うか？　それとも自前の馬車で追うのか？」

「当家所有のゴーレム馬車が良いでしょう、王家所有の物は手続きに時間がかかります。またカール様を始め勇者様やルーフェイ姫から話を聞いてまいります」

妙にやる気であるな？　まぁ開拓地に魔法薬は必需品であろうから、一度はモンドバン家当主として視察に行くのかの？　口煩いのが遠出するのは助かるので実にありがたいがの。

「では勇者殿に宛てた手紙を書くので準備をして参れ。それとカールには大至急アルチーナを勇者殿に嫁がせるので、なんとか説得しろと伝えよ」

「御意！」

小走りで部屋を出ていったマラジを見送りつつ、手紙を書く。そう言えば聞きそびれたの、なんかブツブツ言っておったサリーマって誰じゃ？

波紋～王子

王都と大神殿に使い魔を飛ばして、約一週間ぶりに屋敷でのんびりしていた。夕食を済ませ、愛する妻たちとお茶を飲みながらイチャイチャする時間は、何物にも代え難い至福の時だ。

「旦那様♪　はい、あ～ん」

「クリス様ぁ私のも食べてくださいませ♪」

食後のデザートとして出された果物の食べさせっこは実に幸せだ、気分的に果物の糖度が高くなった気がする。はむ、もぐもぐ、甘くて美味い、最高だ。

オリヴィアとディアーネをそれぞれ腕の中に抱き、他愛も無い会話を弾ませつつイチャイチャを続ける。なお、ルーフェイはお手伝いのオバちゃんに紹介したところ、あっという間に馴染んだ。むしろオバちゃん達がルーフェイの可愛さに陥落し、つい先程までお菓子を食べさせてもらったり、様々な服を着せられ構われていた。

特に嫌がった様子がない事から、多分国元でも似たような扱いだったのかもしれない。なんとなくルーフェイに性知識が無かった理由が分かった気がする。

いい加減に日が落ちて暗くなった頃に、オバちゃん達の帰りが遅いのを心配したご家族が、屋敷の近くまで様子を見に来たので、全員帰った。

オバちゃん達全員名残惜しそうだったので、別に泊まっていっても問題ないと言ったのだけど、彼女らは職人街の奥様達なので、朝早くに旦那さん達の食事の用意とかするのに帰らないといけないのだ。

あの様子では明日の朝には、オバちゃんネットワークによりルーフェイの件は街中に知れ渡りそうである。小さい女の子も守備範囲とか言い触らされない事を祈るばかりだ、既に手を出してるので一切反論できないからな。

さて、オバちゃん達が帰れば後は夫婦の時間だ、オリヴィアとディアーネは更に密着し、ルーフェイも俺の膝の上に座り甘えてくる。さっきまで行儀良くしていたのは、流石に王族として使用人の前でイチャイチャは憚《はばか》られたからだそうだ。どうせ気にならなくなるのは時間の問題だろう。

「クリス様クリス様。さっき姉様たちがしたみたいに私もやっていいですか？」

小さなフォークに刺した果物を手に取って、控えめに言ってくるが勿論良いに決まってる。ルーフェイの差し出した果物を食べさせてもらうと、照れくさそうな笑顔を浮かべる。可愛いなぁ、甘やかしたくなる気持ちが物凄く分かる。

「美味しいよルーフェイ、それじゃお返ししてあげるね」

両手はオリヴィアとディアーネに抱き付かれて動かせないので、俺のしようとしてる事を察したオリヴィアが、果物を口に含ませてくれる。唇で果物を挟んだままルーフェイの顔に近付けると、彼女も顔を真っ赤にして口を開き、口移しで食べてくれた。

「わ、わふぅ……は、恥ずかしいですクリス様ぁ……」

口移しで食べる前も顔が赤かったが、実際にやると余計に恥ずかしいようで、もう耳まで赤くなっている。俺の胸元に顔を埋めてるので表情は見えないけど、しっぽがブンブンと凄い勢いで振られているので嫌ではないのだろう。

羞恥のあまり思考停止してるみたいなので、クレイター式の愛情表現である頬を舌で舐めるのをルーフェイにしてあげる。暫くルーフェイのほっぺの感触を楽しんでる内に我に返ったようで、お返しとばかりにキスしてくれた。

「ちゅ……んっんっ……はふう、クリス様とのキス気持ち良いです」

幸せそうなルーフェイに触発されたのか、オリヴィアとディアーネも真似して俺の頬をペロッとしてきたので、こっちもお返しして、また頬を舐められて……と、そんな和やかな時間を過ごしている最中の事だった。

手紙置きに物が届いたときに、配達する人が手紙置き近くの呼び鈴を鳴らす決まりだ。その呼び鈴が鳴ったので見に行くと、一通の手紙が届いていた。どうやらトラバントさんがなんとか時間を捻出してくれたようで。明日は無理みたいだけど、明後日の朝、日の出から一刻後に神殿まで来て欲しいと、書いてある。

「明後日の朝は神殿に行く予定が出来たけど、明日は一日中時間が出来たな……良い事思いついたから今日は早めに寝ようか。そうだ明後日はルーフェイも来るか？　神殿で祝福をかけようと思うんだけど」

「わふっ！　よ、よろしくお願いいたします！」

祝福をかけるとは、正式な夫婦として神から認められる儀式を神官が代行するもので、祝福がないと公的には夫婦と認められないのだ。結婚前にセックスするのは良いのかって？　お互いに結婚の意思がある男女が、祝福を授かる前にセックスなんて普通だから問題ない。

よほど義務的な政略婚姻でもない限り、花嫁のお腹が膨らんでたり、子供が産まれてるなんて、田舎ではよくある。都会でも珍しくない。むしろ妊娠した事実を盾に結婚を親に認めさせるなんて話は、成人するまでに数回は聞く話だ。

聞けば貴族社会でも、婚約期間中に我慢できずに令嬢を妊娠させるなんて、良くある事らしい。婚約と言えばディアーネの元婚約者って、彼女を前になんで我慢できたんだ？　俺だったら婚約したその日の晩にベッドに連れ込む自信がある。まぁ他人の事なんでどうでも良いが。

それはともかく、女性にとって祝福を授かる理想のシチュエーションとして、一般的には荘厳な神殿で正装をした上で、祝福の光に包まれ口付けを交わす……ってのが人気が高い。恋愛物の演劇とかでは王道のラストシーンだな。

「た、楽しみですクリス様……えへへ」

俺の膝の上に座り、胸元に顔を埋めるルーフェイの表情が見えないのが残念だが、しっぽがブンブンと凄い勢いで振られているので実に分かり易い。頭を撫でてあげると更にスピードアップした。

喜んでもらえたようで何よりだ。それじゃ夫婦らしく仲良く風呂に入ろうか？　胸元でじゃれつくルーフェイを抱きかかえ風呂に向かう。オリヴィアとディアーネも、もちろん一緒だ。

◆　◆　◆

　お風呂の中で美少女三人と全裸で洗いっことかして、イチャイチャしたので、俺の逸物は風呂場で襲わなかったのが不思議なくらい昂ぶっていた。寝室に入りすぐ、バスローブ姿のままのオリヴィアを組み伏せキスすると同時に、欲棒を膣内にぶち込んだ。オリヴィアの膣内はすでに愛液で溢れ、熱いくらいに火照っている。

「んぁぁぁぁ！　い、いきなりなんてぇ！　熱いのぉ、旦那様のオチンチンでオマンコが焼けちゃいますぅぅぅ」

「風呂でもう受け入れられるように、ビショビショに濡れてたんだろ？　いつもみたいにフェラチオから始めて我慢させるのも悪いから、先に気持ちよくさせてやるよ！」

　腰を抱えたままピストン運動は止めず、乳首を口に含む。オリヴィアの乳首が敏感なのは誰よりも俺が知ってるからな、舌を這わせると案の定、彼女の身体は強張り、膣を締め付ける。

「はぁん！　やぁ乳首はだめぇ、オマンコとおっぱいを同時にされたらスグにイッちゃいますぅ！」

「なんだいつもより濡れてるじゃないか？　こんなにお漏らしするくらい感じてくれてるのか？」

　膣奥をチンポの先端でノックしながら、淫らに喘ぐ妻の蕩けきった表情を見るのが、最近のお気に入りになってきた。綺麗だよオリヴィア、清楚な淑女が俺の腕の中でだけその表情をしてくれるのが、たまらなく興奮させてくれる。

「あっあっ……だ、旦那様の……いじわる、こ、こんな激しく求められて……嬉しくて……んんっ！

あぁ奥まで来てるぅ！」

俺に押し倒され、この腕の中で喘ぐ愛妻の姿に、膣内で更にチンポは肥大化する。もうひと押しで絶頂しそうだが、もうちょっと蜜壷の感触を楽しんでからイカせてやろう。俺はオリヴィアの身を起こし、騎乗位の体勢に変わろうと身を起こそうとすると、不意に背中に柔らかいモノがぶつかる。

どうやら仰向けになろうとしたところを、ディアーネのおっぱいで受け止められたようだ。そのまま背後から抱きしめられ、舌を絡めたキスをされる。

「んっ……んく……」

ディアーネは相変わらずキスが上手い。一瞬だが意識をキスに移してしまい、少しだけ腰の動きを止めてしまった。

その隙に、俺のされるがままにされていたオリヴィアが身を起こし、対面座位の体勢になり抱きしめられる。これは……正面をオリヴィアのおっぱいに、背後をディアーネのおっぱいに挟まれる形になってしまった。

おおぅ、前後から押し付けられるおっぱいの感触が素晴らしい。しかしまいったな、これじゃ強引に動けない、俺には抱きついてきた嫁を、押し退けるような真似はできないからだ。

オリヴィアは俺に正面から抱きついたままゆっくりと、腰を前後し、意識してるのか、ぎこちないながらも膣の締めつけに緩急をつける、予想外の刺激に射精感があっという間に高まってしまう。

くっ！　拙《まず》いぞ、このままじゃオリヴィアをイカせる前に射精してしまう。俺の方でペースを握りたくても、ディアーネのキスが気持ち良すぎて動けない。

射精を堪えるのに歯を食いしばろうにも、万が一にもディアーネの舌を噛む訳にもいかない。それを知ってか知らずか、ますます舌を絡め、口の中をディアーネに愛撫されてしまう。

チンポと唇の両方からの快感、そして前後から擦りつけられる巨乳の感触がヤバイ！　セックスの主導権を握りたい俺だが、このままでは先にイってしまう。

このまま為す術なく膣内射精《ナカダシ》してしまうのもなんか負けた気がするので、せめてオリヴィアを先にイカせるため、空いた両手でオリヴィアのおっぱいを愛撫……しようとしたが、片手はディアーネの太股に挟まれ、もう片手はルーフェイがしがみつき指を舐められてる。

愛おしそうに俺の指に舌を這わせるルーフェイ。キスをしながら俺の手を、自らの敏感な部分に導き動きを封じるディアーネ。そしてオリヴィアのオマンコは俺にとって最高の名器だ、ゆっくりとした動きであっても気持ち良すぎる。くっ……もうだめだ！　耐えきれずにオリヴィアの膣内に精液を放つと、一滴でも零すまいと足を腰に絡め更に密着してくる。

「んはぁぁぁ！　んっ……はぁはぁ、くすっ、いっぱい出して頂けました」

俺が膣内射精《ナカダシ》すると同時に、ディアーネの唇が離れ、息をつく間もなく今度はオリヴィアに唇を塞がれる。運動能力的に躱《かわ》して反撃することも可能だけど、俺にオリヴィアからのキスを躱すなんて出来るはずがない。

「んっちゅ……んっんっ……ぷはぁ、ふふっ旦那様可愛い」

イタズラが成功した子供のような笑顔も、最高に可愛いなオリヴィア……じゃなくて、なんだか一方的にやられたようで悔しいので、ここから反撃だ。

「むっ！　さっきのは油断しただけだぞ、今からでも抜かずに何度もイカせてやる」

尤も、アレはアレで非常に気持ち良く、癖になりそうだが、俺としては自分のチンポと愛撫で嫁を気持ち良くしてやりたいのだ。ましてオリヴィアをイカせず、俺だけ射精するなどあってはならない。

まだまだ萎えない俺のチンポを、膣内に咥え込んだままのオリヴィアの腰を掴み、下から激しく突き上げようと……オリヴィアが俺の顔に手を添えたまま、真正面から俺の目を見て一言。

「愛してます。わたくしも旦那様に気持ち良くなっていただきたいんですよ」

俺の理想そのものと言える美貌、その潤んだ瞳に頬を染めた表情は、とてつもない色気を孕み。ましてや愛してるなんて真正面から言われたものだから、つい思考停止してしまう。

呆けてる間に、オリヴィアにキスされ、お互いに舌を貪り合う。そしていつの間にか体勢を変えられ、気がついたのはディアーネの秘所に挿入した瞬間だった。

「んむぅ！　一度出したというのに、いつもながら逞しいこと、気を付けないと私が先に気をやってしまいそうですわ」

体位としては正常位でディアーネに挿れた状態だが、先程と同じくオリヴィアが背後に回り後頭部におっぱいを押し付けてくる。そのまま押され、またしても巨乳でサンドイッチされてしまう。

また動きを封じられてしまった。

「作戦成功です、旦那様は照れ屋さんですね、ふふっ可愛くてますます好きになってしまいました」

俺もエッチに積極的なオリヴィアに惚れ直したかもしれん。優しく背後から抱きしめられ、仄かに香水と混じったオリヴィアの香りに、クラクラしてきた。興奮しすぎというより色香に酔ったというのが一番近い。

このままでも天国と言えるほど気持ち良いのだが、同じ手でイカされては男の沽券に関わる。理性を総動員しサンドイッチ状態から脱するのだ、そこから主導権を取り戻し……そこで不意打ちで挿入部分を舐められてしまう。

「わふぅ……クリス様のオチンチンがすごく熱くなってます」

予想外の刺激に力が抜けてしまう。しまったルーフェイがいた、しかも下手に動くと蹴ってしまいそうな位置にいる。

「こ、こらルーフェイ、そこにいたら足が当たるぞ」

「わふ？　でも姉様達がここでご奉仕しろって……」

やられた！　いつの間に嫁三人で作戦を練っていたのか。ルーフェイの舌と、ディアーネの緩急をつけた膣圧にまたイってしまいそうだ。下手に動いてはルーフェイに足が当たるので動くに動けず、上下からおっぱいに挟まれ体勢も変えられない。

「くぅぅ！　何とかして……んむっ！　ちゅく、んく……」

なんとか反撃しようにもオリヴィアのキスと、ディアーネの蠢く膣内が気持ち良い。ルーフェイに挿入した部分を舐められて、動かさなくても官能は高まる一方だ。そうして何もできないままに為す術なく射精してしまう。

「んっ！　ふふっ、ご主人様の熱い精液を感じますわ」

くっ！　射精して脱力した微かな隙に、更におっぱいを押し付けてきた。俺の顔はディアーネの巨乳に挟まれ、後頭部からオリヴィアのおっぱいを押し付けられたままだ。

正直二度も良いようにされてしまい、もはやこの天国から抜け出す気力など湧いてこない。

「旦那様ぁお願いがあるのですが」

オリヴィアが甘えた声で話しかけてくる、どうした？　俺に出来る事ならなんでもするぞ。

「今宵は、私たちにご奉仕させていただいてもよろしいですか？」

ディアーネの声が優しく頭に染み入ってくる。これがおねだりテクニックか、こんな甘い誘惑をされては頷くしかできない。まぁ嫁におねだりされたら状況に関わらず頷くつもりだがな。

「ありがとうございます、旦那様、それでは仰向けになっていただけますか」

言われた通りに体の向きを反転させ、仰向けになる。その際ディアーネに膝枕してもらった。

「それじゃルーちゃんご主人様に失礼の無いようにするのよ」

「は、はい姉様に言われた通りがんばります」

どうやら今日の俺はルーフェイのセックスの教材のようだ。その後は二人に手本を見せて貰ったりしながら、ルーフェイは俺に一生懸命尽くしてくれた。健気なルーフェイが可愛いので俺のチンポも中々衰えず、彼女がヘトヘトになるまでエッチの指導は続く。

そうして、何度もルーフェイに膣内射精し、彼女の体力が限界に近づいたところで、今夜は眠ることになった。俺に抱きついて眠るルーフェイは疲れ果てているが、なにやら満足げで幸せそうに寝息を立てていた。

さて、明日は朝からもっと嫁たちと日々楽しむための思い付きを実行する。皆喜んでくれると良いな、その為にも起きてすぐエッチはしないように気を付けよう。疲れ切ってたら作業が終わらないからな。

★　カールSIDE　★

王都での用事を済ませたボクは、家臣たちを連れて領地に帰る途中にある、小さな農村の村長の家に泊まっていた。

村長さんは恐縮してたが、馬車やテントでの寝泊まりは居住性は良くても最低限警戒が必要なので、ちゃんとした建物で休めるならそれに越したことはない。片手間の魔法でほとんどの生物を侵入不可にするような規格外は、普通は居ないんだ。

緊張させてしまって申し訳ないが、対価は十分に払うので勘弁して欲しい。王都では働きづめだったからボクはゆっくりと休みたいんだ。

村長さんの家に一室だけある客室で、ジャンヌの膝枕でウトウトしてると家臣の一人が遠慮がちにノックしてきた。

「お休みのところ申し訳ございません、実は王都より緊急の報告があると使者が参りました。モンドバン伯爵家の家紋が入ったゴーレム馬車でやってきたので間違いはないかと」

モンドバン伯爵家って、確か王家直属の主治医の家系だったな。要するに国王《オヤジ》が信用する腹心が態々《わざわざ》使者としてやって来た以上、ただ事じゃない。ジャンヌとのひと時を邪魔されて腹が立つが仕方ない、連れてくるように指示する。

慌ただしく人払いされた客室に現れたのは、意外にもモンドバン伯爵だけでなく、その娘のマルフィーザ嬢までいた。会ったのは初めてだけど、彼女はまるでサリーマさんを若返らせたような容姿で、一瞬驚いたが今はそういう事を言ってる場合じゃない。

伯爵に続いて、妹のアルチーナまでやって来たのは予想外だ。アルチーナ《王女》の顔を、知ってたらしい村長さんが卒倒しかけていたぞ。

他にもアルチーナの乳母の娘で、専属侍女のモルガノだ。オデッセ子爵家の長女で、ボクが辺境に送られる前に一緒に遊んだ幼馴染と言っていい間柄だ。子供の頃の面影を残しつつも綺麗になったな、見惚れちゃったよ、あと自己主張の激しいおっぱいにも。

「お兄様、お休み中申し訳ございません。ですがお父様の勅命により遣わされた以上、私の同行をお認めください」

生真面目に騎士の礼に則った挨拶をしてくるのが、ボクの異母妹アルチーナ。艶のある黒い髪を短めに切り揃え、動きやすい騎士服を着こなす姿は、薄っぺらい胸と相まって華奢な少年にも見える。

なんで王女が騎士服を着てるのかというと、単に動きにくいドレスが嫌いなだけで、機能性を持ちつつ王族としての面目が立つ程度に華美なのが、騎士用の軍服だから別に男装趣味というわけではない。

だが普段騎士服を着てるせいなのかは知らないが、趣味の剣術やら乗馬やらが高じて、しかも生来の生真面目さなのか？　教官の課す普通の令嬢がすぐに根を上げるような厳しい練習を、黙々と積み重ねた結果、今では並の騎士では歯が立たないほどの腕前になってる。

先日会った時も、ボクの考案したブルマ姿で剣の素振りをしてたからな。お前兄妹とはいえ男に生足見せてんじゃねえよ、黒髪ショートカットのアルチーナには恐ろしいほど似合ってたが。

ちなみにその日は偶々《たまたま》用事で外していたが、普段はモルガノや他の侍女達と一緒にブルマ姿で運動してるとか……ぺったん娘の妹はどうでもいいが、メイドさんたちのブルマ姿はちょっと見たかったな。いっそジャンヌにブルマを着せようかな……おっと気を取り直して本題に入らなければ。

「お前までやってくるとはただ事じゃないな、一体何があった？」

本来なら既に臣籍に降りたボクは、妹《王族》に対して臣下の礼をとるべきなんだろうけど、急いでやって来たからには、そんなこと言ってる必要はないだろう。

挨拶を終えると、モンドバン伯爵が手紙を渡してくれた。

「まずはこの書状をお読みください。本来カール様に宛てられたものですが、無人となった屋敷に届けられたので、陛下と私で内容を確認させていただきました」

なんだそりゃ？　ボクが王都に滞在する予定は伝えていたのに誰だ？　そんな杜撰な真似をするのは。ボクは内心呆れつつ手紙を読み……読んでるうちに頭と胃が痛くなってきた。

どうしよう？　冗談が現実になった、アレか？　オヤジとの雑談がフラグか？　犬が歩けば棒に当たるように、勇者が遠出すると魔王に遭遇するのだろうか？

「アルチーナがボクを追ってきた理由は分かった。婚約の件は済んだんだな？」

「はい、お父様とヘルトール公爵の間で話がついたようです。私の婚約は解消され、勇者様に嫁ぐようにと」

アルチーナは公爵家の跡取りとの婚約の解消には、特に思うところはなさそうだ。国王《オヤジ》がアルチーナを、出来るだけ早くクリス殿に嫁がせたいのは分かるが、ずいぶん急だな。ヘルトール公爵相当反発したんじゃないか？

「元々兄妹揃って王家と縁を結ぶのに反対する者も多かったですし、勇者様を王都の式典に招く際に、面会できるように取り計らうと……」

王都で会ったヘルトール公爵の憔悴ぶりを思い出し、納得する。跡取りの元婚約者は寝耳に水だろうけど、元々シスコン拗らせてアルチーナとは疎遠な奴だし、気にすることはないか。

そんな事よりも手紙を読み進めていくうちに、ツッコミどころが多すぎて頭痛がさらに酷くなる……魔王の魔核を小包で送るなとか、あっさり他国に渡すなとか、なんで目を離した隙にまた嫁が増えてんのとか。

ルーフェイ姫って犬耳幼女じゃんかよ！　許容範囲《ストライクゾーン》も勇者だなおい！　クレイターとの折衝って間違いなくボクの仕事になるから、また寝る時間が削られるよド畜生……ん？　ん？

魔王種を縄張りから追い出すなんて、そんな大規模な軍事行動を帝国中に送った諜報員が気付かない筈がない。少数精鋭？　帝国の新兵器？　それとも……。

ボクの中で一瞬嫌な仮説が浮かび上がる、正直勘でしかないし、理由を説明しろと言われても困るのだが。予想される最悪の展開が脳裏から離れない。冷汗が止まらず、今のボクはモンドバン伯爵が慌てる程度には顔色が悪いのだろう。

「カロリング卿！　一体どうされました、すぐベッドに横になってください」

慌てる伯爵を手で制し、アルチーナに向き合う。

「ボクは今すぐ王都に戻る、大至急オヤジと話さないと。アルチーナ達はボクの家臣たちと一緒にカロリングの街へ行ってくれ、ゴーレム馬車ならたぶん途中で追いつくから」

「え？　どうしたんですかお兄様」

説明してる時間が惜しい、伯爵にはゴーレム馬車を貸してくれるように頼み。心配されながらも承諾してもらう。

ボクはジャンヌを伴い、急いで王都に向かった。どれだけ諜報員を派遣しても噂すらないのだし突拍子もない考えだ、心配しすぎだと呆れられるかもしれない。それでも最悪には備えるべきだろう。

波紋～大神官

裸の嫁たちに抱き付かれた状態で目覚めた朝。三人と一緒に風呂場で汗を流し、朝食を食べて。さぁ！　今日は今後の性生活を更に充実させるための大仕事だ。溢れ出る煩悩が俺のやる気を満たしてくれている。

今日は頑張るから朝飯はガッツリ食べないとな。トーストと一緒にハムエッグを口の中に放り込み、熱いスープで流し込む。お代わりをお願いして、出来るまでの間にサラダをムシャムシャ。あ、このドレッシング美味しい。

「えーと、それで今日は何をなされるんですか、旦那様？」

俺のすぐ隣ではすでに食事を終えて、お茶を飲んでいるオリヴィアが呆れ気味に聞いてくる。

「うん。文献で読んだことがあるんだが、はるか南に位置するある国では、小さな集落でも必ず泳ぎを練習する場所があり。国民全員が幼い頃から泳ぎに親しんでいると書いてあった」

「わふっ？　南にあると言う事は暑いから泳ぐんでしょうか？」

「うん、書いてあった内容からすると一年中夏のような国らしい」

挿絵によると男女ともに裸に近い恰好らしくて、修業中色々妄想が捗ったな。だからこそよく覚えていたんだが。まぁそれはともかく。

「そしてその国の金持ちの殆どは自分の家族専用の遊泳所を持ってるらしく、風呂に入る感覚でその遊泳所で泳ぐそうだ」

「一年中夏なら、分からなくもないですわね。私の実家でも敷地内に遊泳所がありました。主に娼婦たちが体型を維持するのに、運動する為ですわ」

「良い事思いついたと思ったけど、やっぱり先に実践した人がいるのか。けど丁度良いや、今から魔法で造るからディアーネに監修して貰おう」

土や岩を始め、自然物を操作する術は土属性の魔法。俺は基本的な土砂を操る事と、苦手ながらも冒険者になる魔法使いには必須なので、必死に特訓した治癒の術しか使えない。土属性って自然物全般の操作だから人体もこれに含まれ、治癒の術は神聖魔法以外だと土属性しかないからだ。

モテたいがために必死に修業して全属性は使えるんだけど、土属性は苦手だったりするのだが、勇者としての潤沢な魔力を使って、庭に遊泳所を造るのだ。全ては家で嫁たちに『すくみず』を着せる為に。

俺の本音を大体察したディアーネは、苦笑しながらも監修を引き受けてくれて、参考になるかもしれないと実家の遊泳所を絵で描いてくれた。ディアーネ、なんでもできる才女だとは思ってたけど絵まで上手いんだな。

オリヴィアとルーフェイは、作業してる傍らで応援だけしていても邪魔になるから、と屋敷で過ごすそうだ。この国の礼儀作法とかを指導すると、ルーフェイを自分の部屋に連れて行く。

さて、一番広いのは正門から入ってすぐの庭だけど、客とかが訪ねて来る場合があるからな。万が一にも嫁たちの『すくみず』姿を他人に見られるのは避けたい。帰ったら水着姿の妻たちが出迎えと言うのも惹かれるけど、ここは常識的に考え中庭に設営する事にする。

「さて、ルーフェイの鞄に入ってた魔法道具は、俺が好きに使って良いそうだ。それで中にあった水を浄化する魔法道具を中心に設置して遊泳所を造るけど、位置はどの辺が良いかな？」

「そうですねぇ。中庭全てを水たまりにする訳にもまいりませんし……景観も考えますと……」

庭の見取り図を見ながら二人で考える。普通は綺麗な水を入れ、濁った水を流すために川の近くに設営する遊泳所だが。魔法道具で水は浄化されるから排水を考える必要はない。だから自由度は高く、そうなると今度はデザインに凝りたくなってくるから困ったもんだ。

二人であぁでもないこうでもないと、中庭の見取り図を挟んで話し合いを続けて一時間。なんとか遊泳所の案がまとまった。話が纏まったのなら後は行動だ。ディアーネは飾りつけに使う小物を買いにオバちゃんたちを連れて出掛けたので、俺も頑張ろう。全ては『すくみず』を着た嫁たちと家でもイチャイチャする為に！

土属性の基礎中の基礎である【土操作】を魔力全開で発動させる。苦手ではあっても溢れる魔力と煩悩は、勇者になる前では到底不可能な魔術行使を可能とするのだ！　大事な事だからもう一度言うが全ては『すくみず』を着た嫁たちとエッチする為に！

彼女が描いた設計図通りに土砂を操作。掘った土砂は一ヶ所に纏めて小山にする。この小山の頂上に水を浄化する魔法道具と、水を汲み上げる魔法道具を設置。これにより綺麗な水と一緒に頂上から滑り落ちて遊べる。

ディアーネは子供の頃、この滑り台が大好きだったそうだ。潤んだ目で自分の子供にも遊ばせたいと言われたときは、今すぐ子供を作ろうと、危うく寝室に連れ込むところだった。まぁそれは何時もの事として。

気楽に水遊びする事も考えて、あとカナヅチのオリヴィアも楽しめるように、遊泳所は場所によってに深さが異なるようにする。大体俺の膝上、腰、首くらいの深さで掘る。

基本的な形が出来たら、次は水が泥と混じって濁らないように、帰り道で泳いだ川で拾った丸みを帯びた小石や砂を敷き詰める。

ふむ、あとは水が地面に染み込まないように、スライムの粘液でも撒いておくか。スライムは魔物の死骸や排泄物を食べてくれる、少々見た目が悪いだけの益獣ならぬ益モンスターなのだが、粘液に簡単な加工を施すと水を弾き好きな形に固定できるので、益モンスターなのに狙われる運命にある、ちょっと可哀想な魔物である。

遊泳所の床や壁に粘液を満遍なく染み込ませ塩を混ぜるだけであっという間に固まって完成。この加工の簡単さと、どんな用途にでも使える汎用性のせいでスライムは狙われるのである。

ふぅ、朝から作業を始めてもう昼か。一番重要な水たまりはもう大丈夫なので、近くにある井戸から、水を汲み上げる魔法道具を使い水を溜める。ちょっと時間がかかるから休憩するか、多分この時間なら食堂にオリヴィアとルーフェイがいるだろう。

◆　◆　◆

昼飯を食べた後、遊泳所が楽しみらしいルーフェイを連れていくと、今朝まで芝生だった中庭に造った、遊泳所にルーフェイはしっぽを振って大興奮。キラキラした目で水が段々と溜まっていく様子を眺めている。

「わふぅぅ！　凄いですクリス様！　お庭に泳げる場所なんて考えもしなかったです」

「ふっ、ルーフェイが喜んでくれるなら頑張った甲斐があったよ」

上機嫌に俺の腰に抱き付いているルーフェイの頭をなでなで。ただ魔法道具は生活用水を汲み上げる為のモノで、溜まるペースは速くない。水がいっぱいになるのは多分明日の昼頃かな？　明日は一緒に神殿を訪ねる予定だから今日は我慢して貰うしかないか。

現在水たまりの傍には、ディアーネが買ってきたベンチやテーブルが置かれており。更には買い物ついでに連れてきた大工さんが建ててくれた日避けの東屋。そして外から見られないように柵が建てられている。

今日は大工さん達はもう帰っており、また明日やってきて、着替える為の小屋を作るそうだ。

「けど準備が終わるのは明日だから。神殿から帰ってきたら一緒に泳ごう。ほら一緒にあの滑り台とかさ」

「はい、とっても楽しみですクリス様！」

「そうだ、オリヴィアは？　礼儀作法の勉強の後どうしたんだ？」

「オリヴィア姉様はお裁縫するって仰ってました」

裁縫ねぇ？　ハンカチとか作ってるのかな？　何気なくオリヴィアの部屋の方を見ると。丁度窓から顔を出したオリヴィアと目が合い、手を振ると振り返してくれた。なんか口が動いてるけど距離があって聞こえないな。

「クリス様、オリヴィア姉様が今から中庭に参られます」

「ルーフェイはあの距離でも聞こえるんだ。凄いな」

「わふっ、えへへ。人狼族だからこのくらい普通ですよ」

褒められて照れるルーフェイの頭を撫でながら待ってると、オリヴィアとディアーネがやってきた。そしてテントを取り出すように頼まれ言うとおりにする。そして三人はテントに入り……。

「如何でしょうか？　サイズが合わなかったので少し工夫してみたのですが……」

おぉ！　身体を締め付ける『すくみず』姿も良かったけど、アレだと身体に痕がついてしまう。だがオリヴィアは足りない布地を切って、その分を網目状の布で継ぎ足したのだ。元も伸縮性の高い素材だからあまり細かくサイズ調整も必要ないので、ディアーネと二人分を俺が作業している間に作ったのだ。

特におっぱいの谷間がメッシュ生地になってるのは俺を誘うためなのか？　そうだな？　そうに決まってる。そうと決まったら期待に応えなくては。

「おおぉおぉおらぁぁぁぁぁ！」

気合一閃！　苦手な土属性を使いまくって疲れていたが、オリヴィア達の姿を見たら疲れなんて消し飛んだ！　水属性の魔法で飲み水に使えるくらい綺麗な水を生成。かなり大きめな遊泳所を満たすどころか、勢い余って中庭を水浸しにしてしまったが知らん。

魔法で生成した水は冷たいので、次は風呂を沸かす要領で火球を水たまりに叩き込み、川の水より少し温いくらいの温度にした。これはやり過ぎるとスライムの粘液が溶けるからな、少し慎重にやった。

「い、いきなり魔法を使って如何なさったんですか？」

「何を言ってるんだ、お前たちが水着に着替えてるのに、井戸水汲み上げるなんて悠長な事言ってられるわけないだろう。さぁ今から泳ごう！」

水はともかく、いきなり火球を打ち込んだことに驚いてる隙をついて、オリヴィアをお姫様だっこしてそのまま水たまりに飛び込む。

「キャァア！　旦那様ったらもう！　うふふ、驚いちゃいました」

「ほら、ルーちゃん折角着替えたのだから」

「はい！　クリス様ぁぁ私も抱っこしてくださぁぁい！」

飛び込んだのは深さが俺の膝上くらいの場所なので、オリヴィアも安心したようだ。少し遅れてディアーネとルーフェイも水の中に入り抱きついてきた。

「もう、旦那様ったら服のままではないですか」

勢い任せで飛び込んだから、そう言えば作業着のままだったな。降りたオリヴィアが服を脱がそうと服に手を掛けるのだが……すまんオリヴィア今の俺はもう『すくみず』姿のお前たちとエッチすることしか頭にないのだ！

服を脱がそうとするオリヴィアの背後に回り込み水際の縁に手を付かせる。ここは膝上までしか水深がなく水際の縁もそれより少し高いくらいなんで、大きくお尻を突き出すような体勢になる。

ディアーネは『すくみず』姿になった時に大体どうなるか予想してたようで、何も言わずにオリヴィアの隣で同じポーズをとる。ルーフェイも状況を察したのか三人並んで俺にお尻を突き出す。

「ふぇ？　あ、あれ水遊びするのでは？　ひゃっ！　あっ、んはぁぁ！」

唯一水遊びするんだと思ってたらしいオリヴィアだけ、状況を飲み込めて無いようだが、肌触りの良い水着越しにオマンコを擦ると俺とのセックスに慣れ切った身体は素直に反応を返してくれる。

「はっ、あぅん！　旦那様ぁ」

「ほらオリヴィア。もっと高くお尻を掲げて、ディアーネとルーフェイもだ」

「わふぅ……は、恥ずかしいけどクリス様が仰るなら……あっ、んっんっンッッ！」

くぅ！　美少女三人の扇情的なこの姿。良い眺めだなぁ、勿論眺めるだけで終わるわけもなく。

左右の手でディアーネとルーフェイのオマンコを、痛いくらいに昂ったチンポでオリヴィアのオマンコを水着越しに擦りつける。

「あっあぁぁ！　旦那様、もうこんなに大きくして……」

既にオリヴィアの『すくみず』で隠されたオマンコからは愛液が滲み出て。俺のチンポを濡らしている。

「オリヴィア、水着をずらしてオマンコに入れられるようにするんだ」

「は……はい旦那様。わたくしに旦那様のお情けをくださいませ……あっ！　んあぁぁ！」

自ら濡れる秘所を曝《さら》け出す姿は、なんというか自分で脱がすよりも興奮する気がする。高々と掲げたオマンコにチンポをあてがい。ゆっくりと膣壁の感触を味わいながら奥まで挿入する。

左右の指はディアーネとルーフェイが待ってる間、官能を高めて貰うべくオマンコに潜らせる。三人並んでお尻を差し出してる状況に興奮してるのか、二人とも秘所から既に蜜が零れていた。

「あぁっ！　お、大きい……んっんく……」

オリヴィアの膣内は十分に濡れており、奥まで何の抵抗もなく俺を受け入れる。そして俺をより気持ち良くしようと、緩急をつけてた膣の圧力で挿入したまま動かなくてもイってしまいそうなほど気持ちがいい。

『すくみず』姿のオリヴィア達をもっと眺めていたい気持ちもあるが。やっぱり気持ち良くして貰うだけじゃなく。女をトロトロに蕩けるほど感じさせ、自分だけが知る淫らな姿を暴くのが、俺としては最高だ。

「あぁオリヴィア幸せそう。クリス様のオチンチンそんなに気持ちいいのね？」

隣のディアーネがオリヴィアの唇を奪い、おっぱいを繊細な手つきで揉みしだく。舌を絡めた親友同士の口付けにオリヴィアがうっとりとした表情になる。むむ、流石ディアーネ、キスで俺より感じさせるとは。

「あっ……んむ、ちゅっ……ンンンッ！　はぁん！　あっあっあぁぁぁ！」

ディアーネに負けるわけにはいかない。オリヴィアの突き出したお尻に腰を突きつける勢いで、激しく膣内を攻める。そして同時にディアーネとルーフェイの膣孔もより奥まで攻めたてる。

「きゅふぅぅん！　あっあっクリス様ぁぁ！　わふぅぅ！」

「うふふ、クリス様負けませんわよ」

俺の指で為す術なく感じてるルーフェイとは対照的に、余裕の表情を見せるディアーネ。オリヴィアとのキスはさらに激しくなり、胸を愛撫する手にも力が籠ってる。

くぅぅ、オリヴィアのオマンコが締まって、けど愛液のお陰で挿入はスムーズで物凄ぇ気持ちいい！　気持ち良すぎて腰が止まらない。急速に射精感が込み上げてきて我慢しきれない！

「んんぅぅぅ！　ぷはっ、あぁ旦那様、イキそうなんですね。わたくしも……わたくしも一緒に……あっあっ、んはぁぁぁぁぁ！」

俺とディアーネの二人がかりで攻められたオリヴィアはあっという間に陥落し、膣内射精と同時に果てた。感じ過ぎたようで壁に手を付いたままへたり込んでしまった。

「はぁはぁ……はぁぁぁ……凄かったです……」

「オリヴィアも最高だよ。少し休んだらもっと可愛がるからね」

オマンコからチンポを抜くと、収まりきらなかった精液が零れ太股を伝う。さて、次はディアーネの『すくみず』をずらし膣の入り口にあてがう。

「ルーフェイはもうちょっと待っててくれよ、ディアーネの次にじっくり気持ち良くしてあげるからな」

「は、はいです。ど、どうぞディアーネ姉様をお先に」

少しの間放っておくことを謝って。お尻を向けて期待に満ちた目で、俺を見るディアーネの背後からおっぱいを乱暴に鷲掴みにする。そして同時にまだまだ鎮まらない欲棒を一気に奥まで押し込んだ。

「あっんんっ！　くるぅ！　クリス様の大きいのが入って来たのぉ！」

すっかり準備のできてるディアーネのオマンコに、チンポを打ち込むたびに腰をぶつけてお尻を叩く音を立てる。

「わふぅ……ディアーネ姉様、激しいです」

今まで見た事が無い激しいセックスにルーフェイが驚いたようだ。俺も普段はやらないけど、今はそういう気分になってる。正確にはディアーネが激しくして欲しい気分なので、そういうサインを送って来たからだ。

ディアーネが嫁入りしてから何度も、ほぼ毎日三人でセックスしてる俺とディアーネだけで通じるサイン。まぁ暗黙の了解ってやつか。ディアーネがオリヴィアに舌を絡めた本気で感じさせるキスをした時は、荒々しく犯して欲しがってるサインだ。

確かうっとりとした表情で、お互いに舌を絡めてキスする二人を見て、異様に興奮した俺がディアーネを激しく乱暴なセックスをしてしまい。冷静になってから謝ったんだけど、ディアーネは激しいセックスでいつもより感じたそうだ。以来、オリヴィアにキスするのが激しいセックスのサインになった。

「んくぅぅ！　あっはぁぁぁ！　あっあっすごい。クリス様ぁぁぁもっと、もっとしてぇぇ！　あぁオチンチンの先が奥を叩いてるのが分かるのぉ！」

ディアーネの腰の動きに合わせて、お尻と腰がぶつかる音が遊泳所に響く。大きなお尻に食い込んだ『すくみず』がより俺を興奮させて、動きも自然とさらに激しくなる。

「あぁぁ好きぃ。こうしてクリス様に激しくされるのが、ディアーネは大好きですぅぅ」

「俺も……くぅ！　ディアーネの、その蕩けきった顔が……大好きだ！　覚悟しろよディアーネ。腰が抜けるくらいイカせまくってやる」

オマンコは既に洪水のように愛液で溢れ、更に挿入の速度が上がる。カリ首まで抜き、勢いよく膣奥まで挿入。チンポの先が子宮の入り口をノックするたびに、ディアーネの喘ぎ声が響く。

そして激しい動きに合わせるように揺れるおっぱいも、『すくみず』の脇から手を入れて、形が変わるくらい乱暴に揉む。

「くぅぅぅ！　んはぁぁぁ！　おっぱいとオマンコを同時だなんてぇ！　あぁぁすぐにイっちゃいます。あぁ乱暴にされてイカされちゃうのぉ！」

ただでさえ具合の良いディアーネのオマンコに挿入してるのだ、さっき射精したばかりだというのに、俺ももうすぐイキそうだ。

「はっあぁぁぁぁ！　きてぇ、ディアーネの膣内にクリス様の愛をください。クリス様の愛で私を孕ませてぇぇぇ」

絶頂が近い事もあって、お互いの腰の動きもさらに激しくなり。その分快感が高まっていく。

「ぐっ！　出すぞ、ディアーネの俺専用のオマンコに！　子宮の奥に射精《だ》するぞ！」

ディアーネの膣がキュッと締まるのと同時に、俺も限界を超えディアーネの子宮に欲望を吐き出す。激しい絶頂を迎え、少し朦朧とするこの感覚。はぁ、まるでディアーネと溶け合うかのような気持ちになり、ますますこの肢体に夢中になってしまう。

幸せそうに微笑むディアーネにキスをして、しばしディアーネを背後から抱きしめたままお互いの体温を感じ合う。今までならここでイチャイチャしながら、回復したらセックスするのだけど、これから可愛いルーフェイをセックスで溺れさせないとな。

ふふっ俺とディアーネのセックスを見て、オマンコに手を伸ばして自分で感じるなんて悪い子だ。これはもう俺無しじゃいられないくらい可愛がってあげないとな。

「わふぅ……す、凄かったです。わ、私もあんな風にするのですか？」

「ルーフェイのお願いなら……ね？　どうする？」

「わ……わふぅ。そ、そのクリス様のお望みのままに」

そう言ってお尻を突き出してくるルーフェイ。しっぽが垂れ下がってるので、ちょっと怖がってる感じかな？　けど『すくみず』から零れる愛液と、表情を見る限りでは同時に期待もしてるようだ。

まぁルーフェイはまだ小さいから、乱暴にして痛がらせる気はないけどな。

オリヴィアやディアーネみたいに少し窮屈で、身体のラインを際立たせエッチな印象を受ける『すくみず』姿とは違い。ルーフェイのは流石に専用に仕立てただけあって、体にぴったりと張り付きつつも締め付けてる感じも無く、健康的な色気を感じる。

「それじゃルーフェイには優しくしてあげるよ。ほら自分で布をずらしてオマンコを見せて。そしてどうして欲しいか行ってごらん」

「は……はい、です。どうぞルーフェイの事も可愛がってください。オ、オ、オマンコに……クリス様の……オチンチン。く、ください。」

恥ずかしそうに『すくみず』をずらして、顔を真っ赤にしながら、陰毛の一切ないオマンコを曝け出す姿に。節操のない俺の息子はあっという間に元気になり。焦らすことなく可愛い幼妻のお願いを叶える。

「きゅふっ！　あぁクリス様ぁ！」

三人続けて同じ体勢でセックスするのも芸が無いので、挿入したままルーフェイの膝の裏を掴み小柄な身体を持ち上げる。チンポを膣の奥まで挿入したまま身体を上下に揺すると、ルーフェイは耐えきれずに声を上げる。

「わきゅっ！　わふ、わふぅ……んふぅ……あふっ、あっあっあぁぁクリス様ぁ！」

「ルーフェイ、痛かったりしないか？」

「わふ、い、痛くはないです。あっあふぅ……クリス様のオチンチンが、あぁ、奥まで来てるのがわかりますぅ。あっあん……わふぅ」

このままゆっくり可愛がっても良いんだけど、オリヴィアも少し休んで回復したようだし。ここは……。

「オリヴィア、お前もルーフェイを可愛がってくれ」

「はい、旦那様。ふふっルーフェイ可愛いわ」

オリヴィアのキスと、胸への愛撫で、膣内の愛液が増えた気がする。俺に持ち上げられて身動きのできないルーフェイはオリヴィアの優しい愛撫になすがままにされる。

……うーん、複数人でエッチしてばかりだから気にならなかったけど。オリヴィアって女の子と、肌を合わせるのに抵抗があんまりないんだな。親友のディアーネだけかと思ったけど、ルーフェイにキスするのに躊躇が無かった。

……ひょっとして、オリヴィアって地味に百合ッ気あるのかな？　男性恐怖症だし分からなくもないけど……まぁ美少女同士の睦み合いとか興奮するから大歓迎だ。

俺とオリヴィアの二人がかりで可愛がられたルーフェイはあっという間に絶頂に達し、夢見心地の表情でへたり込んでしまった。

「旦那様、次は見つめ合いながらエッチいたしましょう」

それから……エッチの合間にイチャイチャして、回復したらまたエッチするのを繰り返し。日が暮れるまで遊泳所で妻たちと愛情を確かめ合った。

★　トラバントSIDE　★

開拓事業を始める際の式典と、それに並行して開拓者の意気を高める為に、祭事を催すと決まったのがつい一週間と少し前。その為大神殿は連日のように上も下も大忙しですわい。この老骨も大神官たる職責を果たすべくほぼ寝ずに働いておりますぞ。ふはは、昨日は二時間も眠れたので頭が冴えますすなぁ、あっはっは！

訪れる信者の為の通常のお勤めだけでなく、勇者様が魔王種を討伐したという大慶事を大々的に祝うのだ。

無償で振舞う為のお酒や料理の手配、喧嘩っぱやい者達が大勢集まるので、警備や予想される混雑の対応を協議して、出店や大道芸などを生業《なりわい》とする者達への場所の割り振り、その全ての予算の兼ね合い等々、やらねばならない事が多く、決算書類が山のように積み重なっております。

今までに例を見ないほどの忙しさで、普段いがみ合っているとまではいかなくても、仲の良くない部署の者同士ですら連携して慣れない仕事を頑張っている。

催事の目玉として、神殿の大講堂でクリス様とオリヴィア様の出会い、そして魔王種を討伐するまでを多少脚色して綴った恋愛活劇を公演するのだ。そこで若い神官見習いたちが夜遅くまで一緒に練習している姿には、不覚にも目頭が熱くなったものだ。あぁ疲れてるだろうに、あんなに真剣に練習を続ける姿は素晴らしく眩い。

手と手を取り合い頑張る若者の姿を見て、儂のような老人も負けてはおれん。彼らの未来の為にも、大神官として更に奮起せねば！　さしあたって、儂の名前を出さずに差し入れを持って行ってやろうと思う。

まぁクリス《勇者》様役を決めるのに、殴り合い一歩手前の白熱した激論やら、オリヴィア《ヒロイン》様役を巡ってのひと悶着は、忙しい毎日の良い思い出だと思うとしよう。

そんな忙しい毎日のある日、クリス様から時間が出来たら訪ねるので、面会できる時刻を教えて欲しいと手紙を受け取った。来いと言われればすぐに屋敷まで訪ねたのだが、これは多忙な現状を気遣っての事だろう。

うーむ、明日は外せない用事ばかり。明後日であれば何とかなりそうですわい。

とりあえず任せられる仕事は全て部下に任せ、なんとか一時間程度捻出し、空いた時間を手紙で伝えると、時間ぴったりにクリス様がやって来られた。

「忙しいのにごめんなトラバントさん、お姫様の護衛に同行した時に色々あってね。伝言で済む話じゃないから直接話しに来たよ」

そう言えばクレイター国の交渉団が滞在してましたな、神殿にも挨拶に来られました、代表を務めるのは大層可愛らしい姫君でした。彼女たちが帰国の際に勇者様を護衛にするとは、カール様も随分と気を使ってるようですな。

残念なのはクリス様が同行なさるのを事前に知っておれば、我が孫娘を護衛として推挙したものを、機会を逸してしまったのは惜しかったですの。まぁ護衛という任務の関係上、詳細を言い触らす訳もないのは百も承知。

「どっから話したものかな……ええっとデカイ狼は広場に飾るんだっけ？」

「勿論です、奴は五十年も前に多くの国土と人命を奪った魔王種です。月狼王クルトの討伐の事実は遍《あまね》く民衆に知らせねばなりません。儂の友人も奴の討伐に参加し、何人帰ることのできぬ結果となったか……」

儂としては憎き魔王とはいえども、晒し者にするのは気が進まないのだ。だが先代辺境伯のロジェ・カロリング様や、老臣達がどうしても奴に槍を突き立てたいと強硬に主張しているし、神殿内でも儂と同世代の者達が賛同してるものだから、儂一人が反対してもどうしようもない。

領主として領地を、そして生まれ育った故郷を奪われた者達の怒りはそれほどのものか。聞いた話では魔王の死骸は辺境伯邸の倉庫に保管する予定であったのだが、屋敷に勤める老僕が倉庫の鍵を開け、月狼王の死骸に火を放つ事件があり、今はクリス様の【収納空間《アイテムボックス》】に収まっている。

流石に魔王種の毛皮は簡単に燃えるような代物ではなく、少し焦げた程度であったそうな。息子を食い殺された復讐だと証言した老僕に同情した者も多く、謹慎で済ませたとロジェ様は仰《おっしゃ》っておられた。

「近場で置けそうな広場に先約があるとなると、他には収まりきらないから困ったな。郊外でもいいから、もっとデカいのを置ける場所ないかな？」

ん？　もっとデカいの申されましたか？　なんだかとても嫌な予感がしますが、とりあえず神殿から北にある荒地のことをお教えました。

「それじゃそこにパラポネスとか言う、デカい蟻の素材置いとくから好きにして良いよ。なんでも鉄と混ぜると便利な金属になるそうだから高く売れるだろ」

「…………パラ……ポネス……と申されましたか？」

儂の耳がおかしくなったのでしょうかの？　この国にいるはずのない魔王種の名前を聞いたような？　最近忙しいですのできっと聞き間違いでしょう、そうでしょう？

「同行してくれたサリーマさんは『鋼蟻帝パラポネス』って言っていたな、鎧蟻の魔王種で小山みたいな女王蟻だったぞ」

……うーん…………はっ！　一瞬思考が止まってしもうた！　落ち着け、落ち着けよトラバントよ。大事なのは平常心だ、儂は大神官なのだ。法の女神トライア様に仕える者は狼狽《うろた》えない、そうじゃ法の守護者として常に揺るがぬ心を持たなければ！　心の中で深呼吸をし、思考を切り替える。

「お、おぉ！　発生から三百年は経ち、帝国ですら討伐の叶わぬ魔王種を倒すとは！　流石はクリス様ですな」

あまりの事に驚いたが、考えてみれば儂らになんの不利益もない話、我らが勇者様が武勲を挙げられたという単純な話じゃ。ほっほっほ、来年はこの件を題材に演劇を上演するかの。

「護衛じてて襲われたから返り討ちにした、一部を一緒にいた傭兵団の人に分けたけど巨大《デカ》すぎて余ってさ。素材売ったお金で頑張ってる人たちに、美味いものでも振舞ってあげなよ、みんな忙しそうだし」

パラポネス……確か我が国より北方の国で発生し、多くの国が連合を組んでも三百年討伐の叶わなかった恐るべき魔王種。齢《よわい》を重ねる毎に強大化する魔王種が三百年も生存すれば。どれほどの脅威となるかは想像に難くない。

最近になって大陸最大の領地を持つまでに版図を広げた、リーテンブ帝国ですら手を焼き。かの帝国では討伐を成し遂げた者は皇族として遇するというお触れが出るほどだ。

鎧蟻の甲殻を材料にした魔鋼は魔法への抵抗力を高める特性を持ち、防具の素材として需要は計り知れず、確かに多額の利益が見込めます。まして魔王種のそれともなればその価値はまさに青天井でしょう。

「腹とかブヨブヨしてて気持ち悪いし、そもそも巨大な虫とか飾っても女の子が嫌がるだろ、まぁ男でも嫌だろうけどさ。俺じゃ売っぱらう伝手《つて》とか無いから神殿に任せようと思ったんだ」

お祭りって予算《カネ》がかかるだろ？　皆が楽しめるように神殿で使ってくれ……と笑顔の勇者様に言われましても、いや気遣いは有り難いのですが。それって、警備から解体、その他諸々に人手が割かれるってことですよね？

組織の長として予算が増えるのは嬉しいですが、魔王種の素材など外部に任せるわけにもいかないので、現状でやられると過労死一直線なのですが……。

「お待ちくだされ、討伐した魔物の素材は、辺境伯家で一括に卸すのが筋ですぞ。食肉を知り合いに分ける程度ならともかく、魔王種の素材の価値はまさに青天井、勝手に売るのはある意味脱税ではないでしょうか！」

ちなみにそんな決まりはないが、中間マージンが辺境伯家の財源になってるのは確か。申し訳ないんですがこれ以上人手を取られたら、神に仕える身としての勤めに支障が出ます。

予算は欲しいですが、その為に神官として勤めを疎かにするのは本末転倒。ふっ流石は儂、魔王を倒した衝撃で混乱していては、何も考えずに受け取っていたことでしょう。しかし法の女神様に仕える我らは常に平常心。揺るがぬ強靭な精神の持ち主なのですから。

「それもそうか、カール王子は留守だったから後にしてたけど、会った時にでも渡すよ……でも邪魔になりそうだよな、デカイから倉庫にも入りそうにない」

とりあえずお祭りが始まるまでは、【収納空間《アイテムボックス》】に入れたままにしてくださるようだ。二体目の魔王を倒してしまうとは予想もしなかったが、立て続けに偉業を成し遂げる姿に、誇らしい気持ちになります。この方こそが我らが祈りを捧げる女神様が、遣わしてくださった勇者なのですから。

そして折を見て儂の孫娘のアルテナを嫁がせよう。自慢ではないが、決して自慢ではないが儂の孫は、器量良し、気立て良し、家事は万能で、信仰厚く神聖魔法の練度に優れており。それを奢らずに神官戦士としての修行を怠らぬ努力家な、何処に嫁に出しても恥ずかしくない自慢の孫である。

とはいえ儂が無理に嫁がせるのも外聞が悪いからの、徐々に接点を増やしつつ仲を深めるようにするのだ。アルテナもクリス様に憧れておるようだし何も問題はあるまい。

ふふふ、勇者様と親戚になれば普段口煩い長老連中も、強くは言えまいて。儂は話してる間に少々温《ぬる》くなったお茶を飲み、頭の中でクリス様と孫娘をくっつける計画を……。

「そうそう、それとクレイターの姫さんを嫁に貰ったから」

――ブホォォォォォ!!

「ゲホッゲホッ！　し、失礼しました」

いかん不意打ちでお茶を吐いてしもうた！　クリス様にもかかってしまったが、気にした様子もなく咽《む》せた儂を心配そうに見ておられる。

「大丈夫かトラバントさん、背中叩こうか？」

別の事を考えていたせいか平常心が乱れてしまったか、落ち着け、落ち着けよ儂。落ち着いて祈りを捧げるのだ。その間クリス様は雑巾で飛び散ったお茶を拭いてくださっていた。も、申し訳ございません、クリス様にそのような真似をさせるとは。

「話を戻すけど、都合のつく時でいいから神殿の儀式場を貸してもらえないか？　確か結婚の時に着る正装も貸し出してたよな。一応本人も連れてきてるけど、流石に大神官の執務室に連れてくるわけにはいかないから、別の部屋で待っててもらってる」

確かに結婚の時に纏う正装は、神殿で聖別した生地で仕立てられた純白の服――男は簡易な儀礼服で女はかなり意匠の凝ったドレスだ――で貸し出しも販売もしてますが。その前に正装を纏うのは誰かというのを確認させてくだされ。

「クレイター国の姫と申されましたか？　あの、良ければどのような事情か伺っても？」

「魔王種倒したら魔核が三つあってな、そのうち一つをクレイターの王様が欲しいって言うから譲ったんだ」

いやそんな、お裾分けじゃないんですから、一つで各国の力関係を崩すような危険物をあっさり渡さないでくだされ。とりあえず魔王種関係と勇者様の女性問題は、全てをあるがままに受け入れることに決めた。

「それでルーフェイを、ああ、クレイターの姫の事だけど。嫁に差し出すって言ってきたんだ。一度は断ったんだけど王様が強引でさ、オリヴィアたちが道中妹みたいに可愛がってたし、俺にも懐いてたから受け入れたんだ」

クリス様の三人目の嫁はアルテナを選んでいただこうという、儂の目論見が潰えた悔しさを信仰心で消し去り、思考の切り替えにより再び平常心を取り戻す。

「一国の王女との婚姻となれば、できれば内外に知らしめる意味でも、時期を選んだ方が宜しいかと。近いうちであれば貴族の皆様が集まる式典の日など如何でしょう？　正装も貸し出しのものではなく、新しく仕立てるべきでしょう」

済まない演劇の衣装を担当する信者たちよ、急ぎのオーダーメイドを受注してしまったが頑張ってくれ。催事の目玉として、勇者様と姫様の婚姻という絶大なイベントにはドレスが必須なのだ……儂の方も予定変更で仕事が増える気がしますが、祭りを盛り上げる為には致し方ありません。

「そっか、ルーフェイはお姫様だしな、それじゃその日に頼みます」

今から段取り変更をするとなると、各部署から怨嗟《えんさ》の声が上がりそうですが、これ以上ない式典の目玉になるのだからなんとかするしかあるまい。ふふ儂は冷静じゃ、平常心で祭りの成功に心を砕いてるのじゃ……

その日、儂の必死の説得により、勇者様とルーフェイ姫の結婚式を行うと決めたのは良かったが……カール様の帰還後、今度は勇者様とマーニュ王国王女アルチーナ様との婚姻が発表され、更なる過密スケジュールで準備を進める事となる。

第二章　忍び寄るモノ

～穢れし凶妖、無垢なる涙に勇者は応えた～

トラバントさんとの面会を終え、催事の目玉としての結婚式の話をすると、今日祝福を受けるものだと期待していたルーフェイは、がっかりした様子でしっぽも垂れ下がってしまった。

しかし結婚式で着るドレスを仕立てるためだと言うと、すぐに機嫌を直してくれた。なんでも待つ時間を楽しむのが仕立服の醍醐味だとか、この辺の感覚はさすが王族《セレブ》と言ったところか。

俺からすると既存の服の寸法直せば十分なんだが、それを口に出すのは無粋も無粋。口《くち》は禍《わざわい》の元《もと》、余計な事を言わないのがモテる第一歩だと、修業時代猟師のオジサンが言ってた。女の子にとって結婚式で纏うドレスは特別。だからこそその為に男は黙って甲斐性を示すのだ。

男物の正装は寸法を測るだけ。しかし女物の、まして王女が結婚式に纏うドレスとなると寸法を測るだけじゃなく、デザインやらアクセサリー等々専門の職人さん達との打ち合わせが長くなってしまった。

打ち合わせの間は、ルーフェイは楽しそうに、そして真剣にサンプルのデザイン画を見比べていて、俺は若干置いてけぼりである。やっぱり女の子はこういうの好きだよな。

女の買い物、まして仕立服ともなれば時間がかかって当然、文句を言わずに付き合うのが男の度量だろう。なんか職人さん一同「スケジュールが……」とか、「内職のできる職人を可能な限り押さ

えろ……」とか言いつつ青い顔をしてるが、待ってる間に仕立て代の全額を先払いしておいた。

こうすると良い具合にプレッシャーになるって師匠《ジジイ》が言ってたし。今にして思えば師匠《ジジイ》も結構良い家の出身っぽかったな、もう少し話を聞いておけば……いやあのジジイは魔法しか能のない偏屈だから役に立たないか。

まぁジジイはどうでも良い。俺としてはオリヴィアとディアーネとも、祝福の魔法をかけるだけじゃなく、是非とも式を挙げたいから、暇を見て仕立て屋さんと相談しよう。サプライズでドレスを贈るのも良いかも知れない。

そうして神殿専属の仕立て屋で、正装の採寸やその他諸々を済ませた俺たちは、街を散策しつつ屋敷に帰る事にした、馬車で帰っても良いけどなんとなく味気ないからな。ゴーレム馬車は【収納空間《アイテムボックス》】に入れ、手を繫いで神殿を出る。

帰り道では、街の人間のほとんどが俺の事を知っているせいか、すれ違うたびにお辞儀されたり、中には拝む人までいるが、俺は気にしない。ルーフェイにも視線が集まるが、注目されるのは慣れてるのかいつも通りだ。むしろ笑って手を振ったりしてる辺り、お姫様なんだなぁと実感する。

獣人族は珍しいが、冒険者をやってるクレイター人がたまにいるので、奇異な目で見られてはいない。むしろ人懐っこい笑顔のルーフェイに好意的な視線が多い。

時間はお昼にはまだちょっと早いくらい、ご機嫌なルーフェイと手を繫いで歩く街並みは、人通りの多い通りだけあって中々の賑わいだ。特に予定があるわけでもないし、デートを楽しむとしよう、夫婦や恋人というより保護者に見えるのは気にしないことにする。

「ルーフェイ、お昼ご飯にはまだちょっと早いけど、どこかで食べて帰ろうか。なにか食べたいものはあるか？」

「それじゃこの街で流行ってるっていう『素材パン』を試してみたいです」

意外なチョイスだが、確かにお姫様が食べるにはちょっと行儀が悪いので、護衛の人達が食べさせてはくれないだろうな。それで街を眺めれば、ちらほらと美味そうに食べながら歩いてる人がいるのだから、興味を持ってもおかしくはない。一応この街の名物としてそれなりに知られたものだしね。

素材パンとはカール王子がこの地方にやって来てから、数年間で急速に広まったモノで、単純に細長いパンの真ん中に縦に切れ目を入れて様々な具材を挟んだパンだ。単純なので誰でも手軽に作れるし、歩きながら食べれるので、忙しい労働者たちの食事として受け入れられたそうだ。

多分カール王子からすれば忙しい中、食堂に足を運ぶのは勿論、部屋に使用人が持ってくる食事のたびに、態々《わざわざ》机の上を片付けるのが面倒だったんだろう。物凄く散らかってるからなカール王子の執務室。

行儀が悪いと苦言を呈した重臣もいたらしいのだが、山のような書類に埋もれ、幽鬼が如き形相のカール王子がパンを食べつつ筆を走らせてる様子を見て、即座に前言撤回と謝罪をして踵を返したという……書類仕事から逃げたな重臣さん、武官だったという話だから分からなくもないけど、せめて手伝ってあげようよ。

さて、そんな曰くのある素材パンだが、広めた本人は本当は『ソーザイパン』だと主張してたらしい、とお手伝いのオバちゃんが言ってた。まぁもはや街では素材パンで認知されているので諦めてもらうしかない。

「素材パンだな、分かったそれじゃお店で食べるんじゃなくて、持ち帰り用で包んでもらって公園で食べようか？　それとも持ち込みが出来るカフェにでも入ろうか？」

「わふっ！　それじゃ公園に参りましょう。まるでピクニックみたいですねクリス様！」

二人でピクニックというのが嬉しいのか、腰に抱き着き、しっぽをブンブン振り回すルーフェイ。なんでも滅多に外出できなかったので、自由に出歩けるだけで楽しいそうだ。よしよしピクニックくらい、いつでも連れてってやるぞ。

「今日は二人きりだけど、次の機会があったら、オリヴィアとディアーネも連れてピクニックに行こうか。みんなでお弁当作ってさ」

「は、はいです！　姉様たちも一緒にピクニックかぁ……絶対！　絶対行きましょうねクリス様！」

楽しみで堪らないと、満面の笑みで俺に抱き付いてくるルーフェイに、自然と俺の頬も緩んでしまう。あぁ可愛い、俺の嫁は皆、タイプが違えど最高に可愛い。

さてさて、ご機嫌なルーフェイとのランチはどこで買おうかな？　素材パンは作るのが簡単なだけあって、誰でも手軽にできる商売だ。パンそのものは安く買えるし、冒険者などが自ら狩った獲物の肉などを焼いて挟んだものとか、食べられる野草をサラダと言い張り店に出す人もいるらしい。

当然当たり外れの幅は大きく、初見の店で買うのはちょっとしたギャンブルだ。まぁそれを楽しんでる人も一定数いるのだが。外れの店でもまぁ笑い話になるだろうけど、折角だし美味しいお店を見つけたいな。

「クリス様！　あのお店です、あのお店から良い匂いがします」

そう言ってルーフェイが指さしたのは、小さいながらも小奇麗なパン屋だった。ふむ、舌が肥えてる上に、鼻の良いルーフェイが言うなら間違いはないだろう、当たりの店ならオリヴィアたちの分を買って帰ってもいい。

ちなみに俺が気に入ってるのは塩っ気の強い味付けの、焼いた厚切りベーコンと野菜数種類を挟んだもの。オリヴィアはポテトサラダ、ディアーネはハムとチーズがお気に入りだ。

カール王子は様々な野菜と調味料を混ぜて煮込んだ黒いソースを、たっぷりと染み込ませた焼きパスタが至高だと主張してるが、賛同者は少ない。俺としてはソース焼きパスタは普通に美味しいので、別々に食べたほうが良いような気がするが、権力者に逆らってまで言う事でもない。

ただこの焼きパスタパン、数少ない賛同者には非常に気に入られていて発案者に敬意を表し、黒ソースの焼きパスタパンはカールパンと呼ばれているそうだ。

それぞれの好みはともかく、ルーフェイに手を引かれ、立ち寄った店は掃除が行き届いていて雰囲気が良い。店に入るとパンの匂いと共に木の香りもする、どうやら新築の店のようだ。店には女性が一人だけで、飲食店らしく化粧っ気の薄い、やや地味な印象の店員さんだった。

「いらっしゃませ『森の庵亭』へ、ようこそおいで下さいました」

「わふっ！　ますます良い匂いがします、クリス様ここで買いましょう」

店に入った途端ルーフェイのしっぽを振る速度が上がる、良さそうな店なので今日の昼飯はここで買うとするか。虫除けの為なのか透明なガラスで覆われた陳列棚には、作り置きと思われる素材パンが所狭しと並んでいた。盛り付けが綺麗でどれも美味そうに見える。

「ルーフェイは好きな物を選びな、ただ食べきれないほど沢山買っちゃダメだぞ」

「はい、クリス様！」

元気よく返事をするルーフェイの意識は、既に陳列されたパンに向かってるようで、しっぽを振りながら陳列棚を熱心に眺める姿は実に和む。パン屋のお嬢さんも同じことを考えてるのか？　微笑みながらルーフェイを見ている。

ちょっとぽっちゃりしてて地味な、印象に残らない感じの女性なのだが、よく見ると……あれ太ってるんじゃなくて胸がデカいのと、服装のせいでそう見えるだけだ。やや小柄なのに目測でディアーネと同等以上、なんて凄まじい脅威《胸囲》だ、つい目線が固定されてしまう。

おっと不躾な視線に気付かれたか？　店員さんがこっちを見るが、軽くほほ笑むだけで何も言わない。多分そういう視線に慣れてるのかな？　なんか悪い気がしたので嫁やオバちゃん達の分も買って帰ろう。

さて、まずは自分の分を買うとするか、とはいえ素材パンは千切って分ける事もできるし、ルーフェイと被らないように選ぶか……どうやらルーフェイは考え抜いた挙句に、揚げ物を挟んだ物を選んだようだ。それじゃ俺は豚の腸詰と、タレ付きの羊肉の二個買うとするか。

「クリス様クリス様！　これが一番良い匂いがします！　一緒に食べさせっこしましょうね」

ルーフェイが選んだのは一つだけ。どうやら食べきれないほど買っちゃダメと言ったから、悩んだ挙句に豚肉のフライを挟んだパンにしたようだ。俺たちが食べる分を除き、お土産分として店にある全種類の素材パンを買い、持ち帰り用に包んでもらう。【収納空間《アイテムボックス》】に入れれば、これで時間が経っても温かいままだ。

店印さんがなにやら驚いてる様子だが、【収納空間《アイテムボックス》】なんてそれほど珍しい魔法でもない筈だから、何か失礼をしてしまったのか？　まさかルーフェイの態度から俺たちが恋人か夫婦だと察し、幼い少女を手籠めにする悪人に思われたのだろうか？

確かに平均より小柄なルーフェイに手を出した事実は揺るがないのだが、嫁なんだから問題あるまい、きっとない。

「あ、あの……」

まさか衛兵に通報されたりしないよな？　いやでも客観的に見て俺とルーフェイを見たらどう思うだろうか？　無形族と人狼族だから兄妹には見えないだろうし、ルーフェイはことあるごとに抱き着いてくるし……良し店を出たら周囲の認識をずらす術で、誰の目にも映らない様にしよう。

「あの、お客様……」

「なんだ？　ルーフェイは正式に俺に嫁いできたんだから、デートして責められる謂れはないぞ。まぁ祝福をかけるのはまだ先だが」

「いえ、そうではなく……お釣りをどうぞ、あと沢山買っていただいたのと、よろしければ私のお店を今後ご贔屓いただければと思いまして、サービスでアップルパイをお付けします。さっき焼きあがったばかりで奥様にも気に入っていただけるかと」

ああ、すまん店員さん、考え事に没頭してたせいで、つい剣呑とした態度になってしまった。こういう態度は男らしくないので、ここは紳士的に礼を言うと、釣りとアップルパイを受け取り店を出た。ルーフェイは良い匂いだとパイの包みをキラキラした目で見てる。

「それじゃ近くの公園で食べようか。天気も良いし本当にピクニックみたいだな」

「はいです！　今度は姉様たちもご一緒したいです」

◆　◆　◆

アタシの名はヴィヴィアン、リーテンブ帝国の諜報員だ。多くの冒険者や食い詰めた開拓希望者が集まるこの街に潜り込むのは簡単で、アタシは街に溶け込む一環として、パン屋の経営者としての身分を手に入れた。

任務は情報収集と噂のばら撒き、店を開いたのはつい昨日の事だが、中々順調だと思う。この街への移住者は多く余所者として警戒されることもない、諜報員として培った話術があれば、パンを買いに来た客から様々な話を聞き、また不穏な噂を植え付けられるってもんだ。

そしてもう一つ重要なのが、権力者の妾でもいいから取り入ること。この街にはその為に専門の教育を、幼い頃から叩き込まれた同僚が何人も潜り込んでるのさ。後は身請けした元娼婦とかかね、彼女らは男を誘うプロだからね。

そしていざ戦争が始まったりすれば、内部から不和を煽ったり離間工作を仕掛けたりするのがアタシの任務。同じ事はこの国もやってるからおあいこってなもんだ。むしろこの国、いやカロリング辺境伯のほうがえげつないな。

全貌はアタシのような下っ端には知らされていないけど、なんでも帝国傘下の国々に謀反の火種をばら撒いたり、中央政府には金を使って内部抗争を泥沼化させたりと、なんかアタシの上司がまるで悪魔の所業だと恐れていたね。まるで帝国の内部事情を熟知してるかのように、的確に金やら偽手紙やらを送り付けてるそうだ。

やだやだ、こういう陰険な事が日常の王族やら貴族ってのはおっかないね。本音を言えば関わりたくない、だから権力者と縁が薄そうなパン屋を開いたんだ。

でも任務だからなぁ嫌だけど、形だけでも権力者に近寄るふりをしないと……どうせなら若くてイケメンのお貴族様なら喜んでお近づきになりたいけど、そんな優良物件がパン屋の店員なんて相手にするはずもないからね、変な夢見ないでパン屋やってよ。

そんな事を考えていたその日、昼前にやってきたお客さん、いやあの方と会って昨日までの考えはすべて消し飛んだ。

やたらと上機嫌な人狼族の少女を連れた彼の顔は、逆光でよく見えなかったがかなり若そうだ、歳は十九歳のアタシと同じくらいだろうか？　服装はきちんと寸法を測って仕立てられた物のようで、派手さはないがよく見れば高価な生地で誂《あつら》えられている。断言できる金持ちだ！

そうなると人狼族の女の子は使用人かなにかだろうか？　マーニュ王国はクレイターと国交は無いはずなので、珍しい人種を奴隷として連れまわしてるのかとも思ったが、肌、髪、そして手を観察してみると、恐らくはお嬢様だ。

ただ多少家事は嗜んでるようだから下級貴族？　それとも裕福な商家の子かな？　そんな子が無邪気に懐く彼は要するにそれ以上の身分なのだろう。

じっと観察してたのが不味かったのか、彼はアタシを訝《いぶか》しげに見ている。慌てて営業スマイルの仮面を被ると、何事もなかったかのように素材パンを選び出す。危ない危ない、今度はばれないようにさりげなく彼を観察する。

結論から言おう……若くて金持ちで、連れの女の子への対応から女性に優しそうで、しかも商品を受け取ったときに簡単に【収納空間《アイテムボックス》】の魔法を使うなんて、熟練の魔法使いでも難しいっていう超高難易度の魔法なのに！　しかもイケメンとか。これは惚れるでしょう、任務とか関係なしに妾になりたい！

アタシの邪念が気付かれたのか、クリス様と呼ばれる彼に声をかけると、人狼族の女の子を嫁だと言って、会話を切られる。くっ流石に女に言い寄られるのに慣れてるのかガードが堅い！

「いえ、そうではなく……お釣りをどうぞ、あと沢山買っていただいたのと、よろしければ私のお店を今後ご贔屓いただければと思いまして、サービスでアップルパイをお付けします。さっき焼きあがったばかりで奥様にも気に入っていただけるかと」

自慢ではないがアタシは料理が上手い、教育の一環で仕込まれたが才能があったらしく、一等地にレストランを開いてもやっていけると思う。がんばれアタシ！　なんとか、なんとか常連になってもらえれば突破口はある！

「ん、そうか……ありがとうまた来るよ」

そうして女の子を伴い彼は店を出た……また来るよ、また来るよ……うへへ。これはアレかな期待しちゃって良いのかな？　彼が常連さんになってくれれば接する機会も増えるだろうし上手くすれば、お手付きもあり得るかな？

「何を締まりのない顔をしている」

「ぴゃぁぁぁぁ！　あ、あんたは……なんだラディさんじゃない」

確か元官僚でドジ踏んで諜報員にされたんだっけ？　ラディさんは凄い真面目で頭の良い人だから、名前も知らない諜報員の纏め役も頼りにしてるらしく、難しい判断が必要な任務を任される人だ。

「なんだとはなんだ馬鹿者。自然に客と会話してるように振る舞え」

言われた直後に店の入り口が開き、冒険者らしい男たちが入って来た。

「いらっしゃいませ。『森の庵亭』にようこそ」

客に愛想を振りまくアタシの前に、一番安いサラダを挟んだ素材パンを持って来て、自然に支払いをするラディさん。釣銭を渡す……振りをして、命令書をエプロンのポケットで受け取った。

「ありがとうございました」

「ああ、開店してすぐだから大変だろうが頑張りたまえ」

その後はひっきりなしに客が訪れたが、少し客足が途絶えた時を見計らい、厨房で受け取った手紙を読む。その手紙には最優先で先程店にやってきた彼、クリスの監視を命じるとあった。

こ、これは！　あの人そんな重要人物なの？　い、いやこれは好都合だね。むふふ、このまま監視してる内に親しくなっちゃったりして？　いやいやひょっとしたら……。

◆　◆　◆

賑やかだった大通りは日が落ちると、途端に静かになる。アタシは店仕舞いを終え、休もうとした時だった。いきなり店のドアが開き、若い男が入ってきた、なっなんで?!　鍵は閉めたはずなのに！

「だ、誰！　大声出せば人が集まるんだよ」

精一杯の虚勢を張るアタシを嘲《あざけ》るように、無遠慮に近づく男……それはなんと最近常連になってくれたクリスさんだった。女の子を連れていた時に見せた優しい笑顔は欠片も無く、代わりに飢えた野獣のような眼差しでアタシを見据えていた。

その強い眼光にアタシは声をあげるのも忘れ、竦んでしまっていた。怖い、オオカミと相対したウサギとはこんな心境なのだろうか？

「客としてきた、騒ぐな」

「え？　あ。でも……ク、クリスさん？　パンはもう売り切れちゃって……」

「あれだけ毎日じろじろ見て気付いてないとでも思ったか？　俺が気になってるんだろ？　望みを叶えてやるよ」

それだけ言うとクリスさんは無遠慮に店の奥に入り、いきなりの事に混乱し、動けないアタシを壁際に押さえつけ、無理やりキス。あぁ、やだぁクリスさんの舌が口の中に入って来るのぉ。

「んっ！　んむぅぅぅ！」

あぁ！　初めてのキスがこんなあっさり奪われるなんて！　抵抗したくても、アタシの両手を掴む彼の力強い手を振り解くことは出来ず……アタシはなすすべなく口内を舌で蹂躙される。

キス……気持ちいい、身体から力が抜け押し退ける気力が湧いてこない。未知の快感になにも考えられない。舌と舌が絡み合ういやらしい水音だけが耳に残る。

「んっんっん……んくっ」

あまりの心地よさにアタシからも舌を絡めて、夢中でお互いの口を吸う。そして気が付かないうちに彼の手で服を脱がされ、下着姿にされていた。

壁際に押さえつけられ、唇同士を絡め合ったままクリスさんの手がアタシの胸に。そして腰にも彼のいやらしい指に触れられた瞬間、痺れたような快感が身体中を駆け巡る。

「あっんむっ！　ンンンンンッ！」

「ふふっ思った通りお前の身体は極上だな、こんなに感じやすい奴は珍しいぞ？　それとも俺に犯されるのを期待してたのか？」

胸と腰だけで許して貰える筈もなく、ついに下着の中に彼の指が侵入し、既に湿った秘所を撫でる。あぁ恥ずかしいよぉ。彼にこんないやらしいアタシを見られるなんて。

逃げないといけないと頭では分かっていても、身体が竦んでしまっている。いや、心のどこかで「彼から逃げられるはずがない」と言う諦めと、「この人のモノになりたい」と、考える倒錯した願望が、足を止めてしまっていた。

「いやぁ！　や、やめて乱暴にしないで！　こんな事しなくても……」

涙を流し許しを請うアタシを見て、クリスさんの口角が歪む。まるで仕留めた獲物の前で舌なめずりをする獣のようだ……いや、実際彼は獣欲を一切隠さないケダモノだ！

いつの間にか服を脱いだ彼の股間……あ、あんなモノが、あんなに大きなモノが、アタシの膣内に入るわけない。

「デカい胸だ、毎日見せつけて俺を誘っていたんだろう？　望みどおりにしてやってるのに抵抗するんじゃない。いいか、この胸はもう俺以外に見せるんじゃないぞ……まぁこれからガキを何人も孕ませてやるから、俺以外ってのは無理かな？　ククク……」

本気としか思えない冗談を言いつつ、彼はアタシの胸にむしゃぶりつく。乱暴にされ痛いのを覚悟したけど、乳首に触れる彼の舌と、意外と優しい手つきで、段々と気持ち良くなっていく。あぁ駄目なのにレイプされようとしてるのに感じちゃ駄目なのに。クリスさんに抱いて貰えるのだと思うと、言いなりにされてしまう。

「あっやぁ……はぁん、お願いもうやめてクリスさん……アタシ……んむぅ！」

胸で感じさせられ、何か言おうとしても舌を絡めたキスをされ、もう何が何だか分からなくなる……頭の中が真っ白になり、元々弱かった抵抗が完全にできなくなる……身体から力が抜けたのが分かったのだろう、押し倒されていたアタシの身体の向きを変え四つん這いにさせられる。

背後から覆い被さるように、両手はアタシの手に重ねられ身動きが取れない。度重なる胸への愛撫と、キスによってもはや言葉で抗う事すら諦めてしまっていた。この人に身体も心も奪われるのを自ら認めてしまっていた。

「貰うぞ？」

「あぁ……もう許して、アタシ初めてなの」

クリスさんの愛撫とキスでもはや言いなりのアタシの精一杯の抵抗、しかし、それはただ彼の獣欲を煽るだけでしかなかった。

「緊張してるのか？　だったら……」

今にもアタシの処女を奪おうとする男の意外にも優しい声色につい振り向くと、彼の顔が目の前にあった。目を逸らそうにも覆い被されてるのだ、逃げようもなくまた唇を奪われる。

「んっ……んん。あん……」

優しいキス。さっきまでの強引に感じさせるような荒々しいモノではなく。まるで恋人にするようなキスに再び意識は朦朧とし……一切抵抗できず、アタシは純潔を奪われる。

「いっ！　あっんあぁぁぁぁぁ!!」

熱いモノがアタシの膣口に当たったかと思うと、一気に貫かれる。長大な肉の凶器によって長年守ってきた処女を奪われて……あぁ奪われちゃったよぉ。激痛と、どうしようもない喪失感に涙が溢れ止まらない。そんなアタシを見てクリスさんは笑う。

「なんだ？　そんなに嬉しかったのか？　ククク……ハーッハッハッハ！」

アタシの処女を奪った彼は気を良くしたのか、ゆっくりと、感触を楽しむようにオチンチンを出し入れする。あぁ！　熱いのが奥までっ！　大きくて逞しいものが何度も子宮の入り口を叩く。

「あっあっ！　あぁぁぁ酷い事されてるのにぃ……無理やりなのにぃ、あっあっくぅぅ！　ク、クリスさん……もう許してぇ」

認めたくない現実、アタシのオマンコからは愛液が溢れるほど濡れてしまっていた。当然彼が気付かないはずがなく。ニヤリと嗜虐的な笑みを浮かべる。

「ふふっ口では何と言おうと身体は正直なようだな、素直に楽しめヴィヴィアン、そうすれば少しは優しくしてやるぞ？」

「いやぁ！　アタシ感じてなんて……乱暴にされて感じるような女じゃ……」

アタシの反論は、欲棒を膣の奥まで押し込まれ、奥まで激しく突かれ止められる。代わりに口から溢れるのは嬌声。乱暴ながらも的確に性感を刺激する愛撫に痛みはあまり感じない。

「そんなにオマンコから汁を垂らしておいて嘘は良くないな、それとも……諜報員のお前にとっては本音を晒す方が拙《まず》いかな？」

「ッッ！　そ、それは……なんのこと？　あっ！　ひゃぁぁぁ！」

あ、あぁぁ！　バレた？　彼にアタシの正体がどうしてバレちゃったの？　背後から激しく打ち付けるオチンチンと、彼の言葉の衝撃にもう何も考えられない！

「ククク……このまま領主に引き渡せばお前は死罪。しかもこのエロい身体だ、どうなるかなんて理解できない訳ないよな？」

「あぁぁ……お、お願い許して。なんでもしますから」

「良いぞ、匿ってやる帝国からもこの国からもな……ただしお前は一生俺の性奴隷だと、誓えば……な？」

なんて卑劣な、全ての逃げ道を既に塞いでおいて、アタシから尊厳まで奪うと言うの？　でも咄嗟に反論が出てこない。アタシの膣内を貫く熱い欲棒を一突きされる毎に逆らう気概が崩される。

もう駄目、彼の前に処女のアタシが太刀打ちできる筈ないよ、もうこの人には勝てないんだ。アタシはとっくに彼の獣欲の前に屈してしまっていたのだ。

「あ、あ……お願い……します」

「聞こえないぞ、もっと大きな声で言え」

もうこの人には逆らえない……アタシ、クリスさんの性奴隷として一生飼われるんだ。何度も犯されて、気持ち良くさせられて、何人もこの人の子供を孕んじゃうんだ……。

「もっと！　もっと激しくしてぇぇぇ！　アタシは……ヴィヴィアンはもう身も心もクリスさんのモノです！　お願いアタシをクリスさんの奴隷にして！」

「よく言ったな、ご褒美だ、膣内《ナカ》に出してやるから受け取れよ、俺のは濃いからな確実に孕むぞ？」

「はひぃぃぃ孕ませてぇ！　ヴィヴィアンはクリスさんの子種で……あっあっはぁぁぁ！」

アタシの膣内に熱いものが注ぎ込まれる。あぁ駄目だこんなにされちゃったらこの人じゃないと満足出来ない身体になっちゃう。頭の中が真っ白になるほどの快感に、崩れ落ちる。

「ふっ。まさかたった一発で終わりだなんて思ってないだろうな？」

挿入されたままの凶悪な逸物は未だ大きさと硬さを保ったままだ。そのまま体勢を変えられ正面

から向かい合う。

「あ……あ……そんなまだアタシを犯すの？」

「やっぱり快感に蕩けた顔を見ながらのセックスが一番だからな。愛してるぞヴィヴィアン、もうお前の身も心も俺のものだ」

「ひあぁぁ！　アタシも、アタシも愛してるのぉぉ！　だからもっと、もっとアタシで気持ち良くなってぇぇ、従います一生性奴隷として……」

◆　◆　◆

「うひひ……いやぁん♪　クリスさんのケダモノ♪　そんな乱暴にされたら間違いなく出来ちゃう♪」

「もしも〜〜し……店員さん？　パンを……やっぱりいいです、お邪魔しました」

はっ！　アタシは今まで何を?!　慌てて周囲を見渡すとお店の客たちが何やら心配そうに見てるし、道行く人たちは、なんか店に入るのを遠慮してるような？

「い、いらっしゃいませぇぇぇぇ！　『森の庵亭』へ、ようこそおいで下さいましたぁぁぁぁぁ!!」

正気に戻ったアタシは帰ろうとした客の襟首を掴み、笑顔で接客をする。どうやら昨日パンを買った客が、アタシの店を紹介してくれたらしく、その後はあっという間にパンは売り切れてしまった。

仕方ないので今日は店を閉めることにした。掃除しつつやって来た客と話をして情報を集めると運良くクリスさんについて詳しい話が聞けた。彼が買った店だからとやってきた客の一人が、親切にも詳しく話してくれたのだ。

「ゆ、勇者様！　あの方ってそんな偉い人だったんですか」

「そうさ、さっきこの店で売ってる素材パンを公園で食べてるのを見てね、ひょっとしたらと思ったんだ。一緒にいたのはなんでもどこかのお姫様でお嫁さんらしいよ」

迂闊だ、帝国の諜報員として赴任したばかりとはいえ、アタシがパン屋の準備に追われてたせいで勇者の事を知らなかったとは……あ、だからラディさんが最優先で監視しろって言ったんだ。

「ご正妻のオリヴィア様なんてとんでもない美人だし、ご側室のディアーネ様も勿論美人だけど、それ以上に色っぽくてねぇ……」

どうも勇者はこの街ではかなり有名人のようだ、聞いてもいないことを延々と教えてくれる。

お、面白い……やってやろうじゃないか！　勇者に近づくのは任務だし！　個人的にもお近づきになりたいし。正直この時点で帝国からの任務とか頭から抜けていた気がする。

だって任務に忠実に働いて下っ端諜報員として生きるのと、金持ちイケメンで優しい勇者様の妾として生きるか、どっちかを選べと言われたら……ものすごい勢いで後者に天秤が傾き、前者は空の彼方へ吹っ飛んでいったのだろう。

そうと決まれば任務の為にも情報を集めないと。ひとまず諜報員の拠点に行って現時点で分かってる事を聞いてこよう。店を閉めたアタシは仕入れに行く風を装って街の城壁の外へと向かう。

妖精

賑やかな街中から少し離れた場所にあるその喫茶店は、ちょっとした高台にあり緑豊かな公園を一望できる、私のお気に入りのお店だ。なにより若い神官の見習いたちが見つけた、見回りルートから外れた場所にあり、忙しい最中のちょっとした逃避場所として最適なのも良い。

今日は朝から冒険者徒党同士の喧嘩が始まったと自警団から連絡を受けて、治癒の神聖魔法が得意な私と、聞き分けの無い人を抑える戦力としてユングフィアが向かうことになった。

気の荒い冒険者同士の喧嘩、まして徒党同士の争いとなると双方収まりがつかずに死傷者が出るのも珍しくは無いのです。幸いな事に死人はなく、私に神聖魔法で全員に治癒を施し、なんとか喧嘩を無事に収めた。

今はその帰り道。思ったよりも早く終わったのだから、その分お気に入りの喫茶店で休んだって罰は当たりません。なんといっても毎日忙しいですもの。

「はぁぁぁ……これからまた診療所に夜までですよ。神聖魔法に適性があるからって、大神官様は実の孫を酷使しすぎだと思いませんかユングフィアさん」

「それだけ大神官様はアルテナさんを頼りにしてるのだと思いますよ。それよりもあまりのんびりしていたら、他の皆さんが困るのでは？」

むぅ、この静かで居心地の良いお店に連れてきたと言うのに、真面目っ子はこれだから。喫茶店には似つかわしくない金属鎧に身を包んだ彼女はユングフィア。私のライバルだ。

私は神聖魔法を以て、人々に法の女神トライア様の慈悲を遍《あまね》く知らしめる司祭《ヒーラー》であり。彼女は法の守護者にして。秩序の担い手である神官戦士《ガーディアン》。同じ神官でも言ってしまえば仕事の内容が違うので、ライバル関係は成立しないと思われるでしょうけど、そんな事は断じてない。

普通の男性よりも頭一つ抜けた長身と豊満な肢体。艶やかな黒い髪、同性ですら見惚れる事もある美貌を持ち、暫く付き合ってみれば分かる、誠実で裏表のない人柄。

私の目の前でなんだか申し訳なさそうにお茶を飲んでる彼女こそ、私の恋のライバルだ。もっとも、ユングフィアは私がライバル視してるのに気付いてないみたいですが。

発端は勇者様がこの地で誕生したことだった。法の女神トライア様の地上代行者である勇者様は、私たちにとってこの世で最も尊い存在。法の女神大神殿の総力を挙げてお助けせねばならない……と言うわけで、男性の勇者様のお傍に仕えるのは誰が良い？　と、議論になった。

勇者様から色々と話を聞いた結果、英雄らしく色を好まれる方らしいので、若く見目良く優秀な女性が適任であると決まり。私のお爺様である大神官トラバントと、ユングフィアの祖母である司祭長サテリット様が真っ先に名乗りを上げたのだ。

私も神官である以上勇者様にお仕えするのはこの上ない誉れ。それに……でへへ、奥様とご一緒の姿を偶然お見かけしたのですが……ご正妻のオリヴィア様に向けられたあの優しい笑顔、素敵だったなぁ。

あの笑顔を私にも向けて貰えるのを想像して、ベッドの中で一人エッチしてしまったのは一度や二度じゃありません。私だって殿方の傍に仕えれば『そういう関係』になるのを期待するのです。

とにかく私と彼女は勇者様のお傍仕え、いえ側室の座をかけて争うライバルなのです。部署が違うので普段話さない間柄ですが、この機会に彼女の事を知らなくては。敵を知り己を知れば勝機が見えるというものです。


私だって……もうちょっとスタイルが良ければ、抜け駆けして積極的に勇者様にアピールするのですけど……正妻のオリヴィア様も、側室のディアーネ様も豊満ですから、アピールして相手にされなかったらと思うと……ううう、考えたくもありません。

容姿は、まぁ整ってる方だとは思いますし、自分ではあまり特別と思ってませんが声は綺麗らしい……他は髪の手入れは欠かしてませんが、貴族出身の奥様方の前では見劣りします。家事は出来ますがあくまで人並みですし……私ってお爺様の孫である以外なんの取り柄も無いんじゃ？

嫌な想像が頭から離れずにいると、調子が悪いとでも思われたのかユングフィアが心配そうに声を掛けてきた。

「顔色悪いですよアルテナさん、体調が悪いなら喫茶店ではなくお部屋で休まれた方が……」

心底私の心配をしてるのが分かる。ほんとこの子は良い子なのよ、気遣いも出来て優しくて美人で……ただちょっと武勇の方も頭一つ抜けていて、そのせいか男性の皆さんからは距離を置かれてるだけで。

「大丈夫です。毎日寝る間も惜しんで働いてるんですから、ちょっと外に出た時に少し休むくらい誰も文句は言わないですよ。ほら、ユングフィアさんこの店名物のヨカーンが出来たので食べましょう」

一人でこの店を切り盛りしているアンナおばさんが、二人分のヨカーンとお茶のお代わりを持ってきてくれた。うん、疲れてるから嫌な考えばかりしてしまうのね、ここは甘い物を食べて回復しませんと。

「ヨカーンですか？　アンクォのお菓子とは違うのでしょうか？」

「アンクォのお菓子なのは間違いないですよ。ヨカーンとは薬草スライムの可食部分を使い、固めて冷やしたアンクォのお菓子なんです。カール様が命名したんです」

カール様がこの街にやって来た頃に考案されたアンクォは、その辺にいくらでも自生してる小さな豆を煮込んで作ったもの。それぞれの店の料理人たちが創意工夫を繰り返し、今では店ごとに違う味わいを楽しめる。

ある店ではパン生地に包んだり、またある店では他の食べ物を練り込んで固めたりと、バリエーションも豊富で、密かにカロリングの街の住民の間では、どの店が一番か主張が入り乱れてたりする。

私としては断然この店のヨカーンですね。なんでも店主の元冒険者アンナおばさんが考案したそうです。

何年か前に街の有志が開催したアンクォで作ったお菓子コンテストで上位入賞した時に、審査員だったカール様が一口食べて命名したらしいです。名前の由来とかは知りませんが、カール様ですから何か深い意味があるのでしょう。

　あぁヨカーンの上品な甘さが疲れた体を癒してくれます。この店のヨカーンは薬草スライムでアンクォを固めてますから、身体にも良いお菓子です。

「いくらなんでも朝から神聖魔法を使いっぱなしですから、疲れて当然ですよ。このままでは倒れてしまいます。一息入れませんと」

「はぁ……アルテナさんがそう言うなら」

　ふふふチョロイ。真面目っ子がこれでサボりの仲間入りですよ。考えてみればこの子色恋に疎いし、積極的に勇者様にアピールってしそうにないですね……勝機が見えたかしら？

　そう考えると少し気持ちに余裕が出てきました。ふふふ、でもちょっと自信が無いから勇者様に直接アプローチかけないで、先ずは奥様方と仲良くなって私の事を知ってもらう事から始めましょう。

「あれ？　あそこ……公園のベンチに座ってるのは勇者様じゃないですか？」

◆　◆　◆

「わふっ！　美味しいですクリス様。食べてみてください、はい。あーんです」

　緑豊かな公園のベンチに座って、可愛い幼妻と並んで食べる昼食はまた別格。その上買ってきたパンが大当たりの美味しさで、しかもこうして食べさせっこしてると、自然と顔も綻び幸せな気分になる。

「おぉ、肉が柔らかいしソースも美味いな。それじゃルーフェイお返しにこっちのパンも……あーん」

「あーん……むぐ……えへへ」

俺がちぎったパンを、あーんして食べるのが気恥ずかしいのか、含羞《はにか》みながらモグモグと小さな口を動かす姿は最高に可愛い。

パンを食べ終えてからルーフェイを膝の上に座らせる。うん、フルフルと左右に揺れるしっぽがくすぐったい。しかし俺に背中を預けるルーフェイと、こうして触れ合ってると幸せを実感できるなぁ。

「ルーフェイはパン一個分くらいしか食べてないけど足りるのか？」

背後からルーフェイのお腹をさすると、くすぐったそうな声を出すけど、更に身を寄せ密着してくるので嫌ではないのだろうと判断し、強めに抱きしめる。うーんルーフェイは体温高めでこうしてると温かいなぁ。

「くふぅん……クリス様あのお姉さんから貰ったアップルパイもありますから、沢山食べたら後で大変なんですよ」

何が大変なのかはなんとなく察したのでこれ以上言わずに、貰ったアップルパイを取り出す。

【収納空間《アイテムボックス》】の内部に入れてる物は基本的に時間経過しないから、作りたてのように熱々だ、少し冷ましたらお互いあ～んして……と、考えてると視界の端に奇妙なモノが見えた。

「わふっ！　クリス様見てくださいアレ！　あそこにいるの妖精さんです！」

「妖精ねぇ……隣の大陸に住んでる精霊族？」

なにやら弱ったようにフラフラ飛んでる妖精とやらは、鮮やかな青い蝶のような羽を持つ、手のひらに乗る大きさの少女……いや小さいけどよく見ると美女って言った方が正しいかな？　体格比で考えると手足は長く、スタイルが良いし。

文献、と言うかとある冒険者の旅行記のような本に、挿絵付きで書いてあった内容とほぼ同じ。あれって本当の事書いてあったんだ、かなり眉唾物の内容だったぞ。耳の長い美少年や美少女が半裸で沐浴してるとか、植物と同化したような少女とエッチしたら最高に気持ち良かったとか……正直創作の冒険活劇と思って読んでたな。

西の大陸『パミュラ』では自然と共生する精霊族が住んでるのは知られてるが、比較的接点の多い海洋国家のクレイターでさえ具体的にはあまり知られてないらしい……と、本で読んだことがある。

「蝶々の羽ですから花妖精《フェアリー》さんですね。ちょっとフラフラしてますけどお腹空いてるのでしょうか？」

ただそのあまり知られてない筈の妖精を見て、ルーフェイが特に警戒も無く取り出したアップルパイを差し出す。

「ルーフェイって精霊族に詳しいのか？」

「精霊族ではなく妖精さん達に詳しいですね。よく魔法道具の素材を採りに行く人たちの船に勝手に乗ってクレイターに入ってきますから」

文献と実情が違うってよくあるな、精霊族そのものは詳しくなくても、船に勝手に乗って来る妖精は結構知られてるとルーフェイは言う。

それじゃ妖精からパミュラ大陸の事聞けばいいんじゃないかとも思うが、精霊族は人間よりも自然に近いので言葉を発する事は無いらしい。精霊同士の意思疎通はできてるそうだが、精霊と人間では成立しない。

ただ妖精に関しては喜怒哀楽の表現はなんとなく分かるし、人間の中に混じって暮らしてる妖精はこっちの言ってる事を理解するので、なんでもクレイター人に雇われて通訳みたいなことしてる妖精もいるくらいクレイターには馴染んでるそうだ。

って事は思考そのものは人間族とそう変わらないのかな？　試しにルーフェイの目の前で凄い勢いで蝶の羽を羽ばたかせてる妖精に精神を繋ぎ意思疎通を試してみると……。

――助けて。お願い。友達が死んじゃう。あの子が苦しいの。

ふむ死んじゃうとは穏やかじゃないな。どうにも切羽詰まってるように見える……精神を繋いだ感じだとそう人間と思考に違いは無いな、妖精とは言え女性の記憶の覗くのは悪い気がするが人助けなら仕方ない。

妖精に精神を繋いで垣間見たその記憶では、胸元を抑えて苦しむ女性の姿。そして必死に助けようとする他の妖精。言葉が通じないと分かっていても、助けを求めて大きな町を目指して必死に飛ぶ自分。

参ったな、こんなのを見たら助けに行かないと夢見が悪いなんてもんじゃない。ルーフェイにもこの妖精の状況を伝えると、目に涙を浮かべて助けてあげて欲しいと訴えてくる。

「分かった、少し人助けしてくるよ。この子は道案内に連れて行くけど一人で屋敷に帰れるか？」

「も、勿論です！　だからクリス様は妖精さんを助けてあげてください」

う、うーん……不安だ、ルーフェイを一人にしておくのは不安すぎる。いや過保護なのは分かってる。けどルーフェイはお姫様だし、人を疑わないし万が一彼女の可愛さに血迷ったのが出るかと思うと……。

悩んでる時間が勿体無い。ルーフェイを屋敷に送り届けてからと決めて、【収納空間《アイテムボックス》】からゴーレム馬車を取り出したところで、声を掛けられた。鈴を転がすような美声で振り向くとそこには、綺麗な金髪が印象的な女性神官と、白い鎧の背の高い女性神官戦士がいた。

「あの、なにやらお困りのように見受けましたが、勇者様、如何なさいましたか？」

「その格好は神官さんか、丁度良い、時間があったらこの子を俺の屋敷まで送ってくれないか？」

金髪の子は診療所勤めの神官が纏う法衣姿。もう一人の黒髪の背の高い子は神殿警備隊の証である白い鎧を着ている。悪意は感じないしルーフェイを送って貰おう。

「は、はいっ！　お任せください」

真っ先に前に出てきた金髪の子が元気よく返事する。頼られて嬉しいのか大変やる気があるようだ。

(ふっふっふ！　これは奥様達とお近づきになるチャンスです！　ユングフィアには悪いけど……)

「勇者様のお屋敷まで、このアルテナが彼女をお守りいたします。ご安心を」

「アルテナさんだね、ルーフェイを頼む」

これで一先ずルーフェイは大丈夫、ゴーレム馬車に乗り込んでこの妖精が友達って言う女性を助けに……あ、そうだ、ルーフェイのお願いとは言え、一人で街の外に出たらまたオリヴィアに怒られるな。

人助けは良いとしてその為にオリヴィア達を不安にさせるのは旦那失格だ。それに、妖精の友達とやらの状況を考えると……。

「忙しいところ悪いけど神官戦士の君は俺と一緒に来てくれ。とりあえず人助けなんだが、時間が無いから詳しい事情は移動しながら話す」

「は……はは ぁ！　畏まりました！」

背の高い黒髪の子はなんか緊張した様子だったけど、声を掛けると行動は早かった。略式の敬礼だけして俺が取り出したゴーレム馬車に乗り込む。

神殿が忙しいのは分かっていながら、権力で勝手に動かすようで申し訳ないと思う。しかし妖精の記憶を見た限りだと、女性がいた方が良さそうなんだよな、杞憂ならありがたいんだけど……。

数年前まで数戸の農家と木こりくらいしか住んでいない小さな、けどカロリングの街に近いので、それなりに豊かで長閑《のどか》な農村だったらしいイグル村。

しかし今、俺たちの前に見渡す限り広がる広大な農地には、素朴な歌声に合わせて鍬を振るう大勢の農夫、収穫済みの畑では楽しそうに走り回る子供たち。少し離れた場所にある大きな建物は作物を加工する作業所らしく、農家の奥さんたちが働いてるそうだ。

元々スラムの住民に定職を与える為の試験的な農地だと聞いてるけど、もはやそんな規模じゃない。

かつて畑の世話をする人たちが寝泊まりする小屋だった場所には、小さな部屋が寄り集まったような三階建ての集合住宅が十棟以上並び、大きめの商店が何件もありどこも盛況のようだ。長閑な農村と言うより賑やかな町と言われても信じるだろう。

「凄いですねクリス様。昨年に巡回で来たことがあるのですが、その時より人が増えてる気がします」

「あぁ、本当に凄いな。こういう光景見るとカール王子ってやっぱ天才なんだと思い知るよ」

走ってる最中にユングフィアとはお互いに自己紹介を済ませている。最初は緊張していたのかぎこちなかったけど、この村の事を聞いてる内に打ち解けられた……と思う。まだちょっと固くて遠慮があるみたいだけど、真面目で純情な子なのは分かった。

付いてくるように頼んだ時は焦ってたから気にしてなかったけど、落ち着いて顔を合わせるとこの子って物凄い美人なんだよな、しかも身長と同様におっぱいも超でかい。

しかも神殿の偉い人の孫娘らしくて、神殿の代表として俺の傍に仕える可能性があるらしい。あくまで候補の一人らしいけど……この子がいつも傍で尽くしてくれるのか……あ、イカンエロい妄想が……痛っ！

名前が無いと不便なのでトレニアと名付けた青い羽の妖精が、俺の髪を引っ張ってもっと急げと催促してくるけど無茶言うな。このゴーレム馬車の事故防止機能で前方に人がいるとこれ以上速く走れないんだよ。

精神を繋げてるから俺の考えてる事が分かったのか、なんとかしろと言いたげに今度は小さな手でペチペチ叩かれる。道は広く整備されているから、普通の馬車より速いんだけど、まぁ無人の道で出してた限界速度に比べれば遅く感じるか。

「こ、こら、トレニアさん。駄目ですよクリス様になんて失礼な……」

「痛くないいから大丈夫、トレニアも友達の命がかかってるんだ、焦るのも仕方ないよ」

手の平サイズの妖精とは言え女の子だ、泣きながら訴えられては仕方ない、馬車を降りて走るか。

「もう馬車よりも走った方が速いな。ユングフィア、身体強化の魔法をかけるから付いて来てくれ。鎧が重かったら【収納空間《アイテムボックス》】に入れておくけどどうだ？」

「いつも鎧を着て訓練してますので大丈夫です。急ぎましょう」

ゴーレム馬車を【収納空間《アイテムボックス》】に入れると、なにやら注目を浴びる。元々高級な馬車で注目されてたけどいきなり消えればそりゃ驚くか。

「あんまり目立つと面倒事になりそうだ。ついでに幻術で周囲の認識も誤魔化すから通行人にぶつからないようにしろよ」

「はいっ！」

身体強化を施して人混みの隙間を縫うように駆ける。トレニアの記憶にある友達、フェノリーゼさんが住んでるのは、住宅地から離れた木こり小屋。さて……記憶を覗いた状況から見て。多分手遅れの可能性が高いんだが、トレニアが悲しむ顔は見たくないので間に合ってくれよ。

◆　◆　◆

村外れの木こり小屋、妖精の記憶を覗いた限りでは間違いない。間違いないいんだが実際に目にすると途方もない事態になっていた。

「い、石を積み上げた城壁？　なんでこんなものが農村に？」

「多分妖精の仕業だな、フェノリーゼさんが使役する妖精は五人。トレニアの他にも妖精四人がいるからな」

盛り上がった土砂を覆うように棘のあるツタが絡みつき補強されていて、ちょっとした砦のようになってる。試しに火球を打ち込んでみてもビクともしない。

「フェノリーゼさんを守ろうと必死なんだろうな、土魔法で土砂を超圧縮してて鉄より硬いし。多分あのツタの棘には毒があるから触るなよ」

手甲があるからと壁を登ろうとしたユングフィアを止めて考えを纏める。先ず魔力そのものは俺の方が上でも土魔法ではどうにもできない。

俺が苦手な系統だし、文献の内容と、トレニアから引き出した情報と合わせると。妖精って生態として自然物を操れる、即ち種族そのものが土魔法の使い手なのだ。

魔法で空を飛べても、決して鳥のように自在に飛ぶことができないように、種族として持って生まれた能力を前にしては、似たような魔法では絶対に対抗できない。

トレニアも壁をどうにかしようと頑張っているが、あっちは妖精が四人、こっちは一人ではどうしようもない。空を飛んで仲間に呼びかけても反応が無いらしく、どうしていいか分からずにオロオロしている。

とりあえず胸ポケットにトレニアを押し込んで、俺の指示で魔法を使うように伝えると、何度も頷く。あぁもう泣くなって、手遅れだろうがきっと助けてやるからさ。

「それなら私のメイスで壁を壊して見せます」

「いや、ユングフィアは俺の後ろで不意打ちの警戒を頼む。単純に土魔法の達人が四人いると思えばどこから攻撃されてもおかしくない」

ユングフィアを後ろに下がらせると、意識を目の前の壁に集中……神聖魔法【魔術破棄《ディスペル》】を発動させる。それと同時にただの土塊と化した壁をトレニアの魔法で穴を開ける。

「悪いがユングフィア、妖精が襲ってくるだろうけど可能な限り殺さないでくれ、フォローはする」

「承知しました。大丈夫ですフェノリーゼさんはきっと助けますから！」

壁を通り抜けるとそこにはトレニアの記憶通りの木こり小屋があった。そして……石壁の内部に充満する隠しようもない不浄の気配。

「そんな！　こんな農村のすぐ近くにアンデッド！」

小屋の中から感じる気配はアンデッドのもの。今までバレなかったのは幸いなのか不幸なのか。仮に土壁が無かったら人気《ひとけ》が無い場所とは言えども、すぐさま感知されてフェノリーゼさんは討伐されていただろう。

そう……トレニアの記憶で見た彼女は、如何なる邪法なのか知りたくもないが生きたまま屍鬼《グール》にされようとしていたのだ。

そして、妖精、いや精霊族は自然に近しい存在、だからこそ環境の影響を受けやすく……助けを求めて街まで来たトレニアを除き、妖精たちは正気を失っていた。

本来トレニアと同じく綺麗な蝶の羽を持つ妖精たちだったはずが、彼女たちの羽はドス黒く染まり、目は禍々しい紅い光を放っている。

繋がった精神からトレニアの悲しみが流れ込んでくる。同時に俺たちに逃げて欲しいという意思が伝わって来る……はぁボロボロ泣きながらそんなこと伝えてくるなよ。あのなここで尻尾巻いて逃げたら嫁たちに勇者でございなんて胸張れないんだよ！

「クリス様! 後ろに飛んで!」

 ユングフィアの声に反応し後ろに飛ぶと、土で出来た槍がさっきまで俺の立っていた場所を貫いた。【魔術破棄】で土槍を消しても間断なく攻撃されるとどうしても隙が出来てしまう。

「くっ! はぁぁぁぁぁ!」

 長柄のメイスを振り回しユングフィアが【魔術破棄】効果を逃れた土槍を砕く。かなり重そうな総金属製のメイスだけどまるで小枝のように振り回す姿は正しく戦士だ。

「トレニア、お前の仲間は何処だ? 大丈夫殺さない、お前の仲間なんだから助けるからな」

 トレニアの指さした方向は木こり小屋、どうやらあの中から土を操り攻撃しているのか。俺とユングフィアで小屋に走りよると接近されたくないのか土槍の攻撃が激しくなる。

 しかし土槍が襲うのは俺から大分離れた場所。闇魔法で位置を誤認させるのは有効で助かった。

 そしてユングフィアがメイスを大きく振りかぶり小屋の扉を破壊。そこにはトレニアの記憶で見た女性の姿。

 瞳は紅く染まり、苦しみのせいか? 爪が割れるほど肌を掻き毟ったために服もボロボロ。しかしそれでもなお、まだ生きてた。まだアンデッドになりきっていなかった。これなら……

「ユングフィア! トレニア! なんとかするまで妖精たちを抑えてろ!」

 トレニアの記憶にあるフェノリーゼさんの美貌の面影を微かに残し。苦悶の表情で俺を見る彼女の口が動く。唸り声じみた、アンデッド特有の不快な声色だがはっきりと「コロセ」と俺に訴えてくる。

しかし四人の妖精たちはフェノリーゼさんから放たれる汚染で狂気に侵されていてもなお、彼女を守ろうと俺たちに攻撃を仕掛けてくる。

近寄る俺を排除しようと、ナイフのような木の葉が無数に飛んでくるが、認識が阻害されてるので全然別の場所に飛んで行く。

足止めしようと床全体の隙間から木の根が溢れだし、小屋全体に蜘蛛の巣のように張りめぐらし、絡めとろうとする、トレニアが手をかざすと動きを止め人が通れるようになる。

このままいけると思ったが、荒れ狂う妖精の力はただ自然物を操るだけではなかった。認識を阻害されてる筈なのに紅く濁った眼で俺を見据え。汚染された魔力の塊を無数に放ってきた。

「くっ！　ちぃぃ！」

魔力の障壁を張って突っ込むが、妖精の魔力は際限がないかのように無数に不浄の魔力弾で俺を狙ってくる。ぐっこんな連続して撃ち込まれたら魔法を使うために集中できない。

「クリス様！」

前に出たユングフィアが魔力弾の盾になり道を開けてくれる。聖別された白い鎧がひび割れ、ボロボロに破壊されていく。

「助かったぞユングフィア！」

ユングフィアが盾になった事で一瞬のゆとりができる。その一瞬に魔力を最大まで高め、周囲全て飲み込むように神聖魔法【浄化】を発動させ、アンデッドになりかけてる事で汚染された土地を正常に戻す。

そして同時に【浄化】の光で妖精たちの目が眩んだ隙をついて遂にフェノリーゼさんに到達した。腐臭を放ち傷だらけの身体を抱きしめ今度は【聖光《ホーリーライト》】を発動させる。後の事なんて考えないで全力で。この術はアンデッドを消し去る神聖魔法。まだ生きているなら望みがある。

「あっ……あがっ！　ガァアァァァァ！」

相当苦しいらしく彼女はがむしゃらに暴れ俺を引き剥がそうとする、ぐっ！　アンデッドになりかけてる影響なのかとんでもない怪力だ……くっ、だめだ【聖光《ホーリーライト》】に集中してるから、弾き飛ばさ……れないで大きく柔らかいモノに包まれる。

「が、頑張ってくださいクリス様！」

ユングフィアが俺の背中を支えてくれる。トレニアが植物を操り暴れる彼女を抑えてくれる。見れば土地が浄化されたことで正気に戻った妖精たちが俺と彼女に治癒をかけてくれていた。

「どぉおおりゃぁぁぁぁぁぁ！」

持てる魔力の全てを振り絞り【聖光《ホーリーライト》】の光は更に強くなる。もう自分でも目を開けられない輝きの中で、涙を流す美人さんの姿を見た気がして、それを最後に俺は気を失った。

◆　◆　◆

魔力切れでまだ眠いけど、アンデッドになりかけていた女性を助けに来たのを思い出し身を起こすと、俺の胸元で横になってたトレニアが毛布の上に転げ落ちた。

大分驚いたようで俺の目の前まで飛んできて額をペチペチ叩くけど、精神を繋ぐまでもなくトレニアの嬉しそうな顔を見れば、怒ってる訳じゃないのは分かる。

「驚かせて悪いな。えーと彼女は大丈夫か？」

トレニアが隣のベッドを指さすと、そこには穏やかな寝息を立ててる美人さんがいた。トレニアの記憶にある顔と一致するからフェノリーゼさんに間違いない。大変だったけど助かってよかった。

しかし……改めて見るとなんか気品のある雰囲気の美人さんだな。それにスタイルも良い。ちょっとムラッと来たのがトレニアに気付かれ髪を引っ張られてしまった。

「悪い悪い、お前の友達の寝込みを襲うような真似はしないって。ほら、美人を見るとそういう気分になるのが男の習性なんだよ」

謝っても髪を引っ張るのを止めてくれない。なんだよー謝ってるじゃないか。言葉が通じなかったのかと思って精神を繋いでなんでそんなに怒ってるのか聞いてみると……。

――クリスはフェノリーゼを好きになっちゃダメなの！　私の方がクリスの事好きだから、クリスも私の事好きになるの！

髪を引っ張るのを止めて、また俺の目の前に飛んできてなにやらエッチなポーズをしてアピールしてくるトレニア。うん、トレニアも綺麗な顔だし、男好きのする体型してるんだけど……手のひらサイズだからなぁ。

――頑張って大きくなるの！　大きくなってクリスの子供産むの！

「精霊族と人間の間に子供が出来るのかどうか知らんけど、とりあえずフェノリーゼさんくらい大きくなったらな。楽しみにしてるぞ」

――むぅぅ！　すぐなの！　沢山魔力食べれば大きくなれるの！　約束だよ大きくなったら私の事好きになるの。

妖精の生態は良く分からないから後でルーフェイに聞いてみよう。一番詳しいのは多分フェノリーゼさんだけど、あそこまでヤバい状況からの回復だと相当負担がかかっただろうからしばらく目が覚めないだろうな。

見れば赤、緑、黄、紫の羽を持った妖精が彼女の周りを飛び。光る鱗粉を落としてる。トレニアに聞いてみると、アレで生命力を分け与える事で回復が早くなるらしい。

「とりあえず俺の家にいくぞ。彼女も木こり小屋のベンチで寝るよりはベッドの方が良いだろ」

どうも寝てたのは一時間程度だったようだ。ルーフェイも心配してるだろうから、急いで帰ろう。

★　ヴィヴィアンSIDE　★

カロリングの街は魔物に備え高い城壁に守られた城塞都市ではあるけど、流石に城壁の中だけでは増え続ける人口を賄えない。他の地方から買うにしても輸送代もタダではないし、国外からの輸入はもっと高くつく。

我がリーテンブ帝国は安価で輸出する政策をとっているが、この街だけは別らしい。

この街の領主カール・カロリングは、内容は知らないが皇帝陛下に大変失礼な手紙を送ったとかで、一切の輸出入を断絶されたそうだ。陛下は「若者らしくて良い」などと言って笑ってたそうだが、重臣たちが怒り狂い、領主であるカールへの調略計画は撤廃されたそうだ。

尤も、食料の輸入が無くても大丈夫だからこそ、そして王都に離反を疑われないための手紙だったんだろう。とは元中央の官僚だったラディさんの言。

十年くらい前までは帝国からの輸入が無ければ大勢の餓死者が出る土地だったと聞いてはいたが、城壁の外に見渡すかぎりに広がる農地を見れば、輸入の必要も無いのは納得だ。

むしろたった十年足らずで食料の輸出まで始めた手腕は、帝国中の貴族や商人たちに『地獄の王子』だの『冥王の堕し子』とか物騒なあだ名が付くほど恐れられ。ラディさんたち官僚からは、敵ながら見習うべき為政者として尊敬されてたとか。

そのためアタシたち諜報員の多くが、カールの動向を探る為に、様々な身分の人間に化けて、カロリングの街に潜り込んでる。

さて、このカロリングの街の胃袋を満たすこの農地で働く労働者が住む区画は最近になって出来たモノで、今もなお拡張し続けている。監視の目も街の外であるから、農民が魔物の痕跡が無いか見回ってる程度でしかなく、無いも同然。

そんな農村の外れ、それほど広くも無い囲いの中で、牛数頭を放し飼いにしている、ある酪農家。その地下が我ら諜報員が情報の共有をするために集まる拠点の一つ。

魔法により支配された牛一頭に諜報員の証を見せると、牛が水飲み場の底に隠してあるボタンを鼻先で押すことで隠された地下への扉を開けて貰う。

「ありがと、アンタのお乳で作ったチーズ、お客さんに好評だよ」

扉を開けてくれた牛の背中をお礼がてらに撫でたら、なぜかしっぽで叩かれた。愛想ないねぇこの畜生は。

階段を下りて拠点に入り、連絡役に報告。と言っても店を開いたばっかりだから碌な情報は無いんだけど、定期的に報告しないといけない決まりだから仕方がない。ついでに勇者に関して情報を集めないとね。

「御苦労だったヴィヴィアン。引き続き帝国への忠勤に励め」

「はいはい、お任せください……そうだ、アタシの他にも勇者の調査を任された人っています？顔と名前は知っておきたいですし、情報のすり合わせとか後で必要になると思いますので」

「ふむ……勇者の事は急な話であったので手隙の者がおらなんだ。叶うなら十人以上欲しかったが、今の時点ではお前の他は一人。妖精使いのフェノリーゼという女だ。日中であれば拠点に待機しているはずなので訪ねてはどうだ？」

カールの監視の為の人材だったが、現場の判断で勇者の調査をするように命じた女性らしい。女性か……味方だけどある意味ライバルになるのかな？　出来ればアタシはクリスさんの側室とまではいかなくても愛人になりたいしね。

連絡役に教えて貰った拠点は、ここそれほど離れてない農村。ふむ今日はお店閉めちゃったし訪ねてみようかな？

教えて貰った別の農村にある拠点に向かったアタシだが、あまりにも拠点だった筈の場所の異様な状況に、身を隠し様子を窺うことにした。

◆　◆　◆

単なる村はずれの木こり小屋と聞いていたのに、周囲は石壁に囲まれ、毒草が覆い尽くす程茂っている。アレではもはや簡易の砦。目立ってはいけない諜報員の拠点では有り得ない。

連絡役に報告するにしてももう少し情報を集めてからだ。そうしてしばらく様子を窺ってると、突如石壁と毒草が地面に沈むように消えて、木こり小屋から出てきたのは……。

「あ……あっ！　あの人は！」

小屋から出てきたのはボロボロの鎧を着た女、殆ど鎧の態をなしてないけど無事な部分を見る限り神官戦士か。

次に出てきたのは監視対象であるはずの勇者クリス。そして、気を失って彼に抱きかかえられている女性は、アタシが会おうとしたフェノリーゼに違いない。

神官戦士を伴って勇者が諜報員を気絶させ運んでいる。ましてあの鎧を見れば相当激しい戦闘があったのは間違いない。つまり、フェノリーゼは勇者に拠点を見破られ、抵抗虚しく捕らわれたと言う事か。

くっ！　アタシの店に来た時の優しい印象が強かったけどやはり勇者、なんて恐ろしい人なんだ。

これはアタシも油断すればフェノリーゼと同じく捕らわれてしまう。

アタシは踵を返し、連絡役にフェノリーゼが捕らわれた事を伝えるために急ぎ拠点に戻った。

第三章
呪いの刻印
～婉婉聴従なる者達の思惑も、スケベ男にはあまり関係なかった～

湯屋での一時

昨夜は嫁たちと激しくエッチしまくって、疲れて眠ったのだけど、目を覚ましたのはいつも通りの時間。お手伝いのオバちゃん達は、まだ屋敷にきてないので、朝食は用意されてない。

風呂場で汗を流してから、食事の用意をするのもなんか億劫だったので、昨日ルーフェイと一緒に買ったパン屋のお土産が朝食になった。

食べ終わった頃にやってきたオバちゃん達にも振舞ったら好評で、今度買いに行ってみるそうだ。美味しい店の噂は地域の奥様方のお喋りによってあっという間に広がるから、あのお姉さんの店は人気店になりそうだな。

そして大分日が昇ってから起きてきた、トレニアたち妖精は、アップルパイが気に入ったみたいだ。

もっと欲しいとおねだりの思念を送りながら、五人揃って髪の毛引っ張って来る。お前らアップルパイくらい、小遣いやるから自分で買ってきなさい。もしくはフェノリーゼさんが起きるまで我慢しなさい。

俺と一緒に出掛けたいと、トレニアがわがまま言ってくるが今日は駄目。ルーフェイと遊んでなさい、ほら果物あげるから。ついでに小遣いもやるよ、無駄遣いするなよ。

――むぅぅ！　クリスとお出かけしたいの。デートするの、それで甘いお菓子買うの！

「今日は来客の予定があるから準備しないといけないんだよ、買い物なら暇なときに連れてってやるから」

身長に目を瞑れば大人びた顔立ちのトレニアだが、基本的に性格は子供っぽく、結構わがままだ。とはいえ素直な子だし頭も良いので、理由を話したら頷いてくれた。まぁ全身で不機嫌アピールしながら、部屋の隅に用意したトレニアたち専用のベッドで、不貞寝しだしたから後で埋め合わせしてあげよう。

さて、今日訪ねて来るお客さんは、ディアーネの父親であるメイティア伯爵だ。初めて会う義父を屋敷に迎えるとなると、田舎者丸出しの応対なんて出来るわけが無い。

オリヴィアとディアーネの指導を受けながら、伯爵を出迎える準備を整えること数時間。予定していた時間ぴったりに、メイティア伯爵が数人のお供たちとやって来た。

「初めまして、儂の名はグロス・メイティアと申す。娘のディアーネを娶《めと》っていただき光栄至極に存ずる」

初めて会ったディアーネの父親は、頭の禿げあがった背の低い中年なんだけど、妙な威圧感があって、やや気圧《けお》されてしまう。それでもオリヴィアの指導を受けて、最近及第点を貰えるようになった、貴族の礼で挨拶を返す。

「わ、私のような若輩にも、丁寧なご挨拶……えーと……お、恐れ入ります。初めましてクリスと申します」

ううう……緊張でちょっと詰まってしまった、背後に控えるオリヴィアも苦笑してる。あまりにみっともないと、先生であるオリヴィアに恥をかかせてしまうから気を付けないと。

いつも優しいオリヴィアだが、マナーの指導は厳しい。田舎者の俺がせめて見栄え良く振る舞うために、厳しくしてくれとお願いしたのだ。あまり出来の良い生徒ではないのは自覚してるがね。

メイティア伯爵は俺のぎこちない挨拶に気を悪くした風もなく、軽く笑っている。

「例えば一般の兵士から、槍働きで身を立てた者はもっと粗暴な者が大半です。そんな中で作法を守り、敬意を払う気概があるならば十分でしょう。我が国の懐はそこまで狭くはございませんぞ」

曰く、何代も歴史を重ねた貴族、と言うより中央で国政を動かしてる人達の場合。言葉一つ、手紙の一編、僅かな礼の仕草ですら、他者からの攻撃材料になり、失脚の可能性があるらしい。

しかしその反面新興の家とかに対しては、礼儀に寛容らしく、あからさまな無礼でない限り特に何も言わないそうだ。

まぁメイティア伯爵に言わせれば新興の家は中央に食い込めない、要するに政敵になるわけではない。だからこそ些細な事を注意して相手を不快にするより、煽《おだ》てて味方にした方が単純に得だからと、身も蓋もない本音を聞かされたが。

「とはいえ、クリス殿は魔王種討伐の功績を以て、叙爵されると聞き及んでおります。カロリング卿が帰り次第、話があることでしょう」

「そうなの？　……ですか、先に言ってしまって良かったの？　……ですか」

いかん、落ち着け俺、どうも混乱して言葉遣いが変だ。メイティア伯爵の言ったとおりに叙爵されるなら、俺の些細な言葉遣いのせいで、オリヴィア達が馬鹿にされてしまうのは避けたい。

「先に知っておれば慌てることもないでしょう、確かに作法は身に着けて損はありますまい。なぁに慣れれば自然と口と身体は動くものです」

なんでも叙爵の際には国王陛下に謁見するのだが、ぎこちなくてもちゃんとした礼服を着て、作法を守れば問題ないそうだ、どうせ式典では定型文の受け答えしかしないのだから。

その後のパーティーは酒が入るから、多少の言葉遣いは問題視されない、そもそも勇者を相手に言葉尻を論《あげつら》うような度胸のあるアホは居ないそうだ。

しかし、その場で何か言ってくるようなのは居なくても、礼儀を知らない田舎者だと思われたら嫁に恥をかかせるからな。オリヴィア先生のマナー教室を今後も頑張らなくては、ついでに最近勉強で疲れた体をマッサージして貰うのが最近の楽しみでもある。

「陛下との謁見や正式な叙爵は五ヶ月後の『建国祭』の式典にて行われますが、余程の無礼でもない限り問題ございません。それよりも、叙爵されるまでに貴族としての体裁を整えておく必要があります」

一応この国全ての貴族家の当主は、形だけでも国の要職に就き。国の為に働いてますってアピールが必要らしい。尤も領地の運営が忙しい場合に、体裁を整えるためだけの役職も存在するらしい、勿論無給だが。

「その辺りはカロリング卿が用意するでしょう。さて、それで儂が訪ねた理由ですが、手紙によると商業区域の運営を任せていただくという話。これはメイティア伯爵家がクリス殿の信任を受けた

『委託』による運営という形で宜しいですかな？」

俺が頷くと、伯爵は既に用意してあったらしい細かい条件を書いた書類を、渡してくれたので目を通してみた。土地使用料として毎月定額貰えることや、問題があっても伯爵家で対処してくれる等。ちょっと読んだだけで俺に有利な条件だと分かる。

オリヴィアにも見てもらうと、どうも破格の条件らしく驚いてる。こっちは経営に関して何も知らない若造なのだし、てっきり伯爵に有利な条件を提示するかと思ってたのだ。

「勇者の義父という立場は、この辺境では大きいのです。勇者の威を借りる代価と思って下され、なにより当家の『商売』で起こりうる様々な問題というのは、若者にはちと荷が重いかと」

ニヤリと笑う伯爵からは、仕事のできる男の貫禄が漂っていた。確かに素人が口を挟んでも拗れるだけか。だったら土地代だけ貰っておくのが良いのかな。そうして話は進み、条件が纏まったところで、今度は現地で話をすることになった。

お供の人達、というか経営を任される予定の伯爵の部下は、当然ながら男ばかりなので、男性恐怖症のオリヴィアは留守番。加えてちょっと情操教育に良くないお店の話をするので、ルーフェイも留守番だ。

トレニアが一緒に行きたがってたが、お仕事の話だから留守番してなさい。口を尖らせて不機嫌アピールは可愛いけど、お前にはフェノリーゼさんの看護って仕事があるだろうが。え？　他の四人がいるから自分は大丈夫？　その四人が遊泳所で遊んでるから言ってるんだよ。

――むぅ、みんなズルいの。私も遊ぶ！

パタパタと遊泳所に飛んで行くトレニアを見送り。俺はディアーネと一緒に、伯爵の後に付いて商業区域に向かった。

◆　◆　◆

俺の屋敷にやってくるまでに、伯爵は辺境伯の屋敷を訪ね、留守を預かる重臣と協議して既に場所を決めていたらしい。どこからどこまでが娼館兼宿屋だとか、公衆湯屋は井戸のあるこのブロックだとか、この場所に酒場を造れば酔漢を娼館に誘導しやすい、とかの説明だけで終わった。完成予想の図面を見せてもらうと、立派な歓楽街である。

ちなみに屋敷にあるような浴槽に湯を張るタイプの風呂は、水の確保の面でコストが嵩み、一般人には敷居が高い。公衆湯屋とは、基本蒸気で満たした石室で体を温め、垢を落とし、水で汗を流す形式だそうだ。

川で水浴びが基本だった田舎では、聞いた事のない施設で、ちょっと興味が湧いた。

「王都にはそういう場所があったんですね、完成したら試しに入ってみますよ」

「左様ですか、では試してみるとよろしい。おい準備を」

メイティア伯爵が部下に声をかけると、何やら一抱えもある木箱をもって来た。ふむ……【収納空間《アイテムボックス》】の効果を限定的に付与した魔法道具か？

「本来、戦場にて急造の砦をその場に『取り出す』魔法道具ですが、研究を重ねこのように空き地に店舗を用意することが出来るようになったのです。まぁ使い捨ての上にあまり大きな建物は無理ですがな」

そう言って均等に割り振られた区画の一つに箱を設置し、なにやら唱えると、すぐさま箱は発光して箱に封じられた魔法が発現する。光が収まり目を開くと、空き地であった場所には立派な店舗が出現していた。

一ブロックを丸々使い切る三階建ての建物を、あまり大きくないと言ってしまうあたり王都の娼館ってどれだけデカいんだろう？　小さめな町の宿屋よりはるかにデカいんだが。

後でディアーネに聞くと、王都にある最大の娼館は、一階層に千部屋もあり、しかも客のランクによって棲み分けする為に三階層ある。勿論エッチする部屋だけでなく、レストランを始め様々な店舗が軒を連ねており、宛《さなが》ら一つの歓楽街を建物に詰め込んだような場所らしい。

「すぐに準備に取り掛かります、建物としては少々小さいですが、当家の最新の設備を整えてございます。お客様第一号として感想をいただければ幸いですな、ディアーネ、お前が説明して差し上げろ」

「はい、お父様、クリス様こちらへ。湯屋には独特の作法がありますから、まずそこからお教えしますね」

視察と案内は終わったので、設備を動かす人以外はこの街の色々な場所に赴くらしい。俺は伯爵と握手を交わし、次の商談に向かう伯爵を見送った。

ディアーネに手を引かれ即席の湯屋に入ると、そこは俺のような田舎者にも分かる洒落た空間だった。ロビーは吹き抜けで屋根から光が差し込み、照明がなくてもとても明るい。また湯上がりの客を目当てとした娼婦の客引きがしやすいようにと、ロビーは広々として開放感がある。

建物の一階が湯屋で、二階がレストランとバーを兼ね、三階は宿泊・休憩用の部屋があるそうだ。まず試すのが湯屋なので、ディアーネに案内されロビーをまっすぐ進む。

正面入り口から入って、右側が男性用、左側が女性用、そして正面が少人数での貸し切り部屋らしく、俺たちは正面の貸し切り部屋に向かう。頑丈で音を通さない素材の壁で区切られた一室に入ると、まず脱衣所がありここで服を脱ぐ。正式に営業を始めるとこの脱衣所で、服や下着を洗ってくれるサービスがあるそうだ。

確かに汗をかいてさっぱりした後に、汚れた服を着たくないよな。着替えを持ってきても良いけど、服はなんだかんだと高級品だから替えが無い人もいるだろうし、盗難の可能性もある。入ってる最中店に預けるのが一番安全だろうな。

行き届いたサービスに感心しつつ、全裸になった俺とディアーネは手を繋いで蒸気の漏れ出す石室に向かう。

「慣れた客であれば自分専用の垢擦り用タオルや、水筒を持ってくるのですが、殆どの者は湯屋が用意したタオルを使用します。クリス様、石室の入り口近くに置かれたタオルと水筒を持って入りましょう」

ディアーネに言われ脱衣所の見やすい場所に置かれた、目の粗いザラザラしたタオルと水筒を持って入り口をくぐると、そこは仄かな香気を帯びた湯気で満たされていた。

「おーこれは確かに汗が噴き出そうだな、それになんか良い匂いがするな？」

「それは窯の中に入ってる香草ですわ、ノミやシラミと言った害虫が嫌う匂いなのです。他にも発汗を促すものや、怪我の治りが早くなるものなど、たくさん種類がございます」

これもメイティア伯爵家の研究の成果ですわ、と笑顔で話すディアーネの表情には実家の家業への誇りが垣間見えた気がする。そうして話してる間にも、高い室温と蒸気で汗が噴き出してくる。密室なので火を使ったランプなどは置いていないが、発光する魔法道具が天井に設置されていて仄かに明るい。

備えてあったベンチに並んで腰を掛け、しばらくするとお互い汗だくだ。タオルで身体を擦ると毎日体を洗っていても意外と垢が出るな、お互いに背中を擦ったりしてる内にもどんどん汗は噴き出てくる。

「クリス様、水を飲んでおきませんと、お体に障りますわ……んくっ、んむ……」

水筒の水を口に含んだディアーネが、口移しで飲ませてくれる。水は微かに甘く、汗だくの身体に染み入ってくる。お返しに俺からも口移しで飲ませてやると、彼女は妖艶に微笑み身を寄せてくる。

お互いに裸で汗まみれの中、ディアーネの肢体はいつも以上に淫靡で、つい胸に手が伸びるがさりげなく止められてしまう。

「湯屋で『そういう事』をしますと万が一がありますので、続きは部屋で……ね？」

悪戯っぽい微笑みで、汗まみれの裸で腕を絡めてきたり、口移しで水を飲ませておいて、お預けは酷いと思うが、これもまたお互いの愛情を育むエッチのスパイスと自分を納得させ、キスだけで我慢する。

飲ませ合いをしながら水筒の中身が無くなると、ディアーネに手を引かれ、入ってきた扉とは別の扉をくぐる。扉の先は石造りの小さな部屋で、中央には大きめの水樽が置かれていて、これで汗を流せということだろう。

先に進むディアーネが、部屋に入り口にある小さな光る石に手をかざすと、天井から水が雨のように降ってくる。やや冷たいが火照った体には心地いい。

「この仕掛けは貸し切り用の部屋にしか用意しておりません、普通は水樽の水で汗を流します」

確かに随分と贅沢な仕掛けだ、だが俺としてはバケツに汲んだ水を頭からかぶる方が好みかな。水樽の脇に備え付けてある桶に水を汲んで被ると実に爽快だ。一方ディアーネは天井から降って来る水を浴びて汗を流している、その姿が妙に色っぽくてドキドキしてしまう。

見られてるのに気が付いてるであろう彼女の悪戯っぽい笑みを見て……ヤバい押し倒したい、いや我慢だ、この後部屋に行ったら存分にディアーネとエッチ出来るんだから、無粋な真似はなしだ。我慢我慢我慢！

備え付けのバスローブを着て、サッパリしたところで、普通だったら食事だったりお酒を飲んだりするのがこの店での定番なんだろう。ただあいにくと昼食は済ませたばかりだし、日の高い時間から酒を飲むわけにもいかない。あと俺の逸物が昂りきっていてヤバい。

ロビーに戻ると二階を素通りして、三階にある休憩室に案内された。俺たちが一階で汗を流してる間に支度が済んだのか、休憩室は高級な宿のように上品で落ち着いた内装だった。

しかしお預けされて昂った俺の性欲は、上品な内装などお構いなしにディアーネをベッドに押し倒した。唇に、首筋に、胸に、バスローブを肌蹴《はだけ》させ段々と舌を下半身に移し這わせていく。

「はぅぅ！　クリス様、そんないきなり……んふぅ！」

男を色香で酔わせる、彼女の蠱惑的《こわくてき》な肢体は俺だけもの。俺の舌と指で彼女を喘がせ、蕩けた表情は俺だけのもの。おっぱいも、お尻も、オマンコも全て俺のモノだと主張するのにキスの痕をつけていく。

「ひゃん！　クリス様ぁ今は二人きりですし、おねだりして良いですか？」

「良いぞ、何が欲しいんだ？」

エッチの前でなくてもディアーネのおねだりなら、なんでもするというのに。それとも物じゃないのか？

「いつもはオリヴィアも一緒ですから、控えてましたが……今日は私を縛って犯すように激しく抱いてくださいませ」

相手を縛るとか俺にとっては未知の領域だ。しかしディアーネの期待に満ちた目で見られると断りにくいな……しかし縛るとなると身体を痛めるかもしれないし。

「うーん、あまり痛そうなのはやりたくないけど、今日のところはタオルで軽く結ぶくらいで構わないか？」

「構いません、要は気分ですからね。こう愛する方に屈服させられたいと申しますか、為す術もなくクリス様にこの身を蹂躙されたいのです」

所謂イメージプレイと言うものだろうか？　そうして仰向けで裸のまま、両手両足をベッドの端にタオルで縛られたディアーネの姿に……何というか奇妙な興奮を覚える。先ほどの続きで下半身に舌を這わせ……。

「んっ！　ンンンッッッ～～～～～～！　はぁぁ、入ってくるのぉぉぉ」

すでに湿り気を帯びているディアーネのオマンコに最大限伸ばした舌を挿入する。いつもとは違う愛撫にディアーネが身悶えるが、縛られてるので軽く身動《みじろ》ぎするだけだ。淫らな肢体で俺を溺れさせるディアーネを感じさせてる。

「やっあっあぁぁぁぁ！　や、やだなにこれぇぇ！　こんなのはじめてぇぇ！　あっあっはぁぁぁあん！」

普段体力の差でなんとか優位になってるが、それまではなんとなく『愉しませてもらってる』感じがするディアーネとのエッチ。俺としてはなんとか彼女を感じさせたくて、必死にクンニする。

ディアーネの股間に顔を押し付けより深く舌を挿れ、空いた手でクリトリスを優しく弄る。

「あっあっ……そんなクリス様ぁ……あぁぁこんなに早くイカされるなんてぇぇぇ！　んっはぁぁあぁぁぁん!!」

瞬間、ディアーネが体を仰け反らせ、その拍子に彼女を縛っていたタオルが解けたが、気にせず脱力したままのディアーネのオマンコに昂り切った逸物を挿入。イッた直後のせいか、いつもよりスムーズに入った気がする。

「ひぁぁぁぁ！　や、やめてぇイったばかりなのにぃぃぃぃ！　んあぁぁぁ！　んむぅぅぅ」

やめてと言いつつもその目は潤んで、欲情に蕩けている。この極上の美少女を、いつも余裕のある美貌を俺が喘がせてると思うと。この俺を溺れさせる淫らな肢体を、組み敷いて好きにしてるかと思うと。思わずキスして、腰の動きを激しくしてしまう。

ディアーネのオマンコの奥まで、俺の最大限に勃起したチンポで犯し、乱暴なピストン運動を繰り返す。何か言いたげな唇は既に俺の口で塞がれ、おっぱいはいつもより少し強めに揉んでいる。

いつもよりも激しい挿入の繰り返しで、結合部分からは淫らな水音が響く。エッチする前に彼女がおねだりしたようにまるで犯すような激しさで、まるで彼女の肢体を蹂躙するかのように昂った欲棒を叩きつける。

「んっんむぅぅぅ！　あぁ！　凄いぃ！　こんな凄すぎるわ！　激しすぎて、あっあっはぁぁぁん！」

解けた両手で俺にしがみ付き、両脚は腰に絡みつけてくる。お互いに密着しながらも、腰の動きは止まらない、オマンコからは愛液が溢れお互いの腰がぶつかる度に淫蜜が飛散する。

腰が止まらない。ディアーネの膣内は、まるで俺のチンポに誂《あつら》えたかのように動かすたびに気持ちの良い部分を刺激してくれる。俺の方もディアーネが感じる部分を重点的に攻めてるので、お互いあっという間に絶頂は近づく。

「ディアーネ！　そろそろ射精《出》すぞ！」

「はいぃぃ私も、私もイキます！　あっあぁぁぁぁぁぁぁ!!」

射精する一瞬前にディアーネの腰を掴んで膣の奥で猛りきった欲棒を解放する。それと同時にデイアーネも全身を震わせ絶倒に達した。

「はぁぁぁぁぁん！　熱いのぉぉぉ！　ご主人様の熱いザーメン中出しされてイっちゃうのぉぉぉぉ!!」

まだ挿入したまま抱き合い、ベッドに倒れる。そのまま唇を重ね舌を絡めあう。こんなに激しいセックスは初めてだが、気持ち良すぎて癖になりそうだ。

「ぷはっ……はぁはぁ素敵でしたわご主人様」

お互いにまだ余裕はあるが、こうしてお互いの体温を感じあうのも悪くない。動かさないにせよ、ディアーネのオマンコは柔らかくて気持ちが良いからな。

「考えてみれば……ディアーネと二人っきりでセックスって初めてだな。いつもはオリヴィアを交えての３Ｐだし……ごめんな気が回らなくて」

二人きりでデートもしてないし、ちょっとディアーネに対して不誠実だった気がする。彼女ほどの女を身体だけ楽しんで、後は正妻《オリヴィア》と一緒というのは、良い筈がない。

「いいのですよ、側室である以上お情けを頂けるだけで十分幸せです」

謝る俺の頬に手を添えて、優しく微笑みかけてくるその美貌に、愛おしさが込み上げ……ついでに逸物も元気になった。

挿入したままの状態で気が付かない筈がなく、優しい微笑みは、セックスするときの淫靡な笑みに変わる。

俺は仰向けになり、騎乗位の体勢になる。挿入したまま上に乗ったディアーネは、自慢の巨乳を見せつけるかのように、腰を振ろうとするが……

「セックスだけで良いなんて言うなよディアーネ。お前は俺の嫁なんだから楽しませてやりたいし、幸せにしたい。惚れた女にそう願うのはおかしいか？」

「はひ？　ほほほ惚れたって……そ、それはオリヴィアの事でしょう！　わた、私は……」

なにやら動揺しだしたが、おかしな事言っただろうか？　起き上がり対面座位の格好で、ディアーネの顔をじっと見つめると、今まで見たことがない程、顔を真っ赤にしている。

「勿論オリヴィアは愛してるが、お前とルーフェイも嫁にした女は真剣に愛してるし、幸せにしてやりたいと思ってる」

我ながら都合のいい事言ってる気がするが、嫁を幸せにしたいと思うのは当然だろう。なんで動揺してるんだディアーネは？　しかし……いつも余裕のある態度のディアーネが慌ててるのは可愛いな。

キスをしてそのまま対面座位でセックスするが、ディアーネが妙だな？　いつものように積極的にお互い気持ちよくなるように動かずに、妙に受け身で甘えてくる。エッチの最中から俺の呼び方が『ご主人様』に変わったが、さっきの屈服させられたい発言の一環かな？

「ご主人様、私も……私もご主人様を愛してます」

「俺もディアーネを愛してる」

その後のセックスはディアーネに合わせ、優しく甘やかすようなエッチを夕刻まで続けた。ディアーネの可愛い一面が見れたから満足だな、ますます惚れてしまったよ。

死霊

ディアーネと視察《デート》の後、嫁とはちゃんと二人きりで向き合う時間が必要だと思い。週に一回くらい二人だけで過ごす時間を作ることにした。

そう伝えると三人とも喜んでくれた。ちなみにトレニアが自分もアピールしてきたので、人差し指で頭を撫でてあげると上機嫌でフェノリーゼさんが眠る寝室に帰っていった。トレニアも可愛いし好意を向けられて嬉しいけど、どうも妹みたいにしか思えないなぁ。

どんなデートがしたいとかで嫁たちと盛り上がり、その流れでその日の晩は、いつもよりもイチャイチャセックスした。昨晩みたいに疲れ切るまで激しく求めあうセックスも良いけど……うん、イチャイチャしながらエッチの方がなんか幸せな気分になれるな。

ただ昼にディアーネと濃厚エッチしたせいか、最後の方では主導権を取られてしまい、ちょっと悔しかった。まぁ天国のような時間だったので良しとしよう。

さて、そんな清々しい目覚めの今朝、今日はオリヴィアとデートをするべく準備をしていた。しかし、間が悪いことに準備してる最中に、大神殿から早馬で手紙が届いたのだ。早馬って事は急ぎの用事か、仕方ないとは言え、はぁ……ついてないな。

「北の荒野で魔物の増殖ねぇ……アンデッドというかゴーストが殆どか。自然発生するタイプじゃないから怪しいな」

丁寧な文体だが要約すると、ゴースト系の魔物が大量に発生したので助けてほしい、詳しいことは神殿で話すので、急いで来て欲しいと書いてある。

大神殿は現在目の回るような忙しさだ、なのですぐ動ける戦力を動かすのは当然だろう。しかしアンデッドか……フェノリーゼさんは生きたまま屍鬼に変えられようとしてけど何か関連があるのだろうか？

彼女の記憶を覗けば詳しい事情も分かるだろうけど、その場合屍鬼に変異しかけた記憶を浮かび上がらせるからな。寝てる女性に術を掛けたら間違いなく悪夢に苛《さいな》まれる。トレニアも詳しい事情は分かって無かったから他の四人も同様だろう。

やっぱり、神殿で話を聞いてゴーストをどうにかしてからだな。フェノリーゼさんと同じ邪法を掛けられてる人がいたら、その人から記憶を……と、考え事をしていたら、涙目のルーフェイが抱き付いてきた。

「ううう……お化けとか怖いです」

「よしよし、実体のないゴーストとか、俺の家に入れないから大丈夫だって……ん？」

ルーフェイの頭を撫でてると、今度は柔らかく温かいものが後頭部に当たる。感触からしてオリヴィアが背後から抱きしめてきたのは分かるが、なんで腕が震えてるんだ？

「旦那様が傍にいらっしゃれば、お化けなんて……お化けなんて……」

「ご主人様、その子ってばお化けとかそういう話に物凄く弱いんです」

オリヴィアはゴースト系《お化け》モンスターが怖かったのか、条件次第で街でも出没するから怖がるのも仕方ない。攻撃力は無いし、専用アイテムがあれば一般人でも倒せる弱い魔物なんだが、まぁ怖がる嫁さんを安心させるのも男の務めだな。

オリヴィアの震える腕に手を添えると、段々震えが弱くなってきた。

「俺がいるから安心しろ」

「……はい」

しばらく抱かれたままでいると、落ち着いたのか震えがなくなり、俺の隣に座る。なんでも呪いを受けていた子供の頃、男のゴーストに何度も襲われた経験があって、当時を思い出してしまったそうだ。

意識がなく本能のみで動く筈のゴーストにまで嫌われるとは……とことん碌でもない呪いだな。ひょっとして人間だけじゃなく、オスなら何でもありなんじゃなかろうか？

「しかし急な話ですわね、魔王種が縄張りを移した影響でしょうか？」

「わふぅ……アンデッドってことは、恨みを残して死んだ人がたくさんいるとかですか？」

「あわわわ……ガクガクブルブル……」

嫁三人にはフェノリーゼさんの受けていた邪法について話してないし。魔物の生態にも詳しくないので思いついた推測を言っている。まずゴーストが増殖するのはおかしいんだよな。

死んだ狼の群れを使った魔物払いの術は、他の魔物が存在しない魔王種クルトの縄張りの殆どを覆い、元々狼しか棲んでいなかった場所に、他の魔物が立ち入れなくするもの。弱いゴーストくらいはいたかもしれないが、そんなレベルのゴースト系は魔物払いであっさり消滅する。

次に、鎧蟻の怨念を利用した魔物払いは、帰巣本能を刺激し、巣に篭らせたりするもので、他所への影響はあるはずない。これは縄張りを移動していた蟻共に対して、以前住んでた場所に戻るように調整した術なのだから。

キャンプで使うような問答無用で魔物を立ち入れなくする術なら簡単なんだけど、そうすると人と魔物の棲み分けが滅茶苦茶になるからな。どちらも無関係の人に被害が及ばないように気を遣った、広域精神干渉なのだ。

つまりゴースト増殖の原因は、人為的な理由があるはず……まぁ判断材料が少ないし神殿で話を聞いてからでいいか。

「まっ、原因はともかく、助けを求められたからには助けに行くよ。今日はデートの予定だったのに、ごめんなオリヴィア」

「残念とは思いますが、殿方がお勤めに向かわれるのなら、笑って見送るのが妻の役割ですわ」

まだ怖がってるが、俺がちゃんとゴースト系は近寄れない術を展開したと言うと、安心したようだ。ついでにアンデッド払いの効果があるアクセサリーでも自作……いや俺にその手のセンスは無いから、専門の職人に注文するか。

オリヴィアにキスをして、ディアーネとルーフェイにも勿論キスをして、大神殿に向かう。さて、できるだけ早く済ませて、今日の埋め合わせに、今夜はたっぷりオリヴィアを可愛がると決めた。

◆　◆　◆

ゴースト増殖に関する説明を受けに来たのだが、トラバントさんが少し遅れるそうだ。それで大神殿の一室で待ってたらユングフィアが控えめなノックの後入って来た。

「おはようユングフィア。昨日は無理に付き合わせて悪かった」

「そんな、勿体ないお言葉です。それに困ってる人を助けるのが神官戦士の務めですから」

俺の護衛としてゴースト退治に同行してくれるユングフィアの鎧は、細かい傷が多く使い込まれてる感じがする。だが俺の目は誤魔化せないぞ、今日着てる鎧は昨日の鎧に比べておっぱいが窮屈そうだと！

「ユングフィア、その鎧は窮屈なんじゃないか？」

「へ？　あ、あぅ……その、私の鎧は特注品でして……この鎧は去年まで愛用してたものなんです。その……背が伸びてしまいましたから……」

凛とした神官戦士が恥じらう姿って実にそそる。昨日は人命がかかってたから、あまり意識してなかったけど、ユングフィアって凄い美人だな。身長差のせいか、ちょうど目の前に聳え立つ大山脈《爆乳》に飛びつきたくなる。俺が独身だったら口説くな、それで付き合いだしたらその日の晩にベッドに連れ込む。間違いない。

「そうか、それじゃ壊れた鎧の代わりに新しく作るなら、俺に用意させてくれないか？　昨日は危ない目に遭わせたのに、金銭だけってもなんだしな」

「ひぅ！　そそ、そんなお礼だなんて、し、神官戦士の務めですから……」

予想通りに顔を真っ赤にしながら遠慮するユングフィア。あぁこの初心《うぶ》な反応可愛いなぁ。俺の背より頭一つ分高い彼女の頬に両手を添えると、更に赤くなって言葉も出ないようだ。

「それに、俺の傍仕えになるって話だし、鎧くらい俺が用意するのが筋だろ？」

「傍仕え……わ、私がクリス様のお傍に……ううう……も、勿体無いお言葉です……」

頬に添えた手を握り、感極まったのか涙を流すユングフィア。うん、神官戦士として鍛えた握力のせいか、ちょっと手が痛いけど、女の子の手を振り解くなんて出来ないからな、手が痛いのは我慢だ、我慢。

「昨日一緒にフェノリーゼさんを助けるために戦った仲だし、頼りにしてるよ」

「はいっ！　お、お任せください」

元気よく返事して、手を握りしめたまま顔を近づけてくる。頬を染めた美人に迫られるのは嬉しいんだが、痛くない振りをするのもそろそろ限界が……と、唐突に間に入ってくれた人のおかげで助かった。

「馬鹿者、嫁入り前の娘が、そんなに顔を近づけるなどはしたない！　申し訳ございません勇者様。とんだ失礼をいたしました」

「お、お婆ちゃん！」

「馬鹿者、神殿では司祭長と呼べと申しつけたであろう！」

間に割って入って来たのは、ユングフィアのお祖母さんのサテリットさんだった。勇者になった日に神殿のお偉いさんたちから挨拶されたけど、オッサンばかりの中でお婆さんがいたから印象に残ってる。まぁお婆さんだからってわけじゃないけど。

神官戦士たちを統べる司祭長のサテリットさん。実に綺麗な白髪のお婆さんだが、背筋は伸び老いによる衰えは感じさせない。たぶん殴り合ったら俺が負ける、神官戦士を纏めてるだけあって、動作に一切の隙が無いんだよこの婆さん。

「我が孫の不調法お許しくださ い勇者様。すくすくと育ったのは僥倖ですが、情けないことに、育ちすぎたせいで男どもは揃って尻込みしましてな。どうも殿方との付き合い方がなっておりませぬ」

「なんだ大神殿は戒律が厳しすぎて女を見る目がないのか？」

あれか？　接点の多い同僚は神官戦士なわけだから、自分より強い女の子は避けるんだろうか？ユングフィアなら周囲の男共が放っておくはずないと思ってたのに。

喧嘩に強いだけが男の価値でもあるまいに、夫婦喧嘩でボコられそう？　黙って殴られればいい、嫁に手をあげる奴は屑だ。ただしベッドの上でお尻ぺんぺんはアリだ。

「あ……あの……私は普通の男の人より大きいので、その……せっ戦士としては役に立ちます！」

「うん、それは分かってるし頼りにしてるよ。それとは別にユングフィアは美人だから道中楽しみにしてるよ」

まぁアンデッド退治なんて気分が悪くなる事が多いからな、美人が傍にいればやる気が出るってもんだ。凄まじい大山脈《爆乳》だしな。すまないオリヴィア、ディアーネ、男ってのはおっぱいに目のない愚かな存在なんだ。ルーフェイは……まぁ膨らみかけってのも素晴らしいと思う。

さっきまで手を握ってたけど、よろしくと言って改めて握手する。場所はユングフィアが知ってるそうだし、早速現場に行くとするか。一緒に仕事するんだし、帰ったら屋敷に夕食に誘ってもいいかもしれない。

「よ……よろしく……お願いいたしますクリス様」

「ああ、クリスでいいよ。一緒に戦った仲だし」

握手する手に随分と力が籠ってきたな……我慢だ我慢。痣はできるかもしれんが、後で治せば問題ない。

「よ、呼び捨てだなんて、滅相もありません……クリス様」

俺の名前を呼ぶ時の、気恥ずかしそうな表情も、美人がすると破壊力高いなぁ。それはそうと更に力が込められたせいか、握り締められた俺の手がそろそろ危ない。

さっきはサテリットさんが割り込んでくれたけど、なにやら微笑ましいものを見る目で俺たちを眺めてるから期待できそうもない……ううう、闇魔法で痛覚遮断して耐えるのだ。骨が砕けようとも後で治す、ユングフィアの笑顔を曇らすわけには……。

「サテリット！　こんの性悪ババァが！　いつまで経ってもクリス様が打ち合わせにいらっしゃらないから変だと思ったら！　貴様のせいか！」

唐突にドアが蹴破られ、ユングフィアが飛びのく。うーん……痛覚遮断してたけどなんかポキッとか聞こえたな。とりあえず気付かれないように治癒だけしておこう。

「やかましいわいトラバント！　この腹黒ジジィめ！　アンデッド討伐ならこっちの管轄なんじゃ

から貴様は祭りの準備をしとけ！」

「だからっ！　勇者様がいらっしゃるのに神官戦士を動員する必要がどこにあるんじゃい！　今でさえ通常の勤めが厳しいのだぞ」

「かーーーっっ！　忙しいのは誰のせいじゃ！　そもそもお前が……」

いきなり部屋に入ってきたトラバントさんとサテリットさんは、顔を合わせるなりいきなり喧嘩腰だ。というか額がぶつかり合う距離で、怒鳴り合ってる。

「ユングフィア、あの二人仲悪いの？」

「は、はい、それはもう……」

なんでも神殿内でこの二人の仲の悪さは有名で、喧嘩は日常茶飯事、どんなに忙しくても廊下ですれ違えば必ず悪態を叩き合うらしい。まぁどちらも立場上神殿の不利益になるような真似はしないし、足の引っ張り合いとかもしないので、いつもの光景として受け入れられてるそうだ。

そういえば俺、アンデッド討伐するっていうから詳しい話を聞きに来たんだけど？　トラバントさんが忙しいからと言われ、待ってる間にユングフィアがやって来たのはサテリットさんの指示なのか？

怒鳴り合いの内容からすると、サテリットさんが孫娘を俺に紹介するのに手を打ったそうだけど、別に護衛の紹介くらい気にする事は無いと思うんだが。

とはいえ、その辺の思惑は別にどうでも良いし。喧嘩されてては話が進まないので、仲裁しようと前に出た瞬間。鈴を転がすように美声が響いた。

「お爺様、勇者様の御前です」

決して大きな声ではないのだが、喧嘩していた二人の耳にも届いたようで、お互いばつが悪そうに距離をとる。離れる際舌打ちし合うタイミングが同時なあたり、本当はこの二人仲が良いんじゃないかと思ってしまう。

「おお！　そうであったな、こんな脳みそまで筋肉で出来てる白髪のメスオーガに関わってる暇はないわい」

お互いまだ言い足りなそうだけど、俺の前だから抑えたのか一応口喧嘩を止める。この美声は昨日会ったアルテナさんか。

神職なので化粧っ気はないが、長くて綺麗な金髪と、鈴を転がすような美声が印象的な。温和で大人しい雰囲気の美少女だ。あの時はトレニアの事があったのでルーフェイを任せてしまったけどまだお礼言ってなかったな。

「アルテナさんまた会ったね。昨日はありがとうルーフェイも、あとで屋敷に招いてお礼がしたいって言ってたよ」

「いえ……大したことはしておりませんわ」

「おぉ、既に顔見知りであったとは話が早いですな。このアルテナは儂の孫娘でございまして、クリス様と同年代では特に神聖魔法に長けておりまして、アンデッド討伐のお役に立つものと……」

「なにをボケておるか！　神聖魔法の使い手なら勇者様だけいらっしゃれば十分じゃろうが、必要なのは術者の傍に控える戦士じゃ」

勢いよくアルテナさんを紹介してくるトラバントさん。ユングフィアを連れてそれを遮るサテリットさん。なんか二人してまた険悪に睨み合ってる。

……そういえばオリヴィアが言ってたな、マーニュ王国の貴族社会だと『当主乃至《ないし》それに準ずる影響力のある人が、自ら娘を連れて紹介するのはお見合いとほぼ同義』であり『断ったら相手の面子丸潰れ』なのだと。令嬢が自己紹介するなら普通の顔見せだが、当主が紹介するとそうなるそうだ。

上流階級のしきたりって面倒だと思う、そして大神官と司祭長の地位にある人が知らない筈はないんだよな。要するに討伐依頼と一緒にお見合いさせようってことか。っていうか知り合ってるとは言え、さっきユングフィアをサテリットさんに紹介されたよな俺、そしてさっきアルテナさんを紹介されたよな。

オリヴィアたちも俺の立場で大神殿の関係者と縁を結ぶのは、避けられないと言ってたし。この場合には傍仕えって名目の側室か。俺としてはユングフィアが嫁に来るなら喜んで迎えるし、アルテナさんも気立ての良さそうな美少女だし、ルーフェイもなんか懐いてたみたいだから何も問題ない。

誰が傍仕えになるのか云々は討伐の後にオリヴィアたちと相談するとして。年寄り二人が飽きもせず喧嘩を再開し、話が進まないのでさっさとユングフィアとアルテナさんを連れて討伐に行こう。場所はユングフィアが知ってるから問題ないだろう。

「遅くても日没には戻るから、遅れるなら使い魔飛ばすからね」

俺の伝言が聞こえたのか聞こえてないのかは知らないが、とりあえず喧嘩中の二人は放っておこう。日の高いうちに現場に向かわないとな。

★　ヴィヴィアンSIDE　★

どうも勇者様が買った店ということで評判になり、今日もパン屋『森の庵亭』は盛況だ。もう諜報員辞めてこの街でパン屋やってた方が、幸せになれる気がしないでもない、だがまぁ魔法による監視をされてるので、真面目に任務をやってる振りをするしかないんだよ。

今日はカロリングの街で最も有名な場所。法の女神大神殿から大量の注文を受けちまった、物凄く忙しいので手軽に食べられる素材パンはありがたいそうだが、大量の調理済みの素材パンを荷車で運んでいる現状、断ればよかったと後悔している。

「はぁ……監視があるから下手に人も雇えないし。店に泥棒が入ったらどうしてくれるんだいまったく」

帝国だったら、目を離した隙に商品を万引きされる程度なら御の字で、店内の金目のものは片っ端から盗まれる恐れまである。むしろ女一人の店なんて開店当日に襲われてもおかしくない。

領土拡張の影響なのか、ちょっと前まで他国人だった同国人が多く、習慣の違いからくるトラブルは後を絶たない。当然仕事にもありつけないことが多く、大半は食うにも困る有様の貧民で溢れ、お世辞にも治安はよろしくない。ぶっちゃけて悪い、最悪だ。

鍵は一応それなりの質のモノを使ってるが、帝国人としては店を無人にしておくのは不安で仕方ない。注文の品を届けたらすぐに帰らないと……はっ！　あ、あの方は！

　昨日の女神官戦士ともう一人癒し手の装備を纏った女を連れて、勇者様が馬に乗って行くのを見かけ、アタシはすぐさま駆け寄り声をかける。昨日の事もあるし場所によっては先回りして仲間を逃がさないと。

「先日はありがとうございます、奥様には喜んでいただけたでしょうか？」

　はっ！　し、しまったアタシ荷車曳いてたからかなり汗をかいてる！　汗を吸った仕事着はぴったりと身体に張り付き、体のラインがはっきり分かる。まずい下手をしたら娼婦の客引き扱いされるかも。

　連れの女性も呆れたようにアタシを見てる……ううう、舞い上がったせいでとんでもない失敗をしてしまった。

（おっぱいデカいとは思ったけど、予想以上だ。小柄で痩せてる分、よりおっぱいが大きく見える）

（やっぱり殿方は小柄な方の方が好みなのでしょうか……）

（む、胸の大きさが全てじゃないはずです）

「パン屋の店員さんだね、この前貰ったアップルパイは美味しかったよ、みんな褒めてたし、また今度店に寄らせてもらうよ」

「あ、ありがとうございます！　あ、あとこれ大量に注文いただいたので少し余分に持ってきたんです、よかったらどうぞ！」

　さすが勇者様は紳士だ、見苦しい姿のアタシをスルーしてくれた。余分に持ってきたパンを連れの神官らしき女性に渡し、一礼したらすぐさま離れる。

その後注文の品を神殿の人に渡し、代金を受け取り……気配を消して勇者様の追跡を開始する、嗅覚を強化する魔術を用い、渡したパン——特に匂いの強い素材を挟んであるやつだ——の匂いを追う。

連れの女神官に渡したのは正解だったようだ、思った通り馬の鞍に取り付けた荷物入れに、パンを入れてくれたのだから。勇者様の【収納空間《アイテムボックス》】に入れられると匂いを追えないからね。

諜報員として重要人物の動向——出来れば趣味嗜好、特に女の好みは知りたい——を探るのは当然、これは職務なのだと自分に言い聞かせ匂いを追う。嗅覚を強化した状態だと街中はちょっとした地獄なのだが、幸いにもほとんど人のいない荒野に向かったようだ。

荒野に入り、人のいないことを確認したところで、嗅覚強化から聴覚強化に切り替える。風の音、馬の蹄の音、少ないながらも生き物の音の中から、人の声だけを拾う。

どうやら彼らは増殖したアンデッドを討伐するために荒野を駆けてるようだ、一応この先にある拠点の事はバレてはいない様子だ。盗賊の集まりが魔物にでも殺されたのかな？

この距離ならバレる事もないだろうが、相手は勇者様だ慎重に追跡をする。どうやら目標のアンデッドの群れを見つけたようだ、強化した聴覚は魔物の断末魔の叫びまで聞こえてしまう。

急いで少し小高い丘の上に移動すると今度は視力を強化し、彼らの戦いを目視する。どうやらゴーストの類はあっさりと消滅し、彼らは原因となったと思しきゾンビと相対している。

ゾンビと言っても体が腐ってる訳でもなく、結構身綺麗でそれなりに整った容姿の女性と分か……あの人冒険者としてこの国に潜り込んだ諜報員《同僚》じゃ？

アタシたち諜報員が『監視』と『身分証明』の為にと、術を掛けられた際に刻まれた普段は見えない刻印が輝いてる。強化された視力は魔術的な視覚も強化されるのではっきりと分かった。

……あの刻印があの人をアンデッド化させた？　……つまりアタシたち全員アンデッド化する？

……理由は？　条件は？　それよりも先に刻印を消さないと！　すぐさま大神殿に駆けこもうと脚力を強化し駆けようとした瞬間。胸元にある刻印が鈍い光を放った。

誘惑の夜～前編～

ゴーストが増殖したらしい北の荒野は、周囲は剥き出しの岩ばかりで物悲しい雰囲気だ。さらに北に馬を走らせ数日の距離には、リーテンブ帝国との国境である山脈がある。

ゴーレム馬車で来ても良かったんだが、昨日トレニアに急かされ、やや規定量を超えた魔力を注いでしまったらしく、今は職人街に点検に出してる。

馬車職人の皆さんの、こんな高級馬車に触れるのは初めてだと言った言葉には緊張と、職人として高度な仕事を調べられるという高揚が混じっていた。頑張って技術の肥やしにしてほしいと思う。

ちょっと移動に時間がかかるのが難点か？　我ながら贅沢な不満だな。まぁ馬に乗るのも嫌いではないし気にしないけどな、農耕用の馬くらいしか乗った経験はないが、流石大神殿の用意した馬は、温厚で頭も良く馬力もあり、岩ばかりの荒野でも安心して進める。

荒野をさらに北に進むと、やや険しい山地がありそこを越えた先は、寒冷な気候ながらも土地は肥え水も豊富なリーテンブ帝国の穀倉地帯だ。

カール王子がやってくる以前の辺境では、帝国に食糧を頼ってた部分もあるのだが、相当上から目線だったそうで、この地方の住人たちの帝国嫌いに拍車をかけたそうだ。

そんな物寂しい荒野を馬の背に乗りながら眺めていても、ここに来るまでに気安くなったアルテナが、色々話しかけてくるので退屈はしない。この娘結構話し上手でお喋りしてて楽しい。

「クリス様、このまま進めば目的地まであと三十分といったところですわ。少し早めに昼食はいかがでしょう？　アンデッド討伐の後ではあまり食欲が湧かないと思いますが」

大人しく控えめな印象の彼女だが、俺の世話をしようとなにかと気を使ってくれる。ユングフィアも声をかけようとしてくれるんだが、いかんせん彼女は口下手で、二言三言で会話が途切れてしまう。

この荒野で無言だと寂しいから、なにか言おうと頑張ってるのは認めよう。アルテナと会話してる最中に水を向けると嬉しそうなのが可愛い。

「いや、このまま進むぞ、ちょっとくらい空腹の方が動きやすい」

そのまま馬を走らせ、しばらくすると周囲に禍々しい空気が漂い始める。これは……汚染された土地の特徴だな、遺体が片付けられない戦場のように、ゴースト系が好み集まる空間だ。

こんな偶《たま》に冒険者がやってくる程度の寂しい土地で、なぜ土地が汚染される程の怨念が集まったのかは不明だったが、どうやらこの先にいるアンデッドが汚染源のようだ。

アンデッドモンスターは理性も失われそれほど強くもないのだけど、長時間一ヶ所に留まるとその場を汚染してしまう。

そうなるとゴーストは何処からともなく集まり、土地は枯れる。神聖魔法による浄化をしない限り人が住める環境ではなくなってしまう。

「汚染の源をなんとかしないとゴーストをいくら倒しても無駄だな。突っ込むぞ！」

馬の尻に鞭を入れ加速する、ゴーストの群れは軽く手をかざすだけでまとめて消し去れる。事前の打ち合わせで、同行者二名はゴースト相手の場合自分たちの事は気にしなくていいと言っていたが、さて二人はどうだ？

アルテナは神聖魔法に長けていると紹介された通り、馬を操りながら略式の祈りを捧げるだけでゴーストは消滅する。神聖魔法に適性が高い体質のようで、発動が早く燃費も良さそうだ。

ユングフィアはもっと単純だ、鎧そのものに高度な防護術式が組み込まれてるらしく、近寄るだけで掻き消されていく。見た感じ腰に下げたメイスも同様に、強力な魔法の武器だが使うまでもないみたいだ。

これならゴースト程度はいないものとして扱っても問題ないか……問題はゴーストの中心、土地を汚染する『核』か。怯える馬を闇魔法で無理やり平常心にして突き進むと、ゴーストの密集する中心に『ソレ』はあった。

遠目には普通の人に見える、近寄ってみると平凡な冒険者風の女性だ。しかし決定的に違うのはその目、落ち窪んだ眼窩は黒く染まり、文字通りに爛々と燃えるような紅い輝きを放つ瞳……屍鬼《グール》か。

間違っても女の子に近寄らせたくないアンデッドだ。確か胎児を好み、偏執的に妊婦を狙うとか文献に書かれていて、地域によってはグールの紅い目で見られただけで、結婚を断る理由になるとまで言われている。

確か、こいつの瞳を粉末状にすると避妊・堕胎の薬になるんだったか。流石に人の形をしたものから目玉を抉るような真似は出来ないし、気持ち悪いから骨の一片も残さず灰にするけどな。

「オ……オオオオオオオオオオオ!!」

グールは俺の事を認識したらしく、長い髪を振り回しながら襲い掛かってきた、だが遅い。馬を走らせながら神聖魔法をグールに放ち、周囲のゴースト諸共俺が放つ光の中に溶けていった。

さて、グールは倒したし、後は汚染された土地を浄化して終わりだが……これってフェノリーゼさんと同じじか？　彼女は妖精たちが命を繋いだから助かったけど、この女性は完全に手遅れだったのだ。

土地の浄化に一時間程度かかるとして。同じような邪法を掛けられた人間がまだいるかもしれない。これは起きるのを待つなんて悠長な事しないで、彼女から直接記憶を見せて貰うか？　そんな事を考えてる時だった。

――いやぁぁぁぁぁぁぁぁ!!

不意に聞こえた女性の悲鳴に、瞬時に意識を切り替え周囲を警戒する。なんだ！　まさか感知できないアンデッドまでいたのか？　この周囲のゴーストは全部消した筈、そうなるとどこから悲鳴が？

「クリス様！　向こうの丘の上に女性がっ！」

駆け寄ってきたユングフィアは悲鳴の出所が分かったようで、かなり離れた場所にある小高い丘を指差した。

まさか他にも屍鬼《グール》がいたのか？　なんにせよかなり切羽詰まったように感じる声だ。俺が馬に鞭を入れ駆けると、二人も黙って付いてきた。

小高い丘の上、そこには胸元を押さえ苦しむ女性……あれ？　音を吸収する珍しい蝙蝠の羽を素材とした、身体にぴったり張り付く服を着てるけど、この見事なおっぱいは、まさか……。

顔を隠す覆面を取ると、大分印象が違うけど間違いない。ついさっき会ったパン屋のお姉さんじゃないか！　なんでこんなところに？　周囲にアンデッドはいない。いないんだが周囲にアンデッドの気配が漂い始めてる。

「大丈夫か？　俺は治癒魔法が使えるから安心しろ。落ち着いて痛いところを教えてくれ」

「こ、刻印！　刻印が光って……た、助けて……アンデッドになんてなりたくない……助けてください なんでもしますから！」

刻印？　落ち着いて胸元を注視してみると、微かに異様な魔力を帯びた刻印が鈍い光を放ち……これはっ！　毒のようなものを精製する類の術か！

力任せに服を剥ぎ取り、左の脇下にある光る刻印に集中し、術の解除を試みると、今度は背中から鈍く昏い光が放たれる。

「ひぎぃ！　あ、あぁぁぁぁっ！」

背中に刻まれた刻印の効果なのか、彼女がさらに苦しみだす。拙《まず》い、術を解除しようとすると、毒の精製量が増す仕組みか。

解毒を試みても、毒そのものを精製する術が解けないと延々と体を蝕み続ける。どんだけ性格の悪い術をかけんだよ！　屑野郎！

拙いぞ段々ゴーストが集まってきた、ゴーストは戦闘力は無いのだけど恐怖を煽り、精神を乱すことができる、一刻を争うこの状況では致命的に邪魔だ。このままじゃ彼女も屍鬼《グール》になってしまう！

焦りながら解毒を施すが、術を解かないとキリがない、毒の精製は彼女自身の生命力を利用してるようで、解毒しながらもどんどん衰弱してるのが分かる。

「クリス様！　お待たせしました」

駆け寄ってきたユングフィアが集まったゴーストを蹴散らす、少し遅れて馬の扱いに慣れていないアルテナがやってきた。

「アルテナ、彼女の解毒を頼む！　心臓付近だ！　ユングフィアはゴーストを頼む！」

アルテナが解毒を始めると同時に【収納空間《アイテムボックス》】から生命力ポーションを取り出し、飲ませる……意識が朦朧としていて飲み込めないのか、仕方ないので口移しで飲ませると多少は回復したようだ。

なんで彼女がこんな場所にいるのかは後で聞くとして、今は術を解くのに集中だ。解毒をアルテナが担当してくれるから、術の解除に集中できる。

魔術形態としてはアンデッド化の毒を精製するのは土の魔法に属する。闇じゃないのかと誤解されがちだが、闇の魔法というのは精神に干渉する術であって、肉体を変質させる事は出来ない。精神的な負荷で体の不調を誘発させることはできるが。

土の魔法とは土砂や植物を操ったり変質させたりするのが基本。そこから応用して『自然物の操作、変質』させるのがまとめて土の魔法で、当然人間の肉体も自然物とされる、自然魔術とも称され、神聖魔法以外の回復魔法はこの系統だ。

余談だが、風の魔法は空気を操作する基礎から発展し気象に干渉したり、超絶的な操作能力で一定の空間内を自由自在にでき、空間魔法とも言われる。

水の魔法は、魔力で水を精製することから始まり、水以外にも酒やら食肉やら、果ては金属までも精製できるようになると水属性の専門家とされる。創造魔法とも呼ばれる。

火の魔法、一般的に考えられるような手から火の玉を放つだけではなく、熟練になればなるほど概念的な物まで『燃やす』ことが出来る。地方によっては破壊魔術やら焼滅魔術やら物騒な異名を付けられることが多い。

他にも光やら召喚やら付与やら色々あるが、まぁそれはさておき。俺は闇以外でも各属性の基礎程度なら一通り使いこなせるのだが。こんな高度な土の魔法には手が出せないので、神聖魔法を使い力づくで刻印を消し去るしかできない。

とにかく勇者になって増えまくった魔力で、神聖魔法【魔術破棄《ディスペル》】を、流し込むように、アンデッド化の刻印に叩き付ける。

◆　◆　◆

もうすっかり日が暮れてしまい、仕方ないので使い魔を送り、今日は帰れない事とその事情を手紙に書いてを妻たちと神殿に伝える。【収納空間《アイテムボックス》】から高級テントを取り出し、衰弱し意識のないパン屋のお姉さんを寝かせてあげる。

なんとか術の破棄と解毒には成功したが、彼女の意識は戻らない。念のため生命力ポーションをもう一度飲ませた後、アルテナが診察したところ命に別状はないようで一安心だ。

ユングフィアは、日が落ちる前に出来る限りの事をすると言って、屍鬼がいたあたりに聖別した塩を撒き、ある程度の浄化をしに行ってる。

アルテナは彼女に貰ったパンだけでは寂しいと、簡素ながらスープを作ってる。良い匂いがここまで漂ってくる、魔物の多い場所で香りの強い料理を作ると、魔物が寄ってくる場合があるのだけど、殆ど魔物がいない事と俺が魔物払いをしてるので特に問題は無い。

……さて、困った、人助けをしたんだから別に疚しい事は無いし、胸を張って明日帰ればいいんだが……どうにもムラムラしていかん。

だって非常時とはいえ店員さんの服を乱暴に剥ぎ取っちゃったんだよ？　毒の刻印は心臓付近、ようするにおっぱいのすぐ近くだったんだよ？　そんで彼女って見事としか言えないような美巨乳だよ！　重力に逆らって形を保ってるんだよ！

目の前で身動ぎするたびにプルンプルン揺れるおっぱいを見て、興奮しない男はいるだろうか？いたとしたら幼児か特殊性癖しかいないだろう。

お店だと彼女は地味目の化粧をしていたが、素顔の彼女は童顔でかなり可愛い。いかんいかん、気絶した女性に悪戯するなんてありえん。

丁度アルテナに食事の支度が出来たと呼ばれたので、三人で焚き火を囲んで飯を食った。良い匂いだと思ったけど実際に食べると凄く美味い。

ユングフィアもたくさん食べるので、釣られるようにお代わりしまくって、鍋の中身を全部食べたせいか満腹で腹が苦しい。疲れたし今日はさっさと寝てしまおう……。

寝れない！　テントの中の簡易ベッドは二つだけ。一つは店員さんを寝かせ、もう一つは俺が使ってる。女性二人にベッドを使わせようとしたのだが、二人揃って俺を寝袋で寝かせ自分はベッドで寝れないと反対されたせいだ。

あのね？　俺もね神官さんたちが俺を敬ってくれてるのは分かるよ？　あんまり自覚はないんだけど勇者なんて立場だ。神殿に仕える人間として、立場的にも心情的にも君らの主張は尤もだと思うんだ。

「んっ……くっあっ……んあぁぁ……はぁはぁ」

だが若い女性と隣り合ったベッドで寝ろってのはあんまりだと思わないか！　命に別状はなくても毒の影響なのか、かなり汗をかいている彼女の女の匂いは、否応なく異性として意識させられる。そして苦しそうに息を荒らげる彼女の声が喘ぎ声に聞こえて、興奮して全然眠くならないんだよ！

暗くて周囲が静かだから余計に耳に飛び込んできて。目を瞑って寝ようとしても、刻印を消すときに目に入った、大きなおっぱいが脳裏に焼き付き鮮明に思い出せる。

「はぁ……んっ……ふぅぅぅはぁぁぁ……あっあん……」

駄目だ！　これじゃ徹夜した方が精神的に楽だ！　ユングフィアとアルテナは遮音性の高い布で仕切られた、別の部屋で寝てるし気付きはしないだろう。寝室から出ようとベッドから降りたとき……。

ぎゅっと……ベッドの端から伸びた手に、服の裾を掴まれた。

「ひとりに……しないで……」

朧げな意識の中で『誰か』が傍にいるのに気が付いていたのか、弱々しく俺の服の裾を掴んでいる彼女。これじゃこの手を振り払うことは出来ない……いや待て俺がこの部屋にいたら貴女の貞操が危険なんですが。

精神干渉への抵抗力は高いと自認してるが、ムラムラした状態での理性なんぞ、俺自身信用してないんだぞ。

「いか……ないで……なんでもするから」

ん？　いまなんでもするって……って！　店員さんみたいな可愛い子がそんなこと言っちゃいけません！　男はみんな狼なんだよ、『待て』がちゃんと躾けられた奴でも、喜んで飛び掛かるよ！

ボリューム満点のお肉《おっぱい》にしゃぶりつくよ！　桃色の突起を美味しく頂きたいよ！

必死に飛び掛かりたい衝動を抑えながら、なんとか彼女を寝かしつけるために、動いた拍子に落ちた毛布を掛けてあげようと……はだけた胸元と、汗で服がぴったりと張り付き、体のラインがはっきりと分かる肢体が目に入る。

ごくり……小柄で童顔の上にこのスタイルは反則だろう。肌を伝う滴がより一層いやらしさを強調する。いやいやいや！　意識のない女性に手を出すなんて強姦まがいの事できん！　第一名前も知らないんだぞ！

「はぁはぁはぁ……んんっ……こ、ここは？　アタシ助かったの？」

俺が理性と煩悩の狭間で葛藤していると、どうやら意識を取り戻してくれたようだ。助かった！　事情を説明してゆっくり休んでもらおう。俺はそのあと外で茹で上がった頭を冷やすのに、冷水でも頭から被るか。

とりあえず近くのテーブルをベッドの脇に運び、その上に水と果物を用意してあげる。弱った身体でも食べられるだろう。決して最大まで勃起した逸物を隠すためではない。

お腹が空いてたらしい彼女は果物を頬張りつつ俺の説明を聞いていた。説明が終わると彼女はヴィヴィアンと名乗り、涙を流しながらお礼を言ってくる。

「ありがとう……ありがとうございます！　ぐすっ……ありがとうございます！」

「ヴィヴィアンさんにも事情はあるのだろうけど今は聞かない、疲れてるだろうからゆっくり休むといいよ」

努めて紳士的に部屋を出ようと歩くが、焦ってたせいかすぐ背後から、ヴィヴィアンさんが寄ってきてるのに気づけなかった。後ろから抱きしめられ、不意を突かれたせいでベッドに倒れてしまった。

なんか体勢を操られた気がするが、パン屋の店員さんがそんな武道家みたいな真似できるわけないし偶然かな？　なぜかヴィヴィアンさんに押し倒された形なのも偶然だろう。

「あ、あのヴィヴィアンさん？　男の俺が隣にいたらゆっくり寝れないだろう？　それとももっと果物欲し……んむっ！」

いきなりキス、しかも舌を絡めてきた拍子に何かを飲み込んでしまった。

「好きです！　惚れました一生尽くします！　妾でも使用人でも、いっそ性奴隷でも構いませんのでお傍においてください！」

「いやいやいや落ち着けヴィヴィアンさん、気持ちは嬉しいけどそういうのは……ぐっ！」

彼女の柔らかい素肌が俺の逸物に布越しとはいえ触れる、俺が勃起してるのに気が付いたのだろう、彼女は嬉しそうに肌を寄せて……俺の理性の糸はぷっつりと切れた。

俺の上から覆いかぶさるヴィヴィアンの体勢を力任せに変え、ベッドに押さえ付ける形にすると、邪魔な衣服を脱がせ……そうだこの前ディアーネにしたように腕を縛ってやれ。性欲で茹で上がった頭にはそれが名案に思えた。

脱がせたシャツでたくし上げ両手の部分でぐるぐる巻きする、そうして露わになった巨乳を鷲掴みにし、綺麗なピンク色の乳首を口に含み吸い付き、優しく噛む。

「やっあぁぁ……ひぅ！　ク、クリスさん……アタシの胸気に入ってくれた？」

「ああ、最高だヴィヴィアンのおっぱいはもう俺のものだ！」

胸の谷間から香る女の匂いにさらに興奮し、目に見えて大きくなった乳首に更に昂る。彼女が俺の手で感じている事実に性欲が加速する。このまま俺のチンポで欲望のまま、膣腔を蹂躙し孕ませたい衝動に駆られる。

しかし彼女は俺の女だ、もう決めた。だからこそ優しく、蕩かすように快感を与え俺から離れられないようにしたい。俺って意外と独占欲強かったんだな、正直抱いた女はもう手放したくないと強烈に思う。

汗を吸った彼女のズボンを脱がせ、下着を剥ぎ取りオマンコを露わにすると、反射的に抵抗しようとするが、縛られてるので叶わない。秘所の割れ目沿いに指を這わせ、同時にクリトリスにも触れる。最初は弱く。

「ひゃん！　あっあっあっ！　ア、アタシ初めてなんです……だから……」

ヴィヴィアンの反応を窺いつつ徐々に強く。彼女くらい可愛ければ、男なんて選り取り見取りだと思うが、処女だったのか。

「んっんっ！　はぁぁぁん！　す、凄いのぉこんな！　こんなの初めてぇ！」

「随分感じやすいんだな、乳首がこんなに立ってるの初めて見たぞ」

口に含んだままの乳首を唇で噛むと、心なしか更にオマンコが濡れる。どうも彼女はおっぱいの方が感じやすいようだ。

「ち、違うの、クリスさんが上手いから……クリスさんのが気持ち良くて感じちゃうんです！」

嬉しいことを言ってくれる、手と舌でヴィヴィアンを悶えさせるのは、男冥利に尽きるが、俺も愛撫だけじゃ物足りなくなってきたから、そろそろ挿れたい。俺は力任せに両脚を大きく開かせ、ランプの明かりに照らされた蜜穴は、怪しい光を放ち誘ってるかのようだ。

「ああ……ど、どうぞアタシの初めてを貰ってください……クリスさん……好きにして……ください」

「ヴィヴィアン……いくぞ？」

潤んだ眼を俺に向けるヴィヴィアンにキスをして、両手で彼女の巨乳を揉みしだく。そして……

「んむっちゅ……んはぁぁぁぁぁぁ！」

愛液に濡れた彼女のオマンコは、微かな抵抗をあっさり貫いた俺のチンポを奥まで飲み込んだ。言葉通りヴィヴィアンは、俺にされる事はなんでも嬉しそうに受け入れる。

本当ならゆっくりと、ヴィヴィアンのオマンコの感触を楽しみたいのだが、毒で衰弱していた彼女にセックスは負担だろう。今は多幸感で疲れを感じていないが、やりすぎて良いわけがない。

挿入直後はすぐには動かず、体中を優しく撫でる、痛がってる感じはしないがやせ我慢してる場合、こうすると痛みを誤魔化せるからな。

「あの、クリスさん好きにして良いんだよ？　アタシの事は気にしないで気持ち良くなって……んむっ」

彼女の唇を口で塞ぎ、手はお尻を撫でて揉む。うん、おっぱいだけじゃなくお尻の感触も良いな。なんというかディアーネとはタイプが違うにせよ、全身で男を誘うようなエロい身体だ。まぁ他の男が触れることは、これから無い。

この身体を好きにできるのは俺だけ、妾でも構わないとか言ってたが、俺は抱いた女を都合のいい女扱いする気はない。嫁として不自由のない生活をさせてやるからな。

「あんっ！　あっあっんむぅぅ……そ、そこはだめぇアタシ汗かいてるから……」

脇の下に舌を這わせると恥ずかしいのか、オマンコがさらに締め付けてくる。だが縛られた状態では、どうすることもできずに、なすがままだ。そろそろ動かしてもいいか。

俺の腰が動くと、彼女も合わせて腰をくねらせる。処女を喪失して間もないと言うのに、お互いがより快感を得るために俺に合わせて腰を振っている。

「つっつ！　はぁぁん！　奥につ奥に当たってるのぉ！」

ゆっくりと、そしてヴィヴィアンの感じる箇所を探りながら腰を動かす。彼女に体力があれば激しく攻め立てるところだが、今日はゆっくりだ、疲れさせないように。

「ヴィヴィアン、今日は初めてだから無理はしないでこのまま射精《だ》するぞ。ヴィヴィアンの膣内《ナカ》に出すぞ」

「は、はいっ！　出してください、アタシの膣内《ナカ》に！」

いつもはもう少し我慢するのだが、早く終わらせないと彼女に負担がかかるからな。もっと楽しみたいけど今後時間はたっぷりとある。彼女のお尻を掴んで、一番奥までチンポを押し込んだ瞬間、昂った性欲を彼女の膣奥に解き放った。

「あっひぁぁぁぁぁぁぁぁ!!　熱いのが！　クリスさんの熱いのがアタシの膣内に！」

優しくゆっくりとしたセックスだったので、高まった性欲はまだまだ鎮まらないが、彼女に無理をさせるわけにはいかない。ヴィヴィアンを縛っていたシャツを解いてあげて、腕枕でそのまま寝ようと……。

「そ、その無聊《ぶりょう》を慰めるのでしたら……わ、私にも……」

顔を真っ赤にし、何故か鎧姿のユングフィア。後で聞いたところ俺が近くにいたので、緊張して眠れず周囲の見回りをしてたらしい。それで帰ってみたら俺が助けた彼女を縛って犯してる（ように見えた）ので、自分の身を差し出し、彼女を救おうと飛び込んできたそうだ。

「英雄色を好むと言いますし……私が身を賭して劣情を受け入れます、どうか……」

「違うから！　なんかユングフィアは誤解してるから！」

「私の事を綺麗と言って下ったのは嬉しかったです……その言葉が嘘でないのならどうか！」

「誓って嘘は言ってないけど、もっと別の事誤解してるからね！」

ヴィヴィアンに説明させようにも、やはり疲れ切ってたのかベッドで寝息を立てている。うん、良かった精液と一緒に活力を与える術を体内に注いだのが功を奏したか、明日の朝には元気に……って！　いかん、このままじゃユングフィアの俺に対する評価が強姦魔に成り下がってしまう！

「わ、私のような大女は魅力には乏しいかもしれませんが、体力だけはありますので……どうか存分に……」

「待ってユングフィアさん」

いつの間にか部屋にいたのか知らないが、アルテナがユングフィアを止めてくれるのはありがたい、さぁ早くユングフィアの誤解を解いてくれ。

「神殿を出発する際、クリス様を見る彼女の目……あれは正しく恋する乙女でしたわ！　そのことから考えまして、彼女の方からクリス様を誘惑したのですわ……つまり」

あれ？　彼女からの誘惑というのは間違ってないけど、なんか猛烈に嫌な予感が……あ、ヴィヴィアンを腕枕してるから逃げられない！　ちょっと！　アルテナ、君の目がかなり怖いんだけど！

「私にも勇者様の愛を得る機会があると見て宜しいのですね？」

アルテナの声は鈴を転がすような美声に艶が混じり、とてつもない色気を孕んでいた……君って大人しくて控えめな娘だと思ってたけど、肉食系だったんだね……いくらなんでも彼女たちにまで手を出すのは最低すぎるから、上手く宥めて……ぐっ！

瞬間……心臓が激しく波打ったかと思うと、まるで身体の奥底から活力が湧いてくるかのようだった。

体中の血が燃えるように熱い！　頭が真っ白になり……目の前の美少女二人を見て……いや待て！　俺は今何を考えた？　この二人に手を出すとしても、ちゃんと親御さんに筋を通して、結婚したうえで……別にその前に手を出しても誰も責めないいんじゃないか？　……彼女らの保護者は俺に嫁がせる気みたいだし……。

そういえば……ヴィヴィアンに最初キスをされたとき……なんか飲まされたような……。

誘惑の夜～後編～

薄暗いテントの中に淫らな水音だけがやけに耳に響く、聖別された白い鎧を纏ったままのユングフィアと、公平さ清廉さを表す白い神官服に身を包むアルテナ。甲乙つけ難い美少女二人が熱心に俺のチンポに奉仕してる姿はたまらなく淫靡で、それだけでイってしまいそうだ。

ユングフィアは凛とした美貌を羞恥に染め、おっかなびっくり手で扱《しご》き、そしてゆっくりと逸物に舌を這わせる。大人しそうなアルテナはチンポに興味津々と言った風情で、顔を寄せ躊躇なくフェラチオをする。

「二人とも随分と熱心だな、そんなに俺のチンポは美味いか？」

ヴィヴィアンに腕枕をしながら裸で寝そべっている俺のチンポに、美少女二人が初めて見るであろう肉棒に、舌を這わせている姿にそんな戯言が口に出る。反応したのはアルテナだ、舌の動きを止め手で優しく撫でながら俺に情欲を孕んだ眼を向ける。

「遠くから奥様との仲睦まじいお姿を見たときから……奥様、オリヴィア様の姿を自分に重ね。こうして……肌を重ねる日を夢見ておりました……はっはっ……んくっ、んっんっんっ」

フェラチオを再開したアルテナは、今度は肉棒全体を口に含む。温かい口内で舌を頑張って動かし、拙い口淫ながらも、俺を気持ち良くさせようとしてるのが分かる。時折様子を窺うような上目遣いがさらに俺を興奮させる。

「ん……ちゅ、んっんっ……」

「ア、アルテナさんずるいです」

神官戦士として何時も凛々しい姿を崩さないユングフィアが、恥ずかしそうに顔を染めどうして良いか分からずオロオロしている。しばらくしてアルテナに占拠されてない場所に舌を這わせる事にしたようだ。

俺のチンポはデカいから、アルテナの小さな口には収まりきらないので、おずおずといった感じでチンポの根元を舐めているが、ちょっと快感としては微妙だ。まぁ自分で考えてなんとかしようとする姿は、可愛いのでそのままにしておこう。

「ふふっもっと丹念に綺麗にしろよ、これからお前らの処女をぶち抜いて孕ませるものだからな」

孕ませるの言葉に二人は一瞬強張ったが、俺への奉仕を優先したのか？　さらに舌の動きが速くなる。空いた手で頭を撫でてやると蕩けた表情でさらに奉仕に熱がこもる。

ついさっきヴィヴィアンに膣内射精《ナカダシ》したばかりなのだが、美少女二人の奉仕による視覚的な興奮のせいか、ぎこちないフェラチオでもそろそろ射精しそうだ。

とはいえ口に中に出して飲ませるのは可哀想だし、聖別された装備を汚すのも悪いからな。なによりどうせ射精するなら膣内に出したい。

「お前たちフェラはもういい」

「ひぅ！　な、なにか不作法でも?!」

怯えたように俺を見るユングフィアだが、安心させるように頭を撫でてやる。

「そうじゃない、気持ち良くてイってしまいそうだったぞ」

俺はユングフィアの下腹部に触れ、ズボンの隙間からオマンコに指を這わせると、僅かに悲鳴を上げるが彼女は俺の手を受け入れる。ぴったりと閉じた割れ目からは蜜が滴り落ち、俺に食われるのを待ってるかのようだ。

「出すならここに出したいんでな、二人とも四つん這いになって尻を向けろ」

「は、はい……」

「クリス様に……乙女の証を捧げます」

二人はすぐさま言われた通りに俺に尻を向ける。恐れと期待が入り混じった視線を向ける二人の尻、そして同時にオマンコに手を這わせると嬌声を、疑いようのないメスの喘ぎ声をあげたのはどちらだろうか？　まぁそんなことはどうでもいい……二人揃って声も出せないほど感じさせてやる。

まずはユングフィアだ、鎧は馬に乗るのを想定してるもので、好都合にも尻の部分は鎧に覆われていない、鎧下のズボンをずり下すと、既に愛液で溢れたオマンコが露わになる。

「フェラチオで感じていたのか？　エッチには興味なさそうな顔して随分と淫乱なんだなユングフィア？」

「そ、そんなクリス様……わ、私は淫乱なんかじゃ……」

凛々しいユングフィアの恥ずかし気な表情は、たまらなく俺を興奮させる。こんなにも可愛い彼女を避けるとは神殿の男連中は本当に見る目がないな、ちょっと力が強くて背が高いくらい魅力のうちだろうに。

「気にするなエッチな女の方が好みだからな。俺の前でだけ乱れた姿を見せてくれるのは、男冥利に尽きるというものだぞ」

これはもう愛撫はいらないだろう、欲棒でクリトリスを弄ってやると、面白いように喘ぎ声を上げる。

「あぁ！　あ、熱いです、これが……これが男の人の……クリス様の」

脱がせて分かったが彼女は、胸だけでなく尻もデカい、しかも形もいいし、鷲掴みにした感触は俺好みだ。お尻を掴んで濡れた蜜穴にチンポをあてる。

「んっ……はぁ……わ、私の身体を……好きにしてください」

「ああ……貰うぞ」

一息に処女孔をぶち抜くと太ももに破瓜の血が垂れ落ちる。ユングフィアの膣腔はかなりキツく深い。最大限に勃起した俺の逸物でやっと奥まで届くといった感じで、チンポ全体を締め付けるような感触に、気を抜くとすぐにイってしまいそうだ。

「はぁ！　んはぁぁぁぁぁぁぁぁん！」

「ははっ！　身体だけでなくオマンコも俺好みだなユングフィア！」

淫欲の熱に浮かされた俺は、彼女を気遣うこともできず、ユングフィアの膣腔の気持ち良さに、腰が止められない。激しくチンポを彼女の膣奥まで叩き付ける。

「あっあっあぁぁぁぁ!!　はっ激し……激しすぎて……壊れちゃう！　はっあっんはぁぁぁ！」

彼女のオマンコは俺専用に誂《あつら》えたかの如く、俺のチンポにぴったりだ。愛液はさらに零れ落ちるようで挿入はますますスムーズに、挿入速度も速くなり、ユングフィアの嬌声はますます高まる。

「んふぅぅ！　クリス様！　クリス様ぁぁぁ！　あ、頭が真っ白になって……ひぎぃぃぃ！」

四つん這いになった鎧姿のユングフィア、喘ぎ声はまるで泣いているかのようで、まるで決闘に敗れた女騎士を犯してるかのようだ。

「ユングフィア、お前はもう俺のものだ！　これから何度も孕ませてやるから覚悟しろよ」

「はっあぁ……わ、私は……クリス様のモノ……赤ちゃんを……あっあっあぁぁぁん！　来ちゃう、なにかが来ちゃうのぉぉ！　んっつっひぁぁぁ！」

身体を仰け反らせ、初めてだというのに盛大に絶頂に達したようだ。初めてでこんなに乱れるなんてホント俺好みだ。そのまま激しく打ち付ける。

「ひっ！　ま、待ってください私……そんな激しくされたらぁぁぁ！　んあぁぁぁ！」

だが止まらない、射精したばかりだと言うのに一向に肉棒が萎えないのは、ユングフィアの具合が良いのと、俺と身体の相性が良いからだろう。

「たっぷりと子宮に俺の精液を注いでやる、嬉しいだろうユングフィア？」

「はひぃぃ！　う、うれ……嬉しいです！　どうか私を……私を孕ませてぇぇぇ！」

潤んだ眼で膣内射精を嘆願するその表情がたまらない。俺は彼女の最奥に思い切り膣内射精する。

「はぁぁぁぁ!!　来てるのぉぉ！　熱いのが私の奥にっ！　はぁんはぁぁぁぁぁ！」

膣内射精と同時にイったようで、四つん這いの姿勢のまま崩れ落ちるユングフィア。膣孔からチンポを引き抜くと溢れた精液が零れ落ちる。こんなに大量に射精したのは何時ぶりだろう？　オリヴィアとの初体験の時くらいか？

しかしそんなに大量に出したにも拘らず、一発だけじゃ足りないと言わんばかりに俺の逸物はまだまだ猛ったままだ。ユングフィアから引き抜いたそれは一切大きさを変えず、もう一人の美少女に狙いを定める。

「待たせたな、望み通りお前も抱いてやるぞ」

ユングフィアの痴態を目の当《まあ》たりにしても、怯えた様子はなく、むしろ期待した目で俺を見る。

「はぁはぁ……お待ちしておりましたわ……どうかこのアルテナも存分に犯してくださいませ」

同じ体位で抱くのも芸がないと思い、四つん這いのままで俺に尻を差し出すアルテナの膝を背後から抱え、おしっこしーしーのポーズで持ち上げる。

「ユングフィア……アルテナの下着を剥ぎ取りオマンコを舐めろ」

どうもダブルフェラしてる時から薄々察してたが、アルテナは祖父の影響なのかユングフィアに対して、妙なライバル意識があるようだ。

俺の命令に素直に従うユングフィアは言われた通りにアルテナの下着を脱がし……アルテナの……ライバルのオマンコにクンニする。

「いやぁぁ！　や、やめてユングフィアさん！　んぐっ」

キスで唇を塞ぎ、ライバルに舌で愛撫され、はしたなく愛液を垂らす姿は、とても昼間の大人しい姿からは想像もできない。

「普段は清楚で控えめなお前が、セックスではこんなに淫乱とはな、くくっ！　可愛いぞアルテナ、俺好みのエッチな良い嫁になるな」

「ひぐぅぅ！　は、はい！　私は、クリス様好みの……エッチなお嫁さんになりま……はっんはぁぁぁぁ！」

おっと、キスとクンニだけで軽くだがイッたようだ、処女なのは間違いないみたいだけど、かなり感じやすいようだ。

「へぇこんなに早くアクメするとはな……普段からオナニーとかしてるのか？」

持ち上げたまま首筋に舌を這わせ、徐々に耳に移り、唇を甘噛みする頃にはすっかり息は荒くなっている。

「は、はひぃ……毎日毎日息苦しくて……ついオマンコに手が伸びてしまい……ひっくひっく……毎晩自分で……」

「泣くな、エッチな女は俺好みだと言っただろう？　毎晩のオナニーとは比べ物にならないくらい喘がせてやるよ」

下から突き上げるようにアルテナの処女マンコの入り口にチンポを突き付け……俺はふと悪戯を思いつき、【収納空間《アイテムボックス》】から姿見を取り出す。

俺に抱えられ大きく股を開いた姿を目の前に映す。思った通りにアルテナは蕩けた表情がいきなり羞恥に染まり、長い金髪を振り乱し、両手で顔を隠す。

「あぁ！　いやぁぁ！　恥ずかしいですわ！　私、私こんな淫らな表情……んぐぅぅぅ！」

アルテナの瞳に映ったのは、俺のチンポで処女を破られる瞬間だった、持ち上げたままアルテナの処女を貫くと、かなりきつい締め付けだが思った以上にスムーズに挿入できた。これならすぐに動いても痛くはないだろう。

持ち上げてる状態なので、体を上下に揺するだけでも容易《たやす》く奥まで肉棒が届く。そして一筋流れる破瓜の血に例えようもない征服欲が満たされ、チンポが膣のなかで更に大きくなる。

「あっあっんはぁぁぁ！　あぁぁぁ見ないでくださいませ！　こんな淫らな顔を見ないでぇぇぇ！」

「いいや見せてもらうぞ、俺だけに、俺のチンポを突っ込まれてる時だけ、こんな蕩けた顔を見せろ！」

体勢のせいか激しく動けないが、アルテナの反応は劇的だった。ただでさえキツイ膣圧が、さらに締まり痛いくらいだ。そのうえ恥ずかしがってバタバタと足を動かすのだから、膣内で俺のチンポを擦りたまらなく気持ちいい。

まだまだ射精は我慢できるが、今夜はもっと二人を味わい尽くしたいからな。一度膣内射精《ナカダシ》して別の体位を愉しむとしよう。

「出すぞ、膣内射精《ナカダシ》されて孕む瞬間をじっくり見ろよ……」

恥ずかしがって顔を隠すアルテナの手を無理やりどかせ、結合部分をはっきり分かるように位置を調節し……本日三度目だというのに大量に射精する。

「んんん～～～～ッッ!!　んはぁぁ！　熱いのぉぉクリス様の精液が私の膣内に……」

精液が子宮に注ぎ込まれた瞬間、アルテナも絶頂に達する。脱力した彼女からチンポを引き抜くと、破瓜の血に混じった精液が、膣孔から零れ落ちる。

「ふぅ……ふふふ、身悶える姿は最高に可愛くて、俺好みのエロい良い嫁になるなアルテナは」

「んっはぁ……はぁはぁ、ありがとうございます……私はクリス様好みのエッチなお嫁になりますわ」

ゆっくりと床に下ろしたアルテナはへたり込むが、なんとか服を脱ぎ、傍でライバルの痴態を見ていたユングフィアと一緒に、言われた通り一糸纏わぬ姿を俺に晒す。

圧倒的なユングフィアの爆乳はさらに俺を昂らせ、手のひらに丁度収まる大きさのアルテナのおっぱいも、張りがあって揉み心地は良さそうだ。

その後俺の性欲は二人が気絶するまで治まることは無かった……。

◆　◆　◆

「昨夜は申し訳ございませんでした！」

朝、目を覚ますと俺は、裸のままベッドで横になってる三人に土下座した。朝起きて冷静に考えると昨夜のあれは、ほとんど権力をかさに着た強姦に近い、ならば最初にするのは謝罪だ、その次は……サンドバックになるくらいで許してもらえるだろうか？

三人にそう伝えると怒ってはいないそうだが、それじゃ俺の気が済まない。ぶっちゃけビンタでもされた方が気が楽だ。

「待って待って、昨日のアレはアタシから誘ったからですよ！　謝らないでください」

ヴィヴィアンが慌てるが、それにしたって衰弱した女性に手を出すのは問題あるだろう。朝起きて見知らぬ女性が二人裸で寝ていたのだから、驚いても良さそうなものだが彼女は平然としている。

「クリス様、私は女性として求めていただいて嬉しかったです」

「そ、そうですわ！　私たちは望んでクリス様に身を捧げたのですから、どうか頭を上げて下さいませ」

土下座する俺に慌てたのはユングフィアとアルテナも同様だ。確かに彼女たちからすれば上位者に頭を下げられるのは困ってしまうだろう。

いや、俺だってね、君らが俺の依頼に同行したのは、仲を深めて勇者である俺に嫁ぐように、トラバントさんやサテリットさんに言われたからだとは察してるんだよ。

二人とも文句なしの美少女だから、彼女たちさえ良ければ、嫁にするのはむしろ大歓迎なんだよ？けどそれにしたってデートしたり、又は一緒に仕事したりとかして、仲良くなってからだと思ってたんだよ。

四つん這いになって尻を向けろとか、鏡の前で処女喪失とかってなんだよ昨日の俺！　叶うなら昨夜の俺をぶん殴りたい、二人とも初めてだったんだから、暴走しててももうちょっと優しく出来るだろうが！

「本当に申し訳ない！　嫁にするからには大事にするつもりだけど、もう二度とああいう辱めるような真似はしないから！」

「い、いえ……偶にでしたらむしろ大歓迎……ではなくて、私は最初からクリス様のなされる事でしたら、なんでも受け入れますわ」

アルテナが慰めてくれるが、俺の気が済まない。そうして土下座を続ける俺の手を取り、胸元に引き寄せたのはヴィヴィアン。ああ、この柔らかくて最高のおっぱいを毎晩好きに……って違う！

エロ思考から離れろ俺！

「謝るのはアタシです、実は昨日キスした時に……その、アタシを求めてくれるように媚薬を……その口の中に隠していた媚薬を飲ませたせいですし」

そういえばあの時なにか飲まされたな、てっきりヴィヴィアンの唾液かなにかだろうかと思って飲み込んでしまったが、媚薬だったのか……なぜパン屋の店員が口の中に、媚薬を仕込んでるのかは知らないが。

「正直に言います、アタシはリーテンブ帝国の諜報員として街に潜り込んでいた者です……主な任務は……有力者に取り入る為に……身を売ることです」

「なっ！」

「そんなっ！」

アルテナとユングフィアは驚いてるが、俺は納得した。性質の悪い術だと思ったが裏切り防止に加え、街中で被害を出すのが目的だったのか。

ヴィヴィアンにかけられていたのは、任務放棄の意思を持つと発動するもの。発動条件に関しては、闇魔法の術式が組み込まれていてすぐわかったが、弄って発動を止めるには時間が足りなかったのだ。ついでに発動した事実は術者にすぐ伝わるようになってる。

恐らくだが術の発動と同時にヴィヴィアンは死んだものと見做されただろう。なぜなら術の発動は屍鬼《グール》に変貌するのと同義だからだ。いるだけで土地を汚すようなアンデッドが出没したら、即座に討伐されるのは間違いない。

「任務の為にクリスさんの後をつけまして、同じ任務を受けて冒険者として潜り込んでいた同僚があんな姿に……監視の為にと言われ植え付けられた刻印が発動してるのを見て……ぐすっ！」

声には嗚咽が混じり、肩が小刻みに震えているのを見て、俺は彼女を抱きしめ背中を撫でてやる。

昨夜の性交のままお互い裸なので抱き合ってるとまた変《エロい》な気分になるが、ここはぐっと我慢だ。

「クリスさん……ごめんなさい……アタシ、アタシ……」

「心配するな、近づいた動機はどうあれもう俺はお前を手放す気はない。俺のところに嫁に来いヴィヴィアン、幸せにするから」

泣きながらさらに強く抱き着いてくるヴィヴィアンにキスをして……祝福を発動する。周囲に光が満ちてヴィヴィアンを優しく包み込む。

「クリス……さん……」

ヴィヴィアンは涙で声が出ないようだ、俺に縋りつきながらただ涙を流す。そうして抱き合ってると左右から柔らかいものに包まれる。

「女の私たちから言うのは、はしたない事かと存じますが……」

「私たちも……欲しいですわ」

ユングフィアとアルテナも抱きかかえ、祝福を再度発動し二人同時に与える。一挙に三人も嫁が出来てしまった、オリヴィアたちになんて説明しようかな……。

第四章　暗躍～闇に潜み敵を討つ勇者……の後始末でまた仕事が増えた～

星空の誓い

アンデッド討伐を終え、神殿に依頼完了の報告と同時に、アルテナとユングフィアの両名と結婚する意思を伝えたところ。まずトラバントさんは狂喜のあまり神官服を脱いで踊り出した。このオッサンはテンション上がると脱ぐ癖があるのだろうか？　酔っぱらうと脱ぐタイプか？

そしてサテリットさんは「孫をよろしくお願いします」と、満面の笑みで俺と握手をしたあと、足音を立てずにトラバントさんに近づき……。

「ウザったいわ！　この馬鹿正気に戻らんかっ！」

なんか変なテンションになって踊ってるオッサンの顔面めがけて、全身を駆動させた拳を叩き込み気絶させた……かに見えた。

「何をするかこのバング！」

だが、流石に大神官は並みの頑強さではない、サテリットさんの全体重を乗せた一撃に多少仰け反っただけで、即座にローキックで体勢を崩し、間髪入れずにボディブロウと、流れるようなコンビネーションを叩き込む。仲が悪いとは言っても女性の顔を殴らないあたり流石の紳士……あ、いや紳士が女性殴っちゃ駄目だろ。

「ええい！　勇者様の前で見苦しい姿を晒すでないわ！」

流石のサテリットさんも悶絶し膝から崩れ落ちる……と、見せかけて。お返しとばかりに低い体勢から天を衝くかのような蹴りがトラバントさんの顎を正確に打ち抜いた。これは勝負あったか？

顎にああまで綺麗に入ったら脳震盪は避けられ……い、いや紙一重で蹴りを躱してる！

俺が喰らえば一発で悶絶しそうなボディブロウを受けて、即座に反撃するサテリットさんも流石だ、神官戦士を束ねてるだけの事はある。そして本気になったらしいトラバントさんの筋肉が膨れ上がり、鎧など不要と言いたげな筋肉の塊と化し、目に見えて動きが速くなった。

そして無駄に高度な格闘術を駆使した、取っ組み合いが始まった。ちなみにバング、とはババアと巨猿《コング》を組み合わせたサテリットさんのあだ名らしい、そう呼ぶのはトラバントさんだけだが。

そんな神殿トップの喧嘩を横目で見つつ、トラバントさんの執務室で仕事をしていた眼鏡をかけた秘書さんは、結婚おめでとうとアルテナとユングフィアに声をかけ、朗らかに談笑している。彼らの喧嘩に慣れてるのか、実の孫ですら制止する気配がない。

「止めなくて大丈夫なのか？　なんかお互い頭突きをかましながら悪口言い合ってるんだけど……」

「ご安心ください……いつものことですから。怪我しても私が治癒します」

トラバントさんの秘書を務めるシュティさんが遠い目をしながら語っている、彼は今年で四十歳で次の大神官の有力候補らしい。組織の運営は勿論、神官としての能力も秀でた有能な人なのだけど、疲労と気苦労のせいか年齢以上に老けて見えた。よく見ると髪の毛も……いや指摘しないのがマナーだな、うん。

なんか俺と彼女たちがくっつくのを予想してたようで、シュティさんはアルテナとユングフィアに結婚のお祝いとして、それぞれ高価な手鏡を贈ってくれた。うーん有能な人は気遣いもバッチリ出来るんだな、しかし疲れ切った表情で、死んだ目をしてるのが最近の忙しさを物語っている。

「あーその、シュティさん？　アルテナは毎日神聖魔法を使って診療所で働いてたそうだし、ユングフィアも警備の仕事があったんだよね？　いきなり二人も抜けたりして大変だと思うし、良かったら午後からでも穴埋めに手伝おうか？」

神殿では女性は結婚すると還俗する決まりで、俺に嫁入りすると神殿の仕事は辞めないといけない。サテリットさんみたいにご主人に先立たれた人は、また神職に戻る場合が多いらしい。

彼らが忙しい原因の何割かは俺のせいだし、神聖魔法なら俺も使えるのだから、怪我人や病人を治す仕事なら段取りを知らなくても何とかなると思う。そんなことを考え手伝いを申し出たのだが、申し訳なさそうにシュティさんは首を横に振る。

「いえ、勇者様のお手を煩わすわけには参りませんし……間違いなく余計に忙しくなりますので、勇者様はどうか奥様方とゆるりとお過ごしくださいませ」

シュティさん曰く、俺が診療所で神聖魔法使ってると、ご利益を求める人たちが殺到して余計に仕事が増えるそうだ。勇者の影響力半端ないなぁ。俺だったら可愛い女の子に治療して貰った方が嬉しいんだけど。

「手伝えることがあったら遠慮なく言ってくれ、それじゃ俺たちは帰るから」

「はい、お気をつけてお帰りくださいませ。君たちも健勝でね」

「はいシュティさんも頑張ってくださいませ。ボランティアの募集とかあれば駆け付けますわ」

「わ、私も見回りとかで、人が足りないときは声をかけてください」

シュティさんに見送られ、神殿を後にする。なお大神官と司祭長はいまだ白熱の激闘を繰り広げており、俺たちのことは目に入って無いようだ。

屋敷への帰り道で、パン屋から引っ越す準備を終わらせたヴィヴィアンと合流し、屋敷に帰宅した。諜報員として用意したお店に、死んだと思われてる彼女が住んでいては万が一があるからな。ヴィヴィアンは適当に服とかを散らかして空き巣を装いつつ、お金とか資料とかだけ持ち出し、失踪を装うらしい。

俺の屋敷に住んでは、ばれないのかと思うが、街の住民に見せていたのは限りなく印象に残らない地味な化粧をしていたそうで、今の姿はパン屋の店員をしてた時とはまるで別人だ。

そうして丸一日ぶりに屋敷に帰り、出迎えてくれた嫁たちに、ヴィヴィアン達三人を紹介する。

意外にもオリヴィアたちは、嫁が三人増えたことに驚いていてなかった。なんでも同行者が女性な時点で予想してたそうだ。俺って嫁に信用されてないのか？　目で訴えかけたところ「旦那様の人柄は誰よりも信用しておりますが、理性と申しますか下半身に関しては……ちょっと」だそうだ。

お、俺はそんなに下半身にだらしない男だったのか……拙《まず》いなまったく反論できないぞ。ちょっと落ち込むが、オリヴィアが身を寄せて慰めてくれたので、気を持ち直す。持ち直したところで、騒ぎそうな奴が騒いでないのに気が付いた。

「あれ、トレニアは？　ズルいとか言ってくるかと思ったんだけど」

「トレニアたちでしたらフェノリーゼさんの意識が回復したので、彼女の寝室に集まってますわ。ご主人様がお戻りになったら、話したいことがあるそうです」

なんでも今朝ディアーネが水差しを取りかえに行った時、丁度意識を取り戻したそうだ。

「分かった、すぐ行くよ。俺も色々と聞きたいことがあるからな」

似たような状況にあったヴィヴィアンも一緒の方が良いと思い、連れて行こうとしたけど。オリヴィアの発案で、人数が増えたので嫁同士で話し合って決まりを作るため、みんなで食堂に集まるそうだ。

だったら俺も参加すると言ったが、女同士の話し合いに俺はいない方が良いとか言われた。はい、オリヴィアがそう言うなら素直に従います。『女房集まり亭主の椅子は無し』だな、この国の諺だが、女同士の会話に、男が無理に入ると居心地が悪いって教訓だ。

ふむ、しかし考えようによっては都合がいいか。ヴィヴィアンから聞いた情報と照らし合わせるのに話を聞くわけだが、あんまり女の子に聞かせたい話でもないからな。一人でフェノリーゼさんの寝室に向かった。

◆　◆　◆

五色の妖精たちに囲まれ、彼女たちの羽から舞い散る【生命の煌めき《フェアリーフォース》】と呼ばれる鱗粉は生命力の塊を浴びて……。

「ハッハッ……クシュン！　クシュン……ケホケホケホ！　こ、これ。そなたらやり過ぎじゃ……クシュン！」

腰まで伸び、赤みを帯びた綺麗な紫色の髪。青い瞳は澄み切り穏やかで、そして知的な印象を与える。なにより印象的なのは額に埋め込まれた漆黒の宝石だ、これは彼女が寝てる間に少し調べてみたら、妖精との意思疎通を可能とする闇魔法を付与した魔法道具だと分かった。

魔法道具を身体に埋め込む術者は、魔術の流派によっては稀にいるらしい……と、師匠《ジジィ》に聞いたことがある。単純に便利だからだったり、戦闘力の底上げの為の場合もあるが、一番多いのは家伝の秘術を効率よく継承する為だそうだ。

トレニアの記憶を覗かせて貰った限りでは、彼女が幼い頃からこの宝石を額に埋めているので、恐らく妖精を友とするのが彼女が代々受け継いだ秘術なのだろう。

儚げで、そして神秘的な美貌。愛らしい妖精たちが彼女の周りを飛ぶ姿もその印象を強くする……のだけど、なんか妖精たちが調子に乗って鱗粉を出し過ぎたのか、五色の粉まみれでクシャミしてる姿はなんか親しみが持てる、ぶっちゃけ容姿とのギャップで凄く可愛い。

彼女がトレニアが必死に助けを求めたフェノリーゼさん。うん、高貴な雰囲気があったから緊張してたけど、肩の力を抜いて話せそうだ。

ついでにフェノリーゼさんの頭とか肩に積もってるこの鱗粉、耳かきの先端に乗る程度の量で金貨一枚相当の価値らしい。彼女のくしゃみと一緒に空中に舞い、窓が開いてるから外にも飛び散ってるんだが……まぁ変な影響が無ければ別に良いか。ベッド脇にある花瓶の花が急速に生長してるけど、まぁ大したことは無いだろう。

「えーと、一先ず自己紹介させてもらうよ。この屋敷の主人でクリスだ、一応勇者なんて肩書を持ってる」

「ゆっ！　い、いや失礼いたしした。フェノリーゼ・アルヘイムでございます。先ずはこの命を救っていただきし仕儀、篤く御礼申し上げたてま……クシュン！」

ベッドから降りたフェノリーゼさんは、床に手を付いて綺麗な所作で頭を下げ、お礼を言ってくれるのだけど、なんか急に鱗粉の量が増えた。青っぽいからトレニアの仕業か。

「やめい『青』よ！　そなた態《わざ》とであろう！　命の恩人に礼を述べる場でふざけるでな……クシュン！」

——助かったからそんなの平気なの。それより私を大きくしてほしいの！

「大きくなるのか？」

——そうなの。フェノリーゼが沢山魔力をくれれば大きくなれるの。

そう言いつつ俺の前でセクシーポーズ。まぁ好意を向けられて悪い気はしない、というか嬉しいけどフェノリーゼさんの話の後でな。

好意を向けられて嬉しいと伝えたのが良かったのか、上機嫌になって俺の肩に腰を下ろすトレニア。その様子を見たフェノリーゼさんが困ったように話しかけてくる。

「道理で『青』との繋がりが薄くなったと思ったら、クリス殿が主になってしまわれたか」

「俺が主ってどういうことだ？　悪いんだが妖精というか精霊族そのものを文献でしか知らなくてな」

フェノリーゼさんが言うには精霊族は西の大陸以外で生存するには、他の生き物から魔力、つまり生命力を常に供給されていないとその身を保てずに消えてしまうそうだ。

そんな生態で勝手にクレイターの船とか乗って大丈夫なのかと思ったが、精霊族の中でも妖精族はその羽に生命力を溜めておける能力がある上に、必要とする生命力が微量なために勝手に奪っても気が付かれないそうだ。

フェノリーゼさんは妖精と意思疎通が出来る宝石を埋め込み、常に生命力を与える事を条件に、妖精たちを使役する一族なのだとか。とは言っても使役と言うほど厳格な主従関係ではなく、トレニアのように友達に近い関係みたいだ。

言い方は悪いが、上質な魔力、つまり妖精の視点で美味しい生命力を持つ俺と魔力的な繋がりが出来たら、簡単に乗り換えるくらいに緩い主従関係なのだ。

「故に『青』そなたが大きくなりたいのならばクリス殿に乞うが良い。クリス殿には魔術の心得ある方であるから、話の後にでもご教授いたす」

——ホント！　絶対だよ。私大きくなったらクリスの子供産むからね。

その秘術の一つに過剰な魔力を一個体に分け与え、トレニアの言うように一時的に人間と同じ大きさにすることができるらしい。

上機嫌になったトレニアは、話が終わるまで遊んでるようフェノリーゼさんに言われ、四人の妖精と一緒に遊泳所の方向に飛んで行った。

「さて、煩《うるさ》いのが居なくなったところで、改めまして御礼申し上げる。妾は……このフェノリーゼ・アルヘイムは帝国に併合された、とある小さな部族の長でございました」

「そんな人がなんで諜報員に？　いや妖精の力を使えるなら適任なのは分かるけど」

彼女は妖精使いの一族、妖精は生態として自然物の操作ができる天然の土魔法の達人だ。フェノリーゼさんの妖精五人を従えるのが例外的に多いだけで、通常は一人か二人。それでも一国の指導者であればなんとしても抱え込むか、さもなくば全滅させるかの二択だろう。

併合されたってことは前者であるだろうし、だったら長である彼女を使い捨てるような真似をするのはおかしい。

「はい、当初妾は人質として皇帝の後宮に押し込められました。皇帝はもう齢《よわい》六十を超えております故、そういう事は無く、それ相応の待遇で過ごしておりました」

似たような立場の姫君も後宮にいて、彼女たちと友人になったり。妖精を連れてる物珍しさのせいか、帝国の有力者から食事に招かれた際に誼《よしみ》を結んだりと、後宮の中で併合された一族の地位向上の為に色々やってたらしい。

しかし、ある日突然彼女の平穏は破られた。皇城の一画にある離宮に呼び出された彼女は、見た事も無い風体の男に会う。

怪しいとは思いつつも、貴族の男に食事に誘われるのはよくある事だったので、呼び出しに応じたのだが、会って早々に後悔したらしい。

その男は今まで会った事のないフェノリーゼさんの事情を、ペラペラと無遠慮に喋り。作法を一切無視で馴れ馴れしく彼女に触れ。そして劣情を隠しもしないその目線で彼女を眺めたりと、女として堪らなく不快だったそうだ。

それだけなら我慢して皮肉を交えつつあしらうつもりだったのだが、強引に寝室に連れ込まれてしまう。妖精を使い反撃しようとしたのが、その男の手により妖精たちは、あっという間に気絶させられてしまった。

悔しそうに唇を噛む彼女の肩に手を置いて、その先の言葉を遮る。彼女くらい美人なら血迷う男も当然いるだろう。しかし彼女の続けた言葉は俺にとってかなり予想外のモノだった。

「妾は、一族の者……従弟と婚約をしておりました。年下ながら妾が不在の間、一族を纏め役を任せられる男……でした」

強引に関係を迫って来た男との行為が終わった後、さっさと身を清めたくて、部屋を出ようとする彼女を引き留める男の手を振り払い、婚約者の事を話した瞬間。男は烈火の如く怒り狂った。

そして裏切り者とフェノリーゼさんを罵ったと言う。その男、気狂いか？　レイプしておいて裏切りってなんだ？

「数日後……妾の許に婚約者であった従弟が殺されたと連絡が入り……同時にあの男の手により刻印を刻まれ、この国に放り出されたのです」

肩を震わせ嗚咽する彼女にかける言葉が見つからず、良く冷えた果実水をコップに注いで差し出した。

あの男の狂言かも知れないと妖精を使って従弟に連絡を送ったが、従弟が使役していた妖精による返答は、間違えようのない従弟の死であった。

「刻印を刻まれた際、奴隷化の呪いもかけられましたが、【生命の煌めき《フェアリーフォース》】を、時間をかけて加工し、呪いを解いた瞬間に刻印が光り、その後はクリス殿の知っての通りでございます」

あの時の恐怖を思い出したのだろう、俯き震える彼女を眠らせ、アンデッド化の毒で苦しんでいた時の記憶を消し去った。了解なく記憶を弄るのは、人格の改変に繋がるので、禁じ手ではあるんだけど、流石にアンデッドになりかけてたなんて、覚えていて害にしかならない記憶は消すしかない。

眠った彼女に精神を安定させる術を施すと苦悶の表情から、穏やかなものに変わる。俺の与えた魔法の眠りは、夢の中で自身の心を安定させる効果がある。

本来深く眠る事でストレスを消し去る術なのだが、彼女ほど疲弊しきった精神が癒えるまでとなると、数日は時間がかかるかもしれないな。

寝息を立てる彼女に毛布を掛けて部屋を後にした。さて……これは早いとこ何とかしないとな。

それとごめんなトレニア、彼女は肉体的には回復したから目覚めたけど、あのままだったら精神的に辛そうだったから、大きくなるのはしばらく我慢してくれ。

オリヴィア達はまだ話し合いをしてるので、こっそりと外に出た俺は、予めヴィヴィアンから聞いていた諜報員の拠点に侵入し、数人を攫って呪いの刻印の解析を進めた。幸い内容的に単純なモノで日が落ちる前に解析を完了させ、無力化させれば数分で解呪できるようになった。

ちなみに解析するのに攫った諜報員の皆さんは、雇われた冒険者とからしく重要な情報は持っていないので。刻印だけ消した後、大量に酒を飲んだ記憶を植え付けて酒場の付近に転がしておいた。

まぁ男だし問題は無いだろう。

◆　◆　◆

その日の晩、話し合いにより俺とエッチする順番を決めたらしく、最初の組み合わせはオリヴィア、ヴィヴィアン、ユングフィア。それぞれタイプの違う美少女を様々な体位で喘がせ、絶頂に導き、膣内に散々俺の精液を注ぎ込む。三人の嫁を満足させた俺は、かつてないほど心地の良い疲労に身を委ね眠りについた。

そして……眠っていた俺だが、唐突に永遠の眠りにつきそう……ぶっちゃけ死にかけていた。

まず左右からユングフィアとヴィヴィアンに抱き着かれる、これは大歓迎なのだが頭を抱えるように寝てるので、俺は左右から巨大なおっぱいに挟まれる。右を向けばヴィヴィアンのおっぱいに。左を向けばユングフィアのおっぱいを顔に押し付けられる。

どちらも顔が埋まるほどの巨大さと、張りがありつつも柔らかいおっぱいであり……なんというか呼吸が難しい。では仰向けに寝ればどうかというと、二人に対抗したのか？　俺の胸元にうつ伏せで寝ていた筈のオリヴィアのおっぱいが目の前にある。

何が言いたいのかというと……世の男性諸君に問いたい。おっぱい窒息死というのは男の死に様として中々浪漫があるとは思わないだろうか？　俺としては幸せな死に様だと思う。

心地のいい弾力を左右、そして上から押し付けられ口と鼻が塞がれる……だんだんと意識が白く……女の子の匂いに脳が溶ける……あぁオリヴィア愛してるよ、死ぬ前にせめて君との子供が……

俺の脳裏に彼女と一緒に花畑で散歩する光景が映り……オリヴィアと離れ段々と遠ざかり……。

ええい！　新婚で嫁を未亡人にしてたまるか！　俺が死ぬのはどんなに早くても、それぞれ嫁に三人以上の子供を孕ませ、その子たちが全員一人前になるまで、または孫が生まれるまで！

死の間際でおっぱいの感触を楽しむ余裕があるはずもなく、とにかく全力で身体を起こす。

「きゃっ！　旦那様如何なされました？」

いきなり跳ね起きたものだから起こしてしまったか、しかし流石におっぱいで窒息死しかけたとも言えない。

「ごめんよ、ちょっとトイレにね。まだ外は暗いからもう少し寝てなよ」

「ふぁい……」

寝ぼけているヴィヴィアンがさらに密着してくるがやんわりと離し、無防備な寝顔でまだ寝ているユングフィアの抱き着いてくる腕を解く。

「旦那様、わたくしもご一緒してよろしいですか？　暗い廊下は……その怖くて」

そういえばお化けが苦手なんだったな、勿論断る理由はない、バスローブだけ着て廊下に出る。

真っ暗な廊下を俺が生み出した明かりだけを頼りに歩いていると、心なしか俺の腕をつかむオリヴィアの手に力が籠っている。安心しろ俺がいればゴーストなんて近寄れないから。

別にホントにトイレに行きたかったわけでもないが、お互いにトイレから出ると、オリヴィアの提案で庭を少し散歩することになった。

外は月明かりで意外と明るく、お手伝いのオバちゃん達が植えた花を照らしている。昼に眺めるのとは違って幻想的な趣があった。オリヴィアと手を繋ぎそれなりに広い庭を一周しベンチに座る。夜風が少々冷たいが、オリヴィアと身を寄せ合っていれば温かい。

俺の腕を取り甘えてくる少女は、月の光に照らされて、いつも以上に綺麗に見えた。うん、正直惚れ直した。俺はたまらず頬に手を添えキスをする。

「んっ……」

唇を離し見つめ合うと、照れたように微笑み彼女からのキスをくれた。

「わたくしの旦那様は、世界一素敵な方だから……モテるのは当然ですけど、ちょっと不安です」

夜の庭で、ベンチに座って身を寄せる彼女は、独白のように呟いた。

「アルテナさんも、ユングフィアさんも、ヴィヴィアンさんも……とっても旦那様とお似合いの綺麗な女性《ヒト》です。ルーフェイも数年すればわたくしよりも素敵なレディになりそうですし、ディアーネは……女としてちょっと劣等感抱くくらい完璧です」

俺を掴む手が強くなり、段々と彼女の声に嗚咽が混じりだす。

「わたくしなんて……人前に出れない怖がりで、旦那様のお役に立てなくて……ヒック、ヒック……」

震える声で縋り付く彼女の肩を抱き、黙って彼女の独白を聞く。そして俺も不安を打ち明けてくれた彼女に応えるよう、自らの赤心を口にしようと思う。

「最初は一目惚れだった、境遇に同情もあったし、勿論下心もあった。呪いを解いてやった恩で、この綺麗な女の子と恋人になれるかもしれないってな」

まぁ実際は呪いが解けたら結婚しよう、とか言ってしまったわけだが。紛れもない本心からの言葉だった。

「俺が一番愛してるのは、間違いなくオリヴィアなんだ……けどいくら言葉で言っても不安は拭えないんだろ？　だったら……」

俺に縋りつくオリヴィアと唇を重ね、舌を絡め合いお互いの唾液を嚥下《えんか》する。俺の愛情を伝えるように。

そうして抱きしめ合って互いの体温を感じているうちに、性的に昂るのは若い俺達には仕方のない事だった。ベッドから出てバスローブ姿で、一枚脱げば全裸であった事も理由の一つだろうが、言葉よりも雄弁に俺の想いを伝えるのはコレが一番だ。

オリヴィアはベンチに横になった俺に跨り、バスローブを脱ぐと一糸纏わぬ姿で肉棒を自分の秘所に導き咥えこむ。つい数時間前にさんざんザーメンを注ぎ込んだ膣内は愛液に溢れ、柔らかく、そして温かく俺を迎え入れる。

「んっ！　はぁ……旦那様ったら、先ほどまであんなに激しかったのに、もうこんなに大きくして」

「お前だからだよ、オリヴィアと肌を合わせるといくらでも元気になれるんだ」

騎乗位で繋がった俺たちは、声をかけるまでもなく、お互いに腰を動かし官能を高めあう。

「あっあっあっ！　もっと……もっとわたくしを……はぅ！　んふぅぅ！　もっと、もっと激しく犯してください……」

「あぁ！　不安が無くなるくらい、何も考えられないくらい犯してやる！　お前は身も心も何もかも俺のものだ！」

精液と愛液が混じった水音と、媚肉どうしを小刻みにぶつけ合う音が夜の庭に響く。チンポがオマンコの奥を叩くたびに、抑えようにも抑えきれない喘ぎ声がオリヴィアの小さな唇から漏れ出す。

オリヴィアのお尻を掴んで下から突き上げ、結合部分から淫靡な水音をさらに響かせる。お尻の手触りと膣内の締め付け。そして前を見れば彼女の大きな胸がプルンプルンと揺れている。この揺れるおっぱいは良い眺めだな、上下運動が実に楽しい。

「あっあっ！　んん～～～ッッ！　いぃ！　良いです！　オチンチンが凄いのぉ！　旦那様にまたすぐにイカされちゃうのぉぉ！　んはぁぁ！　あっあっ！　おっきなオチンチンが気持ち良すぎるのぉぉ」

満天の星空の下、月明かりに照らされ喘ぐその姿は、あぁ綺麗だ。オリヴィアのこの姿は俺だけのものだ！　何度抱いても、何度も抱きたくなる程に彼女の身体に溺れていく。

「愛してるよオリヴィア！　あぁもう好きで好きで堪らない！　一回抱くごとに増々惚れちまう！」

「わた、わたくしもっ！　初めて会ったあの時からずっと！　ずっと旦那様が好きです！　大好きですクリス様！　わたくしを絶望から救ってくれたわたくしだけの勇者様！」

何度も射精したのに、また彼女を抱いていると何度でもイケそうだ。そしてオリヴィアもそろそろイキそうなのが分かる。

「出るぞ！　オリヴィアの膣内《ナカ》に！」

「んはぁぁぁぁ！　わたくしも……わたくしもイキます！　一緒に、一緒にぃぃあっあぁぁぁぁんはぁぁぁぁぁ!!」

その瞬間オリヴィアの身体は大きく仰け反り膣が俺の欲棒を締め付ける。数時間前にたっぷりと膣内射精《ナカダシ》したばかりだというのに、自分でも信じられないほどの量を彼女に注ぎ込む。

「はっはっはぁぁぁぁ……はぁはぁはぁ……旦那様……愛してます」

「ふぅぅぅ……はぁはぁ……ああ、俺も愛してる」

星空の下で俺たちは裸のまま抱き合い、余韻に浸る。彼女のためにも明日から頑張って、この街を安全にするために力を尽くそうと誓った。俺の嫁たちが安全に、幸せに暮らせるように。

その為にも、オリヴィアが嫌いなゴーストが出現するような芽は急いで摘まないとな。

愛の果実

昨夜オリヴィアと二人だけで抜け出し、庭でセックスしてた件は、寝ぼけていても流石と言うべきかヴィヴィアンには気づかれていた。朝風呂に入ってるときに揶揄《からか》われ、ユングフィアと一緒にずるいとか言い出したので、そのままお風呂でエッチに突入してしまった。

ヴィヴィアンは専門の訓練を受けているし、ユングフィアは神官戦士だけあって体力が並外れている。朝御飯が出来たとディアーネが声をかけてくるまで、お風呂でセックスしてしまい、怒られてしまった。

屋敷で働くオバちゃんたちは、旦那さん達の朝御飯を作ったり、お店の開店の準備をしたりしてから屋敷に来ることになってるので、朝食は自分たちで作るのだ……どうせ若い新婚の俺たちが朝起きるのは遅いのだから、ゆっくりで良いとか言ったせいでもある。

そんなわけで、昨日の話し合いで、人も増えたので俺と前日にエッチしてない嫁が、朝御飯の用意をすると決まった。今日はディアーネ、アルテナ、ルーフェイが厨房に立つことになってる……のだが。俺とエッチしない場合はディアーネの朝は早い。神殿で育ったアルテナよりも早く起きる。

夜は早く休み、朝はまだ暗いうちに目覚め、お風呂で肌や髪の手入れに始まり、爪や口内、性器まで丹念に手入れするらしい。曰く、「ご主人様を想えば自らを磨くことに苦などあるはずない」そうディアーネが言いながら、俺に微笑みかけてきた時はヤバかった、他の嫁がいなければ間違いなくその場で押し倒してたくらい妖艶な笑みだった。

それで家事までしてくれるのだから頭が上がらない。オリヴィアを始め嫁たちは、彼女に触発され身嗜みや家事のイロハを熱心に勉強し始めてる。特に家事の経験が一切無いオリヴィアは、オバちゃんたちに教えを乞い、本人の才能もあったのかメキメキと腕を上げている。

「もう！　ご主人様ったら、そんなだから下半身は信用できないと言われるのですよ！　オリヴィアたちもよ、今日から朝食は全員で食べるって、昨日決めたのは忘れてないわよね！」

風呂から上がった俺たちは大人しくディアーネに叱られる。家事をしている間に俺が他の嫁とセックスしてたら、そりゃいい気はしないだろう。皆で誠心誠意謝っていると不意に、こっそりオリヴィアたちに聞かれないように耳打ちされた。

「明日の朝は二人っきりで……ね？」

色気たっぷりに囁かれたその艶声に頷くしかない。ディアーネが俺に腕を絡めて食堂に連れていく。いつもだったらオリヴィアも腕を絡めてくるところだが、お説教されていた手前遠慮してるっぽい。

「ううう……なんかディアーネに美味しいところを取られた感じだわ」

「オッホッホ！　それなら一緒に早起きしてご主人様の朝餉《あさげ》の支度をしてみる？」

大変豊かなおっぱいを張り、なんか悪役っぽいポーズで親友をからかうディアーネ。朝に弱いオリヴィアはがっくりと項垂れてしまう。彼女はどんなに頑張っても、明るくならないと起きれないからなぁ、俺とセックスすると疲労で余計に起きれないし。

怒られていたので、ちょっと遅れてしまったが、ルーフェイとアルテナが朝食の準備を終え待ってくれていた。二人にも謝るとアルテナは笑って許してくれたが、ルーフェイにはハグとなでなでを要求されてしまった。

柔らかいルーフェイの髪の感触を楽しみ、やや高めの体温を堪能した後は、ルーフェイだけ甘やかすと不公平なのでアルテナにも同じことをする。質素な神殿暮らしでは手の届かない超高級洗髪料のおかげか、髪から仄かに花の香りが鼻に残る。

「はうぅぅ！　ク、クリス様恥ずかしいですわ」

おぅ、物凄く赤面して可愛いなぁ。無意識のうちにキスしてしまい、ルーフェイがちょっと拗ねたが、同じようにキスしてあげると、しっぽを振って機嫌を直してくれた。ついでにトレニアも顔の前で、なにやらセクシーポーズでアピールしてきたので人差し指で頭を撫でた。

──ち〜が〜う〜の〜！　私もキスが良いの！　大きくなってクリスとキスしたいの。

そうは言っても、お前を大きくする手段を知ってるフェノリーゼさんはまだ寝てる。俺の施した魔法の眠りは。精神が完全に癒えるまで目覚めないからな。見立てでは恐らくまだ数日は起きないぞ。

フェノリーゼさんの状態を含めて説明すると、やや不満そうではあるが納得したようだ。

「楽しみにしてたのにゴメンな。フェノリーゼさんが起きたら、ちゃんと大きくなれる術を教えて貰うからな」

──約束よ。大きくなったらクリスは私にキスして、ぎゅってして、一緒にデートするの。それでそれで私クリスの子供産むの！

約束するから機嫌治せ、ほらお前たちのご飯だぞ。トレニアたち妖精用の食卓に果物の盛り合わせた皿を置くと、妖精五人は我先に食べだした。意地汚いぞお前ら、もうちょっと慎みってもんを……いや別に良いけどさ。

全員揃ったところで朝食を食べ、食後はみんなでお茶を飲んで寛ぐ。いつもならイチャイチャする時間なのだけど、今日はこれからやる事がある。

「街中で屍鬼《グール》化されて、土地を汚染されたら浄化が大変だからな。片っ端から例の刻印を消しておこうと思う」

ヴィヴィアンが張り切って作ってくれたデザートを食べつつ、食堂で今日の予定を話す。帝国の諜報員の境遇があまりにも可哀想なので、味方にはできないまでも逃がしてあげたいとは思う。

余談だが、元諜報員のヴィヴィアンが平気で俺の屋敷に寝泊まりし、嫁として自由に振舞えるのは、法の女神トライア固有の神聖魔法【誓約《ゴッデスエンゲージ》】と呼ばれる、誓った事柄を絶対に破れない縛りを、大神官の立会いの下受け入れたからだ。

詳しい内容は省くが要するに夫に尽くすこと、家族を大事にすること、マーニュ王国を裏切らないことといった内容だ。そんな事しなくても俺としては、嫁になった女を一切疑う気はないんだが、まぁ対外的に疑いの目を向けられないために、必要な段取りと考えるとする。

それはさておき、諜報員に刻まれた刻印を消すとは言っても、色々と知ってそうな奴だった場合は悪いと思うが、命を救う代わりに記憶を覗かせて貰う。けどヴィヴィアンの話だと、無理やり送られてきた大半の諜報員は何も知らされてないそうだし、その場合刻印を消すだけで逃がしても痛手はないだろう。

いきなり見知らぬ他人である俺が『お前には裏切ったらアンデッド化する術をかけられてる』とか言っても、信じないだろう。下手すれば攻撃されるだろうから、先に行動不能にする、解呪には無力化する必要があるしな。

「本当はカール王子に事前に話を通しておくべきなんだろうけど、予定では明日の午後に帰ってくるそうだし、出来れば今日中に連絡役だけでも確保しておきたい。ヴィヴィアンの失踪に不信を抱いて詳しく調べられると、この屋敷に辿り着く可能性があるからな」

第一にアンデッド化の刻印を諜報員は知らされていないから、かつての彼女の仲間が、捕らわれたと思しきヴィヴィアンの足取りを追って、周辺を虱潰しに調べるかもしれない。相手はプロだ、下手すれば今日のうちにも嫁たちが住むこの屋敷に入り込めるかもしれない。

勿論嫁の安全が第一の俺は、一流の魔法使いでも突破困難な結界をこの屋敷に構築している。具体的には俺や嫁たちに敵意や害意を抱いてると、その悪意に比例して認識を狂わせ、度合いによっては五感を消し去って、そのまま息絶える結界を張ってるのだ。

しかしプロ相手に油断はしない、決してできない。屋敷の内外には十数種類もの思いつく限り凶悪な魔法の護りを、既に構築済みだが絶対に油断はしない。俺の可愛い嫁達に万が一があってはならないからだ。

第二、諜報員も人の子だ、ヴィヴィアンみたいに現地人に絆される人も中にはいるかもしれない。

現に刻印を発動させてしまった冒険者の女性は、ヴィヴィアンに聞いたところ、地元の冒険者の青年と良い雰囲気だったらしい。

荒野だったから対処できたが、街中でアンデッド化されると間違いなくパニックになる。グールが現れた結果土地が汚染され、ゴーストが寄ってくるからだ。ゴーストって攻撃力は無いけど、その分不安を増大させる特殊能力があるから、街中に複数出没されるとパニックを撒き散らし厄介なのだ。

話をしているうちにオリヴィアの顔が真っ青になってる。やっぱりお化け嫌いには恐ろしい話だよな。嫁を安心させるためにも、今からその芽を摘みに行くんだ。

「安心しろオリヴィア、そうさせない為に俺が動く。あの刻印はどうも術者が居所を知る為だと思うけど、特殊な気配を発してるからな、街にいる刻印を刻まれた奴らの居所は全員分かる。遅くても三日以内に終わらせるよ」

「クリスさん！　それならアタシも一緒に……」

真剣な表情で話を聞いていたヴィヴィアンが立ち上がり、一緒に行くと申し出てくるが、残念ながら断る。街中をヴィヴィアンと人目につかないように一緒に歩く《デートする》のも悪くはないが、彼女の寝返りを帝国側に知られるリスクは冒せない。

「死んだと思われてたほうが安全なんで、暫くヴィヴィアンは出歩かないほうがいいな。万が一変装を見破られると危険だ」

ただ親しい友人でもいれば生きてるのを伝える事は出来るがどうだ？　と、言うと首を横に振る。

「諜報員同士は連絡役を除いて顔と名前を知ってるくらいです……ただ、専門の訓練を受けた諜報員はアタシを除いて十人程で、後は身請けした娼婦や雇った冒険者、後は……政争に敗れた騎士や文官とかを無理やり動員してるんです」

それって諜報員として役に立つのか？　うっかり怪しまれたりするんじゃないかと思うが。刻印の効果を思い出す、『任務放棄』で発動するなら、失敗して逃げようとしただけで発動するだろう。つまり諜報に失敗しようが、街中で刻印が発動するなら損はないという胸糞悪い判断なのだろう。

歴史の本に書いてあった、堅固な要塞に立て籠もる敵に業を煮やしたある将軍は、伝染病に罹った男を、生きたまま投石機で城壁に投げ込んだ話を思い出す。その非道な策を実行した将軍は、敵味方全員から外道の誹りを受け、惨たらしい最期を迎えたという。

この故事を『災い巡り己に還る』と言い、人の命を弄ぶような行いは、災いとして結果的に巡り己に還ってきて、悲惨な最期を遂げる教訓として、子供向けの教本にすら書いてある内容だ。

この刻印を刻んだ奴は歴史の勉強してるのかね？　勉強してなくても少し考えれば、露見した瞬間に周囲の信用無くしそうなのが分かると思うんだが。所詮他国のことと考えてるのか？　クズだな、一番嫌いなタイプだ。

さて、クズの思惑を潰すのは決定事項として、相手はプロの諜報員。下手に大人数を動員して捕縛すると、残りが逃げる可能性がある。そして逃げるとアンデッド化の術が発動するとなれば、気付かれないように動かなくてはならない。そしてそういう陰で動くとなれば闇魔法の独壇場だ。

ここは勇者らしく世の為人の為に働こうじゃないか、陰でコソコソ動くのが勇者らしいかと聞かれれば答えに詰まるがな。

俺は陰に紛れる黒いローブを被り、ついでにヴィヴィアンが身に付けていた物と、お揃いの覆面をする。ヴィヴィアンから聞き出した連絡役の居所に向かって、屋敷を飛び出すと、部屋を出るときに誰かの呟きが聞こえた。

「こんな酷い事をするなんてどれほど心の歪んだ人間なんでしょう」

まったくだ、声を大にして尤もだと言いたい。さて酷い事をされてる連中を、勇者らしく助けに行くとするか。

身を隠すための黒いローブと、被ってみると意外とカッコいい覆面で街の中に紛れ込む。恰好からして勇者らしくないが、これも世の為人の為、なにより嫁たちが安全に暮らせるため、さて……本気出すか。

◆　◆　◆

ヴィヴィアンから諜報員全員の指揮を執ってる連絡役の居所を聞き。真っ先に無力化して情報を引き出す。街に単独で潜り込んでる諜報員の居所を確認し解呪して回る。

先に拠点を潰してしまうと、感付いて逃げる人がいるかもしれないからな、先ずは個々で動いてる末端を潰す。

単独なので苦戦はしないけど、移動にも時間がかかるし隠れて行動してるから、今日中に全員は無理だな。まぁ今日の所は手に入れた名簿の半分を目標に頑張るか。

ヴィヴィアンにかけられた呪いの刻印を解呪した時と、昨日の解析により、不意打ちで眠らせてから手早く刻印を消す。

解析した時に分かった事だけど、人数が多い分、そこまで強固な術ではなく、発動前なら消耗も少なく解呪が出来る。

やはり全員が自身に刻まれた刻印を、諜報員であることの証明としてしか認識しておらず、解呪の後に攻撃してきた奴もいた。しかし闇魔法を使いアンデッド化した女冒険者と交戦した記憶、そして刻印に関する知識を直接頭に叩き込むと、途端に大人しくなり、涙を流しながらお礼を言ってきた。

攻撃してこなかった人たちも刻印が解除され、その効果を教えると同様に呪いを解いてくれたことに感謝してくれる。自分で言うのもなんだが黒い外套に覆面とか怪しい風体なのに、意外とあっさり信じるんだな、最悪数日間寝かせておくことも考えてたんだけど……やっぱりこの覆面カッコいいからかな?

それはともかく、諜報員の任から解放された人たちは、お礼と言ってお金とか装飾品とか、中には機密っぽい文書を渡してくる人もいた。

しかし俺は政治とかあんまり自信がないので、ここは上司に丸投げする事にする。そういう話は辺境伯家に持って行ってくれと言うと素直に自首してくれるそうだ。

ただ他の諜報員に自首したのがバレると拙《まず》いので、今日から三日間いつも通りに行動しつつ、カール王子が帰って来る予定の日に自首してくれるように頼んだ。

多少だが彼らから話を聞くと、帝国では随分と酷い扱いを受けていたようで、死んだと思われたならこれ幸いと、この街で暮らすことを希望する人が多い。

中には、家族が心配で帝国に帰る人もいたので、路銀として金貨を数枚あげると、泣きながらお礼を言われた。帝国人は涙脆い人が多いのかな？

諜報員の中には当然女性もいて、娼婦として潜り込んでる人も多い。その中でも一際美人で物凄く色っぽいお姉さんがいて、ちょっと困ったことになった。

何故って？　メリッサさんと名乗る元娼婦の人なんだけど、解呪してあげて事情を説明したら、身体でお礼とか言いながら、蠱惑的《こわくてき》な肢体を見せつけてくるのだ。

超美人で色っぽいお姉さんの誘惑に、ちょっと負けそうだったが、他にも刻印を持ってる者を探さないといけないと伝え。物凄く残念ながらお礼を受け取らずに立ち去った。

見つめられ腕を絡められた瞬間クラッと来たぞ。流石艶事のプロだ恐るべし……ちょっとメイティア伯爵に相談して経験豊富なプロと一晩くらい……いやいや俺には愛する妻たちがいるんだ。

彼女らを放っておいて、夜の蝶々と戯れるなんて出来るわけがない……が、プロのお姉さんをメロメロにするのもロマンが……いかんいかん、エロから離れろ俺。

名前を聞かれて正直にクリスって名乗っちまったが仕方ないんだ。あの熱っぽい潤んだ流し目で見られたら、ついつい男は正直になっちゃうんだよ！　ムラっとしてしまったのも仕方ないんだよ！

なんとか愛する妻たちの顔を思い浮かべ、ムラムラを振り払おうと……鮮明に皆の身体の感触を思い出してしまい、ついでにメリッサさんに触られたときの柔らかい胸の感触も思い出し、余計に悶々としてきた。我慢だ我慢！　帰れば可愛い嫁たちとエッチ出来るんだ。

その日は陽が暮れるまで隠れた諜報員たちを探し出し、刻印を消して回った。連絡役は一番最初に無力化したので他の者たちには感付かれていない筈だ。なんとかカール王子が帰ってくる三日後までに、全員刻印を消し去ってやろうじゃないか！

若い情熱をなんとか抑えながら、屋敷に帰り。皆で和気藹々《わきあいあい》と夕食を食べて……今夜の閨《ねや》を担当するディアーネ、ルーフェイ、アルテナに我慢していたものを解き放った。

◆　◆　◆

昨日の朝約束した通りに今日は早く起きて、ディアーネと二人っきりだ。昨夜激しくエッチしたせいか、アルテナとルーフェイは疲れ切っているが満足げな顔で熟睡してる。満足させたのは良いがやり過ぎたかも知れない。ごめんな二人とも今度からはちゃんと手加減して可愛がるから。

まだ暗いうちに一緒に朝風呂に入ってエッチしようとしても、はぐらかされてしまい、そのまま朝食の準備に入る。うーん、てっきり二人っきりでセックスするもんだと思い込んでいたが、確かに夫婦の愛情を育むのはエッチばかりじゃないよな。

こうして二人で朝御飯の準備というのも新婚らしくて良い。エプロン姿のディアーネも新鮮で、可愛い一面をまた知ることが……はて？　俺が寝ぼけているのでは無ければ、いつの間にか愛する

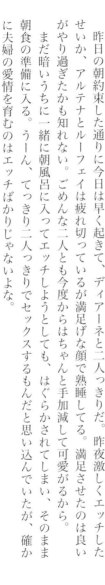

妻は、全裸でエプロンだけ身に着けてるような……。

「ご主人様♪　朝一番で蜜の滴る果実を召し上がれ♪」

ピンクのフリルのついた可愛いデザインのエプロンを翻すと、そこにはプリプリで瑞々《みずみず》しい果実《お尻》が俺を誘っていた。妻の誘惑に俺は抵抗できなかった。するつもりは一切なかったが。

テーブルに手をついて、お尻を向けているディアーネのエプロンの脇から手を入れ、大きく張りのあるおっぱいを鷲掴みにする。

彼女は強く揉むと痛がるのでゆっくりと指を動かし感触を堪能する、そうしてるうちにピンと立った乳首を指でつまむと、痛くしないよう細心の注意を払って優しく愛撫する。

「はぁっ……んっ！　ご主人様の指……んはぁ！　あっあっ……いぃ！　気持ちいいのぉ」

「ディアーネこっちを向け、セックスの前のキスがまだだ……ん！」

背後から胸を愛撫され、舌を絡めたキスで気分が昂ったのか、ディアーネの太股には愛液が垂れている。

おっぱいの感触をもう少し味わっていたかったが、期待している妻を焦らすのもなんだし、胸を愛撫する右手だけを残し、左手で蜜壺に指を挿れ、クリトリスも一緒に擦る。

「んあぁぁ！　やっあっご主人様ぁ！　そんな……気持ち良くて先にイカされちゃう！」

「綺麗だよディアーネ、俺の指で感じてくれてるのが、エッチに潤んだ表情が堪らなく綺麗だ」

唇を塞ぎ、両手の愛撫のペースを速めると、段々と彼女の官能が高まってるのが分かる。性感のコントロールを出来るはずの彼女が、素直に俺の指と唇で感じてくれるのが堪らなく嬉しい。

「んっ！　んむぅぅぅぅ!!　ぷはっ！　あぁイクッ！　イっちゃうのぉぉぉぉ!!」

ビクンッと、一瞬肢体を強張らせたディアーネは脱力して床に座り込みそうになったが、背後から支えそのままの体勢で……猛った欲棒をオマンコに挿入する！

「ひぁぁぁぁ！　だ、だめご主人様……私イったばかりで……」

口では駄目だと言ってるが、何度も彼女を抱いている俺は知ってる。絶頂の余韻が残ってるうちにチンポを抜かず、子宮の入り口を突かれるのが弱いのだ。

可愛いピンクのエプロンは汗を吸ったせいか、肌に吸い付き胸から腰のラインがはっきりと浮き彫りになり。全裸よりもいやらしく見え、それが俺を更に興奮させる。

柔らかいお尻を両手で掴み、腰を振るう。興奮しすぎたせいか、それとも彼女の膣が良すぎるのか、ディアーネの淫らな腰使いも相まってあっという間に射精感が高まる。

だが挿入してすぐに射精するというのも情けない話なので、歯を食いしばって射精を堪え……さらに激しく彼女の蜜壺をかき回す。

「あっあっあぁぁぁん！　はっ激し……あんあんんんぁぁぁぁぁ！」

テーブルの上はディアーネの飛び散った愛液に塗《まみ》れ、床はすでにスープを溢したかのような様相だ。オリヴィアは彼女を完璧な女性だと褒めていた、その完璧な女を淫らに蕩かせ、喘がせ、愛を捧げられている事実。誰も触れる事の叶わない天上の果実を、俺だけが、俺ただ一人が貪り尽くせるのだ。

「ディアーネ愛してるぞ！　出る、ディアーネの膣内《ナカ》に出すぞ！」

「わたっ私も……ご主人様を愛してます！　欲しいの！　ご主人様との赤ちゃん！」

あぁ！　嫁のおねだりなら応えてやらないとな！　もう射精を堪えるのは限界だ。彼女の子宮に、膣の奥深くに俺の子種を植え付けてやる！

「出すぞ！　俺のザーメンを残らず、オマンコの一番奥に注いでやるぞディアーネ！」

「嬉しい！　来てぇご主人様の大きくて逞しいオチンチンで、ディアーネを孕ませてぇぇぇぇ！　あっあっんはぁぁぁぁぁ!!」

お互いの官能が高まり、頭の中が真っ白になる。ディアーネと溶け合うような錯覚の中で、俺はディアーネの腰を力任せに引き寄せ、俺たちは同時に絶頂へと達し、膣奥に精を解き放った。

「ふぅ……はぁはぁ……頭の中が真っ白になったみたいだ。ディアーネとのセックスは気持ち良すぎて増々嵌っちまったよ」

「はぁ……はぁ……ご主人様に気持ち良くなって頂ければ幸いです。私も……もうご主人様なしでは生きていけませんわ」

再びキスをしてくるディアーネに、愛おしさが湧き上がるようだ。元々一回射精したくらいじゃ治まらないのだし、今度はテーブルに仰向けで寝かせ……やっべ、今日の朝御飯を担当するオリヴィアたちが目を覚ましたっぽい。

流石に厨房でエッチする前に、魔術で嫁たちがまだ寝てるのを確認したんだが、ディアーネとセックスしてる間に起きてしまったようだ。

「あら、その様子ですとオリヴィアたちが起きてしまったようですね、ふふっ下拵えは終わってますから、まだまだ初心者のオリヴィアとユングフィアでも大丈夫でしょう、ヴィヴィアンもいますからね」

どうやら手際よく準備は終わらせていたようだ、残念そうにテーブル付近の片づけをして、流石に準備万端にも精臭を消すためのアイテムを使い、セックスの痕跡をすべて消したところで、お風呂まで手を引かれ連れていかれた。

そこで何事もなかったかのように、ディアーネとお風呂に入ってると、寝汗を流しに来たオリヴィアたちも風呂に入ってきた。俺がエッチした翌朝に嫁と一緒に風呂に入るのはいつもの事なので、オリヴィアたちも疑問に思わずイチャイチャしながら汗を流した。

「昨日の夜は寂しかったので、起きてすぐ旦那様とお風呂に入れて嬉しいです」

朝食の席では機嫌よく俺の肩に身を寄せるオリヴィア。寝坊したせいでちょっとタイミングのずれたルーフェイとアルテナは残念そうだった。

「ふふっ早起きすると良いことがあったでしょ？」

ルーフェイを撫でながら慰めてるディアーネも、先ほどの痴態を微塵も感じさせず機嫌よく朝御飯を食べていた。

なんか俺彼女に上手く操縦されてるような気がするが……まぁ幸せなので気にしない事にしよう。やる気が補充されたので、今日も諜報員探しを頑張るぞ。

修羅場

★　カールSIDE　★

途中引き返して国王《オヤジ》と急遽話し合わなければならない事態になったが、モンドバン伯爵にゴーレム馬車を貸してもらえたおかげで予定通りに帰ることが出来た。

「わぁぁ！　活気があって良い街ですねお兄様」

「もうすぐ開拓を本格的に始める式典とお祭りがあるからな、各地から商人が集まってるせいもある。普段はもう少し落ち着いてるよ」

大通りを馬車の窓から眺めながら通るだけでも、人の多さが分かる。王都では外出する機会が少ないアルチーナは大はしゃぎだ。

領主であるカロリング家の家紋が入った馬車を見れば、街の人は道を譲ってくれるから人は多くても移動に不自由はない。ついでに窓から顔を出すと、道行く女性から黄色い声が聞こえてきて悪くない気分だ。愛する妻がいてもモテて嬉しいのは男の性だから仕方がないね。

そしてボクの屋敷に到着。久しぶりと言うほど長く空けてはいないけど、我が家に帰って来たと思うとなんとなくホッとするね。先ずはデシデラータとお茶でも……ん？　なんか屋敷の周りに人だかり？

「おかしい、お祭りが近いからってボクの屋敷にこんなに集まるっておかしいぞ？　誰か、ボクが街を離れてる間に何かあったのか聞いてきてくれ」

家臣のうち数名に、留守番していた者から事情を聞いて来てもらう。人だかりをかき分けるのは大変そうだ。けど群衆からは特に殺気の類は無いので心配する程のことじゃないか。

「アルチーナは屋敷に着いたらすぐにクリス殿を招待するから、ちゃんとドレスを着るんだぞ」

「分かりました、けどお兄様、私結婚してもたぶん普段着は今の騎士服ですよ」

その辺は夫婦で決めてくれ、ボクは別に普段から騎士服だろうが、ブルマ姿だろうが、いっそのことウケを狙ってメイド服でも文句は言わん。

「クリス殿は山奥で魔術の修業を積んでいたせいか、あまり服装には拘らないと思うよ。第一お前は騎士服でもドレスでも大して色気が……」

アルチーナから放たれた右ストレートを首をひねって避けるが、かすかに頬に掠ってしまった。ボクが躱しきれないとは腕を上げたな。

「おほほ、お兄様？　何か仰《おつしや》いまして？」

「いやいやお前には騎士服が似合ってるって言ったんだぞ、ははは……」

お互い座ってるので、上半身の力だけを利用して、軽い拳と軽口の応酬が続く。コイツ簡単な格闘術の手解きしてやっただけなのに、随分と腕を上げたものだ。

まぁ戦士としても魔法使いとしても才能があるのは知ってたけど、ボクが余計な手解きをしたせいか順調に武道家《グラップラー》の道を進んでるな。王女として正しいのかは知らんが。

そんなボク達をやや呆れながら見てるのが、モンドバン伯爵とその娘のマルフィーザ嬢。兄妹のじゃれあいだから気にしないでね。モルガノみたいに慣れ切ってスルーされるのも寂しいけど。

「そう言えばやることが多くて聞き忘れてたけど、伯爵は『熱砂の龍傭兵団』のサリーマさんとお知り合いみたいですね。マルフィーザ嬢を連れてきたのは母親と会わせる為ですか？」

なんと言うかここまでサリーマさんそっくりだと、誰が母親かなんてすぐわかる。まぁスタイルの良さと褐色の肌も母親譲りみたいだけど、魔法使いらしく体は全く鍛えていない。ついでに姉御肌なサリーマさんと違い、無口でクールな印象なので、雰囲気はだいぶ違う。

ただ、父親である伯爵の意向なのか、サリーマさんのトレードマークである、癖のある黒髪を後頭部で一括りにしたポニーテールなのは一緒だ。

「実母に会う目的もありますが……実は宮廷魔術師として辞令を……」

マルフィーザ嬢が何か言おうとした時、馬車の扉が勢いよく開き、聞き込みに出て行った家臣の一人が入ってきた。

「たったた大変ですカール様！　屋敷にて異常事態が発生し、我ら家臣ではどう対応してよいか分からず、一刻も早くカール様の判断を仰ぎたいと……」

「異常事態だと!?　いったい何があった」

ボクが留守の間に何が起きたんだ！　予想していた事態を幾つか思い浮かべ、悪い予想から順に対策を頭の中で組み上げる。報告してきた家臣は気持ちを静めるように一度深呼吸をして……。

「理由は全く理解できないのですが……屋敷の周りの者達全員が帝国から送られてきた諜報員で

ございまして……彼らが一斉に自首して、私どもの権限では扱いに困るような情報を持ち込んでくるのです！」

「………は？」

ごめん意味わかんない。

◆　◆　◆

辺境伯家の屋敷に戻ったボク達を待っていたのは、山のように積まれた調書だった。正直見なかった事にして踵を返し寝室に直行したかった。

しかし身重のデシデラータが、少しでもボクの負担を減らそうと、せっせと書類の分類をしてるのを見てはそうも言ってられない。部下にやらせるべきではあるんだが、下っ端文官に見せられない情報があるせいで、ボクがいない時は彼女がやるしかない。後ジャンヌは書類仕事の役には立たない。

「ただいまデシデラータ、後のことはボクに任せて休むんだ」

「カール様お帰りなさいませ、出迎えも出来ず申し訳ございません」

少し離れてる間にまた少しお腹が大きくなった気がするデシデラータが、書類を読む手を止めてボクの傍に駆け寄ってきた。肩を抱いてキスをして、お土産に買ってきた香水を渡すと、嬉しそうに表情を綻ばせる。

あぁ可愛いなぁ、彼女も安定期に入ったそうだし今夜あたり軽くエッチを……目の前の山《書類》を何とかしないと無理ですか。無理だよね。留守中の出来事を些細な事でも文書にしておけなんて、馬鹿な事言ったの誰だよ……ボクだったよ畜生！

正直帰って早々に仕事とかしたくない、デシデラータとジャンヌを私室に連れ込んで、夫婦の時間を過ごしたいのだ。ただ目の前の惨状がそれを許さないだけで……ハハハ原因というか元凶は分かってるけどね、勇者相手に仕事するなとも言えねぇよ畜生！

魔王種一人で倒すとか、頭のおかしい武勲立ててるんだし。仕事せず奥さんとイチャイチャしてても、誰も文句言わないいんだから、大人しくデートでもしてなよ！　間違いなくあの人って思い付きで行動してるよね！

理解はしてる、帝国がキナ臭い現状で獅子身中の虫である諜報員を、根こそぎ自首させるって物凄い成果だと。いざ戦争となったら内部に憂いがないって、とんでもなく大きなアドバンテージで、泣いて喜ぶレベルの快挙だと。

ただその成果の分、書類が増えるわけで……もう少しその辺りも配慮してくれても良いと思うんだ、思うけど無理だよね言ってないもの。ド畜生め！

あぁ王都で暇そうにしてる貴族の次男三男あたりを、簀巻きにしてでも攫ってくるんだった。読み書き算盤ができるなら、そのへんの丁稚を雇っても良いくらいだよ。そんな益体《やくたい》もない妄想をしながら、デシデラータや留守番していた文官たちから詳しい事情を確認する。

なんでも帝国から送り込まれた諜報員には、逆らうとアンデッド化する呪いがかけられていて、クリス殿がそれを片っ端から解除して回ってるらしい。

なんで元凶《勇者》がこの場にいないのかは分かった。『回ってた』じゃなくて『回ってる』んだね、つまりまだ増えると。

「そのクリス殿は今どちらに？」

「バラバラに街中に潜んでる諜報員に気取られないように動いてるそうですので、居場所は分りかねます」

伝言によると、アンデッド化の呪いを受けてる人達全員を解呪したら、顔を出すつもりらしい。なんでも今日か明日には全員なんとかなるそうだ。どうもスパイをどうこうするつもりはなく、単純に街中でアンデッドにならないよう動いてるようだ。

「呪いが解かれると術者には死亡したと伝わるらしく、自首した者たちはマーニュ王国に移り住むのを希望する者が多いのです」

言われて信じるような内容なのかと思ったが、実際に荒野でアンデッド化した諜報員を目撃したのがクリス殿らしく、魔法で自身の記憶と知識を植え付け、問答無用で信じさせたようだ。

それで捨て駒にされた以上、帝国に義理があるわけもなく、自分の知ってる情報をこっちに流してくれているのだ。いや助かるよ、本当にありがたいんだけど、量が膨大で拡散されると困るような情報がちらほら混じってるのが問題なんだ。

「中には家臣たちではとても持て余す内容の話がありまして、当主の夫人である私が代理で報告を受けていたのです」

一番報告をするのに問題ないのは、先代辺境伯の義父上なのだが、あいにくと数日前から泊まり込みで、神殿の催し物の手伝いに夫婦で出かけているらしい。王都では重要な交渉が多かったから、重臣達を纏めて連れてったのは拙かったな。

「あんまり夫人に聞かせるような内容じゃないだろ、ついでに護衛の人に聞かれると困るような情報も結構あるみたいだね」

「はい、女に聞かせる話ではないと仰る方もいまして。自首して来た方達も解放して大丈夫なものか判断が出来ず、彼らの進言で屋敷の一室に軟禁しております」

自分から軟禁させるというのもおかしな話だが、まぁ自首してきたとはいえ諜報員に自由に歩き回られてはこっちも困る。だからと言ってまた明日来てください、と言うのも間抜けな話なので、残った家臣たちと相談の上、軟禁する事になったらしい。

とは言え自首してきた諜報員の扱いなんて、辺境伯令嬢《デシデラータ》が知ってる訳もなく。個室から出れない以外は完全にお客様の待遇で、三食昼寝付き、各部屋にはお風呂も備えてあり自由に入れ、使用人に言えば本やボードゲーム、お菓子なども持ってきてくれる。

それで何を勘違いしたのか、妙に感激して何か仕事があるなら、ぜひ手伝わせてほしいと言い出す人もいるそうだ。良い心がけだ、ありがたく扱《こ》き使《つか》ってあげよう。

「陛下に報告する必要もあるだろうから。すまないがモンドバン伯爵、軟禁した者たちから話を聞いてきてくれないか？　手伝いを申し出る者には手当てを出すとも言ってくれ」

「お任せください、帝国諜報員たちの話は文書に纏め報告させていただきます」

家臣で持て余す話なら、国王の側近で伯爵家当主のマラジ・モンドバンなら問題あるまい。ボクの家臣ではないので、彼に伝わった話は国王《オヤジ》に全て伝わるがまぁ問題ない、正直全部親父に丸投げしたいくらいだ。

　ボクが行ってもいいんだが、流石にこの山となった調書を何とかしないといけないからな、家臣の皆には帰って早々悪いが皆で地獄《デスマーチ》を行進しようか。

「その前に、初めましてカロリング夫人、モンドバン伯爵家当主マラジ・モンドバンと申します。所用ありカロリング『公爵』に同行させていただきました」

「若年の我が身でありながら、先に名乗りを上げない非礼お許しください。カール・カロリングが妻デシデラータ・カロリングでございま……公爵？」

「伯爵、ボクから伝えたかったんだが。まぁ仕方ないか、クリス殿が魔王種倒したおこぼれで公爵になるのが内定したんだ。正式に爵位を賜るのは今度の建国祭の式典だね」

　ちなみに、公爵位は『新しく賜る』のであって辺境伯の爵位はそのままボクが持っている。この場合は男子が二人以上生まれれば、辺境伯の爵位を持つ分家を興すことになる。

　国王《オヤジ》との交渉で、家臣に与える事のできる爵位は一旦ボクが保有し、それを分けるという形になってる。つまり今のボクは沢山爵位を持ってるという事だ。

　例外は騎士爵でこれは各貴族家に直接仕える家臣に、ある程度の権限をもつ騎士として召し抱えることを差す。分かりやすく言えば領地を治める為に、ある程度の権限を許された人で、騎士と言うよりちょっと偉い役人だと思って間違いない。

いきなり最上位の家格になったデシデラータは驚いてるが、そう劇的に生活が変わるわけではないのですぐ慣れるだろう。そもそもこの領地は中央から離れた辺境だし。

「忘れてたけどこっちも紹介しておかないとな、ボクの腹違いの妹でマーニュ王国王女アルチーナだ」

「ご紹介に預かりました、アルチーナ・マーニュでございます。我が義姉上となるデシデラータ様のお話は兄との道中伺っておりますわ」

忘れられていた扱いに軽くボクを睨むアルチーナだったが、流石に初対面の上、公爵夫人(予定)のデシデラータ相手には、綺麗な所作で挨拶を済ませる。コイツ結構上下関係厳しいタイプだから、義姉であるデシデラータには意外と謙《へりくだ》るな。

アルチーナのあとは、マルフィーザ嬢とモルガノの紹介をする。サリーマさんそっくりのマルフィーザ嬢に驚いていたみたいだが、娘だというとすぐに納得してくれた。

「サリーマさんは要人警護で今は不在だけど、日程的にもうすぐ帰ってくると思う。それまでこの屋敷に滞在してもらうから」

「お心遣いありがたく、お許しいただけるのでしたら、私も書類の整理をお手伝いいたしますが」

無口で無表情なマルフィーザ嬢だが、礼儀正しく手伝いを申し出てくれた。勿論断る理由はない、医者にして魔法使いの家系だけに活字を苦にしないのもすごく助かる。

「うーん、みんなが忙しくしてるのに私だけのんびりしてるのも悪いわね。お兄様、少しくらいなら私も手伝いますわ」

おぉ！　流石体育会系王女は、皆が働いてる最中に優雅にお茶を飲む程図太くはなかったようだ。妹なんだし遠慮なく手伝わせよう。自動的に専属メイドであるモルガノも戦力になるしね。

「助かるよアルチーナ、それじゃみんな頑張ろう。でもデシデラータ、君は大事な時期なんだゆっくり休んでてほしい」

「そうですわデシデラータ様、大事な身体なのですからお休みくださいませ」

ボクとアルチーナに諭され、渋々といった感じで退室する妻を見送り……さてデスマーチ開始だ。

◆　◆　◆

結論から言おう、持ち込まれた情報は非常に重要かつ有用なもので今後、帝国への備えとして十二分に役に立つものばかりだ……量が膨大だがな！　纏めるまでに時間がかかるがな！

「アルチーナ！　帝国の宮廷関係は黒い箱、軍事関係は白い箱に入れておけ！　鳥形使い魔で送るから五枚ずつ複写しろ、箱は正式な手順で開けないと中身が燃える魔法の道具だから気を付けろよ」

「は、はい！　モルガノ、用紙がもうないから持ってき……インクも切れたわ急いで持ってきて！」

慣れない仕事に涙目になりながらも手を動かすアルチーナ、そしてそれをさりげなくフォローする有能メイドのモルガノ。すまん国王《オヤジ》へ緊急報告するレベルの情報って、お前か伯爵くらいにしか見せられんのだ。

「モンドバン伯爵、渡した書類は特に重要なモノなので、要点を纏めて報告書を作ってください。

マルフィーザ嬢はどんどん鳥形使い魔の召喚を……そこ！　女性陣が頑張ってるのに寝るんじゃない！」

膨大な報告書を纏めるカロリング家の文官たちに混じって、この家のやり方に慣れてない人たちに、仕事しながら指示を出す。終わらない書類の山に挑んで何時間経ったっけ？　なんか窓の外が白いが気のせいだろう。

そんなデスマーチに王女や伯爵を巻き込んでいいのかって？　はっ！　ある程度以上の教養がある人間を逃がす筈ないだろう。この二人がいないとボクの負担が増えるんだよ……おい！　トイレに行く振りをして逃げようとするなアルチーナ！

最初は慣れないながらも黙って仕事してたが、自首してくる諜報員が増えてきて、調書が追加されるたびに、我が妹の心の折れる音が聞こえた気がする。

暫くして、あの手この手で逃げようとするアルチーナを捕まえ、肩を掴んで執務室に連れ戻す度になんか怯えられたな。出来るだけ爽やかに微笑んで戻るように説得したと言うのに。なに？　悪魔の笑みにしか見えなかったって？　ハハハ、何を甘いことを言っているんだ、デスマーチの最中に道連れを逃がすわけないじゃないか。

心が折れるたびに逃げようと試みたアルチーナだったが、今では目の下に隈をつくりながらも、自棄《やけ》になったのか、それとも吹っ切れたのか。なんかブツブツ言いながら、ひたすら書類を分類してる。

それでも思い出したかのように逃げようとするが、段々と逃げ方が雑になっていたので、良い具合に思考能力が落ちてきた感じかな？　ボクの経験上そろそろストレスでキレる頃合いかもしれん。

そんな中、軍関係の書類に目を通してる内に、多分あるだろうなと思ってた報告を見つけたようだ。いきなり立ち上がりボクの前までやってきて、書類を突き付け慌てたように喚いている。

「おっおっお兄様！　見てくださいよこれ勇者！　帝国の勇者ってなんですか！」

「あぁうるさい！　いるかもしれないと予想してたから騒ぐんじゃない！」

スパイ達の中に帝国の中枢で働いてた官僚がいて、その人が知ってる事を全部話してくれたんだ。なんでも勇者の勘気に触れて呪いの刻印を植え付けられたそうで、地味に有能な人なので今現在書類の山を物凄い勢いで処理してる。

「大体なんで私を書類仕事に駆り出してるんですか！　自首したとはいえなんで帝国の人間がお兄様の執務室で仕事してるんですか！　そもそもなんですかこの状況はぁぁぁぁ！」

部屋に閉じ籠ってるのが嫌いなアルチーナのストレスが限界に達したようだ。まぁ帰ってきてからほぼ執務室に閉じ込めてる状況だしな。目の下の隈が今の忙しさを物語ってる。

「私は！　我が国の勇者様に！　侯爵位を賜るクリス様に嫁ぎに来たんですよ！　なんで執務室に閉じ込められて書類仕事手伝わされてるんですか！」

ストレスでキレたアルチーナに勢いよく机を叩かれ、大きな音がしたが、部屋にいる全員が黙々と書類を処理してる辺り、我が家の家臣はよく訓練されている。

「うるせぇ！　その勇者様がやらかした結果なんだから、嫁予定のお前は手伝え！　内助の功って奴だ」

「未だ嫁じゃありませんわぁぁぁ！」

まぁ目の下に隈が出来るくらい、追い詰められるまで手伝ってくれたことには感謝してる。こいつもなんだかんだでお人好しだからな。だがそれはそれとして手伝え妹よ。ボクは身内なら容赦なく扱き使うタイプだぞ。

兄妹の醜い言い争いの最中、また執務室のドアが乱暴に開けられる。仕事してる間にも自首してくる奴が多くて、もう慣れたものだ。今度はどんな奴だ？

「カール様朗報です！　また帝国の諜報員が自首してきましたが、なんと本人は元は帝国中央の官僚であったと申しております！　文官ですよ文官！」

「今すぐ執務室に連行しろ！　官僚ってことは文官だな！　間違いなく文官だな！」

新たな生贄《お手伝い》の登場に、執務室内で虚ろな目をしている連中が少し元気になった気がする。ボクはまだ大丈夫だが彼らもそろそろ限界か？　そうだなあんまりやりすぎて逃げられるのは困るし、ここは少し休ませてやるか。

「女性陣は休憩してよし！　残りはボクが自首してきた者に仕事内容を叩き込むまでの間、仮眠を許可する！」

まるでアンデッドのような表情で報告書を纏めていた連中の目に光が灯り、キリの良いところまで終わらせようと筆の動きが速くなった気がする。

ところで自首してきた敵のスパイに仕事させようってのに、誰も反対しないあたり少し追い詰めすぎただろうか？　全くここまで家臣たちを追い込んだ外道は一体どんな奴なんだ？　ボクだが。

「お兄様！　休憩とは何分ですか?!　お風呂に入る時間はありますか?!」

「アルチーナ様落ち着いてください、この場合カール様からお手伝いの要請が来るまでです」

休んだらまた手伝ってくれる気でいるあたり、やっぱりお人好しだ。それともボクが働いている時に、自分が休む事に罪悪感を感じる、体育会系ならではの感性だろうか？

「アルチーナもモルガノもありがとう、今日はもう大丈夫だよ、ゆっくり休んでくれ……マルフィーザ嬢もありがとう」

「いえ……お気になさらず」

無口な彼女はボクに会釈だけして、アルチーナ達と一緒に部屋を出ていく。妹とそのメイドは遠慮なく扱き使ったがやっぱり他家の令嬢にいきなり仕事させたのは拙《まず》かったか……いや普通に考えて拙いよね。テンパってて気が回らなかったか、なんか埋め合わせを考えておこうかな？

「ご安心くださいカール様、魔術を学ぶ者は、文書を纏めたり計算したりするのは日常ですので、さして苦ではありませんぞ。娘は不愛想なのが普通ですから怒っているわけではありません」

執務室の中で唯一平気そうな顔で仕事してるモンドバン伯爵が声をかけてきた。この人ほんと有能だな、引き抜けないかな……本職は御典医だから無理なのは分かってるけど。

ボクの分までお茶を淹れつつ纏めた文書を見直してる彼は、机に突っ伏して仮眠してる元諜報員を痛ましそうに眺めつつ、ボソリと呟いた。

「帝国は随分と非道な術を施すものですな、しかもアンデッド化の刻印を植え付け、裏切れないようにしたのは勇者とは。軍神ファールスも何を考えていることやら」

勇者とは、神々の地上代行者だ。神官たちとは違い、神々のなんらかの目的の為に加護を授かり力を振るう者たち……過去の記録によると例外なく強大な神聖魔法を使いこなし、目的に沿った特殊能力を与えられるらしい。

我が国の勇者はよく分からん、いきなり女神様が現れて「お前今日から勇者な」とか言われただけだし、そもそも特殊能力を自覚してないみたいだ。ただ神聖魔法に関しては、元々の魔力の総量が高い事もあって、凄まじい威力になってるらしい。

特殊能力と言えばアンジェリカ嬢だが、アレは産まれた時からの加護らしいので勇者とは言えない、『目的に即した人物』が勇者として選ばれるわけだから、生まれつき加護を持つ人間は勇者ではなく、神の寵児とか神童と呼ばれるのだ。

後は信仰されてない神は、勇者と呼べるほど強力な加護は与えられない。歴史上異能・異才を振るったとか言われる人物は、大抵信仰されない神から加護を授かったとされる。死に難いとか特殊な知識を何故か知ってるとかね。

帝国の勇者は分かりやすいな、倒した相手や降伏した者を奴隷化するとか、全方面に喧嘩を売ってるとしか思えない特殊能力から察するに、軍神の目的は戦火を齎《もたら》すこと……だと思う、自信はないけど。

「軍神だけに戦争のことじゃないのかな？　案外一般の者に勇者の存在を、ボクの送った諜報員ですら調べられないほど厳重に隠してるのは、とても民衆には受け入れられない人格だとか？」

軍神ってのは戦争関係の加護をくれる反面、戦争を強要したり、平和なところに火種を投げ込んだりするのが役目みたいなものだ。どう考えてもこの勇者の存在が、帝国の領土拡張主義に舵を切らせたとしか思えない。

「元々世話係だった人が勘気に触れて諜報員に仕立てられるってのが多いから、話を聞いて帝国勇者の為人《ひととなり》を推測するに……まぁ一言で言って屑かな？　伯爵はどう思う？」

「私も同意見ですな、そもそも英雄的人格ではなく、卑しい心根の人間が大きな戦力を持っている方が周囲の被害は大きいでしょう。歴史がそれを証明しています」

話を聞く限り、どうも交渉でどうにかなりそうな人格じゃない。多分男だったら殺されて、女性だったら奴隷にして慰み者にされると思われる……戦争の嫌な一面を体現してるな、この辺が軍神の加護を受けた理由だろうか？

また気持ち悪いレベルで非処女を嫌ってる、自由意思を奪われた奴隷以外信用しない、思い通りにならないと癇癪を起こす……と、存在を秘匿するのも納得の危険人物だ。

「戦争が始まる前に知れて良かったよ。開戦してからじゃ打てる手は限定されるからね」

「私は軍事には詳しくありませんが、勇者を相手にするのにこちらも勇者を頼る以外に手はあるのですか？」

伯爵の考えではこっちの勇者様に頼る以外無いみたいだけど、キナ臭いとはいえまだ戦争してないからね。

「戦争は一人で起こせるものじゃない、相手が戦争を出来ないように立ち回るさ」

そう考えるとクレイター王国に大きな貸しがある状態で手を組めるのは助かるな。それに帝国に不満のある元独立国の残党に連絡を取ってみるか、今回の情報のおかげで手土産には事欠かない。

もうすぐ子供が産まれるんだ。デシデラータを不安定な状況で出産させるわけにはいかないからね。

伯爵曰く、この時のボクの表情は、とても女性には見せられないほど邪悪に歪んでいたそうだ。

失敬な、ちょっと帝国が戦争どころじゃない状況にするために、策を練ってただけじゃないか。

甘い夜

街中の諜報員を探しアンデッド化の刻印の除去を始めて初日と二日目で、単独で街に潜んでる諜報員の刻印はすべて消し去った。そして三日目の今日は街に分散してる拠点の強襲だ。

今日の午後にカール王子が帰って来る予定となってる。それで自首する人は今朝から辺境伯の屋敷に向かう筈。残ってる刻印は拠点に待機してる人だけだから残り少ないけど、拠点は郊外にも多いので、移動時間を考えるとどうしても日が暮れそうだなぁ。

暗くなってからカール王子の屋敷を訪ねるのも悪いので、明日の昼頃に顔を出すと手紙を出しておこう。よし、今日中に諜報員の刻印を全て消してやるぞ。

ヴィヴィアンから聞いた話では、拠点には防御用の仕掛けがあり、また万が一の備えとして腕利きが用心棒をしてたりするそうだけど……まぁ正面からぶつかる理由は何処にもない。

一緒に出掛けたいとおねだりしてきたトレニアを連れてきたので、彼女にお願いして逃げ道を塞いだ後は、拠点の範囲内全域巻き込んで眠りの魔法っと。

中には眠りの魔法に抵抗して、斬りかかって来る根性のある奴もいた。中でもシグマって男で手強かったな。逃げ道塞いだら、壁を細切れにして脱出するほどだ。トレニアの造る石壁は鉄より硬いはずなんだが、なんで紙みたいにスパスパ斬れるの？　あの男の剣技ヤバすぎるだろ。

近づいたら魔法使いの俺では気付かれないうちに斬られかねないので、幻術でトレニアの造った罠の中に誘導し、なんとか無力化してから刻印を消した。流石帝国は人材豊富だな、トレニアがいなかったら取り逃がしてたかもしれん。刻印について説明すると彼も自首するそうだ。

あのシグマ程の使い手は流石にもういなかったので。トレニアの協力もあり、夜までかかると思ってた拠点潰しは夕方には何とか全部終わった。

「ありがとうトレニア、今日は助かったよ」

——えへへ、当然なの。私はクリスの為なら何でもするの。

上機嫌なトレニアを頭に乗せて帰る途中。この三日間嫁たちに心配をかけてしまったので、お菓子でも買って帰ろうかな？　でもその辺で売ってるやつよりヴィヴィアンが作ったお菓子の方が美味いんだよな、果物の方がいいかな？

日が暮れると普通の商店は店仕舞いなので、商品を売り尽くそうと随分と値引きされている。うんうん、いい感じに熟しててお得だな、多めに買っていこう。まとめて買うと店主さんは相好《そうごう》を崩し色々おまけしてくれた、今は沢山の野菜や果物を箱に詰めてくれている。

待ってる間、トレニアには頑張ったご褒美として好きなお菓子を買ってあげると、喜色満面でお菓子を食べる。俺の頭の上で……おい、食いカスこぼすな。

注意してても聞かないトレニアはこの際放っておくとして。連絡役から貰った名簿を確認し、人数と消した刻印の数が一致したのを確かめる。そうして何気なく名簿を眺めているとヴィヴィアンの名前があった。

ヴィヴィアン・ビロン、備考欄にはビロン男爵家三女とだけ書いてあった。ありゃ？　なんか自分は平民みたいに言ってたけど男爵家の出身なのか。帝国の内情は知らないけど、令嬢が諜報員をさせられてるくらいだし、事情があるんだろうな。

こういうのは本人から言い出さない限り、触れないのがマナーだし、今の彼女は俺の嫁なのだから、気にすることはないか。そうしてふとヴィヴィアンの項目のすぐ上にメリッサ・ビロンと書いてあったのを見つけた。

メリッサってあの元娼婦の超色っぽい美人さんか……備考欄には二十三歳って年齢と元娼婦としか書いてない。同姓って事はヴィヴィアンのお姉さんかな？　自首するって言ってたし上手くすれば明日会えるかな？

オリヴィアとディアーネ以外の四人は、結婚したこと伝えるのに明日カール王子の屋敷に連れて行くつもりだし、姉妹の再会はあるかもしれないな。うーん、このメリッサさんの事は話しておくべきか？

上手くすれば巨乳美人姉妹を同時に美味しく頂いて……はっ！　いかんいかん超美人で妖艶なお姉さんを思い出してしまい、ついエロ妄想に耽ってしまった。助けたことを笠に着てエッチを強要なんて卑劣な真似は男らしくない！

でも経験豊富なお姉さんってちょっと憧れが……でも、あんな美人なんだから男なんて選り取り見取りだろうし、中にはお眼鏡に適った運の良い男もいるだろう。恋人の一人や二人いないわけがないしアホな考えは捨てよう。

◆　◆　◆

その晩俺のベッドにやってくるのはルーフェイ、アルテナ、ヴィヴィアンと聞いていた。ただアルテナはエッチの前の身嗜みを整えるのに慣れてないので手間取ってしまい、ヴィヴィアンがフォローしてあげてるそうだ。

ここでそんなの良いから早くベッドに来いとは絶対に言えない。俺の為にしてくれている努力を無下にするなんてできないし、女性の準備に時間がかかるのは当たり前だからね。

そして今寝室にはルーフェイだけ先にやって来ていた。彼女は身嗜みを整えないのかって？　だってルーフェイってシモの毛生えてないもの。神殿暮らしのアルテナとユングフィアは清潔にはしてるんだけど、アソコの処理は慣れてないのだ。

「ヴィヴィアン達が来るまでは二人っきりだね。ルーフェイおいで」

「えへへ……二人っきりでエッチは初夜以来ですね」

ガウンを脱ぎ捨て全裸になったルーフェイは、しっぽを振りながら俺の胸元に抱き着いてきた。さらさらとした手触りの柔らかいルーフェイの髪を撫でると、仄かに桃の甘い香りが漂ってきた。

「洗髪料を変えたのか？　甘い香りがして俺は好きだな、今すぐ食べちゃいたいくらいだ」

抱き着いてきたルーフェイの首筋にキスをして、徐々に喉元に舌を這わせる。そして頬から額に唇で触れる。うっとりとした表情でしっぽを振りながら、俺に全てを預けたかのように、なすがままにされている。

「わふぅ……クリス様にキスされると、身体中がとってもあったかいです……んむっんふぅぅ」

キスで顔を赤くして、幼い顔立ちながらもはっきりと女の……いや牝の表情をしてるルーフェイに、唇を重ね舌を絡める。しっぽは忙しく動き、連動して可愛いらしいお尻が震えている。

「ちゅ……んっんっ……わふぅ……えへへ」

離れるとお互いの口から銀色の糸が引く、俺たちは裸で抱き合ったまま見つめあい、嬉しそうに微笑むルーフェイに愛おしさが込み上げてきた。

「ルーフェイは可愛いな、俺のところに嫁に来てくれてありがとう……愛してるよルーフェイ」

「はい、私も好きです……愛してますクリス様」

もう一度キスすると、ルーフェイの体の向きを変えシックスナインの体勢にし、陰毛の一切無い、綺麗な割れ目に沿って、舌の先端でくすぐるように愛撫する。感じやすいルーフェイをイカせるのは簡単なんだけど、そうすると体力のない彼女はすぐダウンしてしまう。

「きゅふん！　やっやぁあん！　恥ずかしいです……」

「恥ずかしがるルーフェイが可愛いから、俺がイクまで続けるぞ。頑張って俺をイカせてみろ」

真っ赤な顔で俺を見るルーフェイは、両手で俺のチンポをしごいてくれる。可愛い口で頑張って奉仕してくるのかと思ったのだが、考えてみれば身長差のせいか微妙にフェラチオするには厳しいようだ。

仰向けから少し身を起こしてあげると丁度いい位置に動き、小さな舌で俺のチンポを舐めてくれ

る。お互い体勢的にちょっと疲れそうな体位になってしまったが、ルーフェイは軽いからそんな負担でもない。

「ちゅっ……んっんっ……が、頑張ってイカせてさしあげま……きゃうん！」

「どうした？　おしゃぶりが止まったぞ？　それともこの恥ずかしい姿をヴィヴィアンとアルテナに見せるか？」

今のお尻を高々と上げた状態を俺以外に見られるのは嫌なのか、フェラの勢いが増した気がする。

「んっんんっ……はぁ……はむ！」

必死に小さな口で俺のチンポを頬張り、舌と唇、そして両手で愛撫してくれる姿は、小柄な少女ながらも淫靡で、そして愛らしい。しかしながら経験の少ない彼女の拙いフェラチオなら俺には、気持ち良さを味わいながら悪戯する余裕がある。

クリトリスを軽く唇で甘噛みし、同時に秘裂に指を挿入すると、ルーフェイの身体がビクッと強張り動きが止まる。

「きゅぅん！　ク、クリス様ぁ意地悪です……」

「何のことだ？　ルーフェイにばかり気持ち良くして貰っちゃ悪いと思ったからさ、ルーフェイも気持ちよくしてあげるよ、もうお漏らししたみたいに濡れてるオマンコをね」

なんとか俺をイカせようとフェラチオを再開するが、俺の指が彼女の弱い部分を刺激すると途端に力を無くしてしまう。

「わふぅ！　クリス様ぁ……もう意地悪しないで、ル、ルーフェイはもう……わふぅ……」

ルーフェイの愛液は俺の胸元まで濡らしてしまっている、可愛すぎるからちょっとイジメてしまったが、そろそろイカせてあげるか。

さっきまでは一本の指で弄っていたが、今度は両手で膣穴を広げ、内部に舌を這わせる。

「きゃうぅん！　いぃ！　あっあっあっ気持ちいいのォォ！　んはぁぁぁぁ!!」

ルーフェイはしっぽを逆立たせ、アクメに達すると俺の上から退けて力が抜けたかのようにポテンとベッドに横になる。

愛液でビショビショの身体を近くに備え付けてあるタオルで拭き、絶頂の余韻に浸ってるルーフェイを背後から抱きしめる。

「わふぅ……クリス様ぁ先に達してしまい申し訳ございません」

ルーフェイに先にイカされたら男としてちょっとプライドが傷つくと思うが、まぁ俺を気持ち良くしようと想っての言葉だろう。俺の腕の中にすっぽりと収まる小さな少女の頭を撫でつつ、体勢を変え上からのしかかる。

「俺としてはルーフェイが気持ち良くなってくれればそれでいいさ、さぁ今度は俺のチンポで気持ち良くしてやるぞ」

「は、はいです！」

横向きにしたままルーフェイの片脚を俺の肩に乗せると、愛液がランプの明かりを反射し、オマンコと小さく窄んだお尻の穴がまるで俺を誘ってるかのように妖しく煌めく。

それを指摘すると恥ずかしさのあまり泣き出しそうだから言わないけどな。幼な妻の淫らな姿は俺だけが知ってればいい事だ。

ゆっくりと、狭い膣穴に挿入していく。洪水のように濡れていてもルーフェイの膣内は狭く俺を締め付ける。

「はぁ！　ンン～～～～ッッ！」

ルーフェイの膣奥まで到達すると軽く腰を揺らし、小刻みに子宮口を刺激する。ここがルーフェイの感じるポイントで、すぐさま嬌声があがる。

「きゅぅん！　あぁそこ！　クリス様そこがいぃのぉ！」

より快感を求めるかのように、不自由な体勢にも拘わらず俺に合わせて腰を揺する。

エッチな事を何も知らなかった箱入り王女が、淫らに腰を動かし積極的に俺を求める姿は男冥利に尽きる。先ほどのフェラチオも合わせて、ルーフェイの狭い膣穴はそれだけで気持ちがいいので、そろそろ射精《出》しそうだ。

腰のグラインドを大きくし、徐々に強く幼いオマンコを犯していく。

「あっはぁぁぁ！　クリス様ぁ！　イッちゃう！　ルーフェイはまたイッちゃいますぅぅぅ」

「あぁ俺もイクぞルーフェイ！　たっぷり子宮の中に俺のザーメンを飲ませてやる」

ルーフェイに合わせてチンポで膣奥を何度も叩き、限界が近づくとルーフェイのお尻を掴み奥に押し付けたまま射精する。

「わふぅぅぅぅぅん！」

射精と同時にルーフェイもまた盛大に身体を仰け反らせ絶頂する。荒い息を吐きながらも、満ち足りた表情で俺に抱き着き頬を舐め甘えてくる。ルーフェイってエッチの後にこうして甘えてくるから可愛いんだよなぁ。

「きゅぅん……ちゅっちゅ……」

暫く抱き合ったままでルーフェイを可愛がっていると、ノックの音が響き、アルテナとヴィヴィアンが入ってきた。

さて、今夜も可愛い嫁さん達を存分に愛して、気持ち良くしてあげよう。

◆　◆　◆

「んんっ！　はぁぁぁぁぁん！」

ヴィヴィアンが膣内射精《ナカダシ》と同時に絶頂に達し、大きく仰け反ると、巨胸がぶるんぶるんと弾けるように震える。

彼女も俺もそろそろ限界だな、もう寝るか……アルテナもルーフェイも力尽きて寝てるしあの事を聞くにはいいタイミングかな？

「なぁヴィヴィアン、今日こんな物を貰ったんだ」

腕枕されて満足気な表情で抱き着いていたヴィヴィアンに、貰った名簿を取り出して見せると、諜報員の一覧なのが分かったのか困ったようにため息をついた。

「あーひょっとしてアタシの家名を見ちゃいましたか？　幼い頃に没落した家なんであんまり気に

した事なかったです」

なんでも没落した後は家族はバラバラになり、ヴィヴィアンは幼く容姿に期待が持てたために、ハニートラップから戦闘までこなせる諜報員として帝国の専門機関に引き取られたらしい。

その諜報員としての訓練は幼い子供にとって余りにも過酷で、余計なことを考えてる暇は一切なかったそうだ。

腕枕しながら彼女の身の上話を聞いていても、あまり悲壮感がないのが救いか、とっくの昔に割り切っているのだろう。

「名簿《ソレ》な、一応の人数確認の為に貰ったんだけど、ヴィヴィアンの名前を見つけてつい読んじまったんだ。覗きみたいなマネしてごめんな」

「ふふっ良いですよ、昔の事とか一切興味ないとか言われるよりも、アタシの事に興味を持ってくれて嬉しいです」

胸元に頬を寄せてきたので、撫でてあげると気持ち良さそうに吐息を漏らす。その色っぽい仕草はなんとなく助けたメリッサさんに似ていた。

「それでヴィヴィアンの項目の近くに同姓の女性名が目に入ってな。美人なんで印象に残ってたんだけどメリッサさんってお姉さんとかか？」

「ね、姉さんに会ったんでムグッ！　～～～ッッ！　ぷはっ」

「ルーフェイとアルテナが寝てるから静かにな」

なんか大声出しそうだったのでキスして口を塞いだ。そのせいかちょっと落ち着いたようでヒソヒソと声を抑えてメリッサさんについて質問してきた。

元娼婦を名乗ったこと、刻印を解除したら自首すると言って辺境伯の屋敷に向かったこと、色っぽい美人さんだと感想を言うと軽く頬を抓られた。痛くはないけど、女性と話していて他の女に鼻の下を伸ばすのはマナー違反だったな、ごめんよヴィヴィアン。

「明日の昼頃に俺たちが結婚したことを、カール王子に報告するのに一緒に行くから。その時に会えるかもな、自首した人たちは軟禁されてるそうだし」

軟禁と言うと悪い扱いだと思われるが、部屋から出れないだけでお客様待遇らしいから、心配することはないだろう。

「一応勇者だ、頼めば面会くらいさせてくれるだろ。明日、自分は幸せになったって伝えてやりな」

「はい、ありがとうクリスさん……アタシ幸せだよ」

◆　◆　◆

次の日、王子が留守の間に増えた嫁四人を連れて、色々と報告の為にカール王子の屋敷に出向く。

一応元諜報員のヴィヴィアンとフェノリーゼさんの事とか説明しないとな、連絡しないでいて変な目で見られてはかなわない。

ユングフィアとアルテナは元々この街の住民で、身元もしっかりしてるから問題ないが、ルーフェイの事は手紙じゃなくてちゃんと伝えないとな。クレイターの王様の事もあるし。

式典の時お姫様《ルーフェイ》と勇者《オレ》の結婚式とか予定してるし、俺から伝えた方がいいだろう。多分知ってるだろうけど。

刻印は無くなってもまだ帝国に忠義立てする人もいるかもしれないので、用心の為にゴーレム馬車に乗って辺境伯の屋敷に向かう。

その途中で馬に乗ってカール王子の屋敷に向かってる人の姿を見かけた。あれはサリーマさんと、息子のマヘンドラさんだな、部下がいないところを見ると、どうやら報告の為に早く帰ってきたみたいだ。

「おーい、サリーマさん、マヘンドラさん。おかえり～～早かったですね」

声をかけて手を振ると彼女たちもこっちに気付いたらしく、片手を上げて挨拶してきた。

「おっクリス殿かい、蟻の素材だけ持ってちんたら進むのは性に合わなくてね。後の事は部下共に任せて来たんだよ」

彼女はルーフェイの事は知ってるけど、帰ってきてから嫁入りした三人の事は知らないはずだし、馬車で進みながら紹介する。

「はっはっは！　少し見ないうちにまた嫁が増えるたぁ大したモンだ！　甲斐性のある勇者様はモテるねぇ！　やっぱアタシの娘くれてやろうか？」

申し訳ないが九歳児と結婚とか、外聞が悪いなんてものじゃないので断らせてもらう。見た目子供のルーフェイは良いのかって？　彼女は成人してるので問題ない。

ちなみにサリーマさんの娘さんは大層利発な少女で、将来は美人確定な整った顔立ちをしている。

と、手伝いのオバちゃんが言ってた。なんか商店街のマスコット的存在になってるらしく、近所の同年代の子供たちが先を競って話しかけるくらいにはモテるようだ。

まぁそれはともかく、俺はゴーレム馬車の御者台に、サリーマさんたちは馬に乗ったまま並走し一緒に辺境伯の屋敷に入った。

魔物の素材を取引する倉庫の付近は冒険者たちでいっぱいで、広い敷地の一画ではカール王子が考案したとされる、玉蹴り遊びに興じてる人たちもいる。査定が終わるまで暇なのは分かるけど良いのかな？　一応ここって偉い人の庭なのに。

「なんでも喧嘩とかが絶えなくて、体力余ってるなら運動しろってな事を、カール様が言い出してね。それ専用に整備したそうだよ」

よく見れば確かに騒がしいけど殺伐とした雰囲気はなく、みんな楽しそうだ。俺も暇なときに参加しようかな。

「へぇあの黒い髪のお嬢ちゃん中々良い動きするねぇ。冒険者の男どもでも追いつけてないよ」

言われて見ればひと際目立つショートカットの女の子が、素早い動きで相手を抜き去り敵チームを翻弄している。ちょっと気の強そうな雰囲気の綺麗な娘だ、何故か目の下に隈が出来てるみたいだけど溌剌《はつらつ》としてるなぁ。

動きに華があるので、男たちは勿論、女性の冒険者からも声援が送られている。若干女性からは黄色い声が混じってる気がするが、俺には関係ないので気にしないことにする。

「お前たちも暇なときに一緒にやってみるか？」

「はい、いつでも仰《おっしゃ》ってください。神殿の敷地でも玉蹴りは流行っているので、経験がありますしちょっと自信があります」

いかにも運動が得意そうなユングフィアは真っ先に賛成する、背が高いとこういうのは有利だしな。

「私も神殿ルールありなら自信があります！」

アルテナも名乗り出てくる。運動得意そうに見えないけど神殿ルールってなんだ？

「神聖魔法を使った妨害あり、敵チームを攻撃なしルールなら、私は神殿でも一番なんです」

「却下だ、それを認めたら冒険者の魔法使いたちが、魔法による援護と妨害ありついでに攻撃ありルールとか言い出すぞ」

多分魔法ありルールとか適用されると俺は出禁になりそう。もしくはボールを回して貰えなさそう……なんだその寂しい状況は、俺は嫁たちと爽やかな汗を流したいだけなのに。

盛り上がってる冒険者たちを尻目に玄関に向かっていると、大きなどよめきが上がる、何事かと見てみると、力加減を誤ったのかボールが俺たちの上空を通り敷地の外へ……人に当たったら大変なので風の魔法を使い向きを変えてあげようっと。

専門じゃないのでせいぜい敷地の外に出ないように風を吹かせるだけだが、ボールに妙な回転がかかっていたのか予想以上の勢いで更に上空に飛び……。

「ぎゃぁぁぁぁん!!」

何やら人間らしい悲鳴が聞こえたと思ったら空から、大きな白い鳥らしきナニカが落下してきたのだ。

ネクストプロローグ

冒険者

★　アルチーナSIDE　★

マーニュ王国王女のアルチーナです。疲れ切っていた筈ですが、明るいと眠れない性質なので、カーテン越しに日の光が差し込むお昼前に目が覚めてしまいました。

昨夜、いや今日の早朝まで執務室でお仕事を手伝ってましたが、お兄様って普段からあんなにお忙しいのでしょうか？　まぁ今回は敵国の諜報員がまとめて自首するなんて、普通はあり得ない特殊な状況でしたから、特に忙しかったのでしょう。

徹夜なんて初めてですし、お風呂に入ったらすぐ眠ってしまいました。いつもなら起きてすぐ動けるのですが、どうも体が重い感じがします。お腹も空きましたね。

「モルガノ。モルガノお腹が空いちゃったから、なにか軽食でも……」

そこまで言いかけて止めました、私の部屋のソファでメイド服姿のモルガノが寝息を立ててます。考えてみれば彼女も徹夜、しかも私のフォローまでしてたのですから疲れ切っていて当然ですね。

付き合いの長い幼馴染で親友である彼女の寝顔なんて、珍しいものを見てしまいました、普段私よりも早く起きるのが専属侍女ですからね。起こすのも可哀想なので、ゆっくり寝かせてあげましょう。

まずは顔を洗って……水桶とタオルはどこかしら？　えっと……普段モルガノは何処から持って来てくれるの？　お兄様のお屋敷だから、何処に何があるのか分からないわ。

眠ってるモルガノを起こさないようにウロウロして、なんとか洗顔用の水桶と、普段使ってるタオルを見つけ……せ、洗顔用の石鹸が無いわ！　仕方ないわ、水だけで洗ってタオルでゴシゴシ。

幸い近くに置いてあった手鏡でチェックをすると、やだ、まだ目の下の隈がとれてないわ。

お化粧しないと人前に出れませんが、私って自分でお化粧したことないですし、髪を梳いたこともありません。うーん……でもここは王都でもないですし、口煩《くちうるさ》い連中はいませんから少しくらい横着しても大丈夫かな？　こういう時は軽く運動でもしましょうかね。

お化粧もしないで外に出るなんて、モルガノにバレたら叱られてしまいますが、ちょっと外で運動するだけです。すぐ戻れば大丈夫ですよね？　マルフィーザさんも誘おうか考えましたが、彼女もおそらく眠っているでしょう。

庭を見ると素材買取所の近くの広場で、大勢の人たちがお兄様の考案した玉蹴りをやってます。丁度良いわ混ぜて貰いましょう、ルールは知ってますし、私の運動能力ならヒーローになるのは間違いなしね。

早速運動着に着替えましょうっと、うーん不特定多数の殿方の目がありますし、お兄様の考案したいつもの『ぶるま』は動きやすくて好きなんですが、流石に淑女としてははしたないですから、長袖の運動着を着て私は庭へと駆けだした。

思えば地域ごとの特殊ルールの事を失念していた自分を叱りつけたいです！　まさかこの街限定

で冒険者ルールなるものが存在していたとは。ついでにこの街に集った冒険者は腕利きばかりだということも……。

◆　◆　◆

飛んでくる石飛礫《いしつぶて》で抉られた地面を躱しながら、敵陣目掛けて一直線に駆けます！　味方チームの参謀マイケルの助言によると、芝生が生えた場所には落とし穴が設置されてる可能性が高いらしい。一流の狩人が作った罠はよほど優れた観察眼を持ってないと見抜けません。ましてボールに意識が集中してるので走りながら避けるのはほぼ不可能です。

経験豊富なチーム参謀マイケルの助言に従い草の生い茂ってる場所は避けて、地肌がむき出しの地面を選んで走ります。

「くそっ罠が読まれたか！　ヘンリー、ベンジャミン！　囲め囲め、相手は女一人だ」

やはり罠がありましたか、相手チームの大剣使いと鞭使いが立ち塞がりますが、武器を直接身体に当ててはならず、魔法も身体のみならずボールにも当ててはいけないルールです。フェイントを駆使し抜き去った……しかしその瞬間を狙っていたのは鞭使い。

武器を身体に当ててはいけない。しかし鞭の先端から発する衝撃波であれば別なのが冒険者ルール。背後からボールを弾かれ衝撃で足をもつれさせて転倒……せずにバランスを取り前のめりの状態で更にダッシュです！　弾かれたボールを拾い敵陣めがけて一直線！

味方からの歓声に背中を押されるようです。二人の戦士は私の足の速さに追いつけない。さぁ後は敵陣を守る守護役との一騎打ちです！

それぞれのチームで守護役だけは魔法をボールに当てても良いとされていて、殆どは魔法使いがその役を担っています。敵チームの守護役は土魔法の使い手で、十メートルにも及ぶ二本の鉄の帯をまるで己の腕の延長のように自由自在に操る魔法使い。

網状に組んだ鉄の帯は文字通り鉄の壁であり、一瞬で敵を締め上げる拘束衣に早変わりする攻防一体の恐るべき術です。

玉蹴りでは自重してるそうですが本来彼の操る鉄の帯は極々薄く鍛えてあり、城壁をも切り裂くと言われてます。名前は知りませんが『龍首落し』の異名を持つ凄腕の冒険者だとチーム参謀マイケルが言ってました。

「やるなお嬢ちゃん！　だが俺の護る陣地は抜けねぇぞ」

「その慢心……正面から打ち砕いてさしあげますわ！」

敵も味方も周囲にはいません、私のチームメイトは一騎打ちの状況を作るために、敵の選手を抑えてくれているのです。

時間をかけてしまうと、鞭使いに追いつかれてしまいます。鞭使いの衝撃波は厄介なので、ちらりと背後を確認すると、なんとか我がチーム随一のタフガイ、鉄槌使いのジェイソンが間に合い足止めをしてくれていました。

次の瞬間、地面が揺れたかと思ったら、ジェイソンの一撃で飛び散った土砂がまるで津波のように大剣使いと鞭使いに襲い掛かり、彼らを纏めて飲み込み戦闘不能にしていました。

ふっ流石は『地割り』のジェイソンですね。お兄様から屋敷を与えられるだけの事はあります。私も負けてはいられません、王女として、そして勇者様に嫁ぐ身である以上、私は無様を晒すわけにはいかないのですから！

ボールを敵陣めがけて蹴り込み、全速力で駆ける！　ボールを追い抜き、龍首落しに肉薄。彼は私の速力に多少驚いたようですが、淀みなく鉄帯に更なる魔力を注ぎ迎撃の構えをとります。流石、二つ名を持つ冒険者は咄嗟の判断が的確ですね。私の実力を見誤ってる事以外はね！　喰らいなさいお兄様直伝の秘拳を！　鉄帯の網に接触し、踏み込む足の力を無駄なく腕に伝動させ掌打を打ち込む！

「秘拳！　アァアマァアァアブレイクッッ!!」

超重量の魔物同士が激突したかのような轟音が響き、鉄の網を貫通した掌打の威力をまともに受け、操る鉄帯諸共後方に弾き飛ばされる龍首落し。しかし鉄の網は一切に揺るがず健在だ。

「くっ！　私のアーマーブレイクをまともに喰らって、なおも術を維持するとはね、見事よ！」

しかし後方に弾かれたために、私の蹴ったボールが守護役の退いた敵陣に吸い込まれ……陣地を抜いた。

「がっ！　ゴホッゴホッ！　油断した、素手でなんて威力を出しやがる」

「うおぉぉぉ！　ジャックの守りが抜かれた！」

「スゲェ！　あのジャックを弾き飛ばすなんて」

敵味方両方から沸き立つ歓声を受けガッツポーズをすると、さらに歓声があがります。龍首落しはジャックさんですね、覚えておきましょう。彼もお兄様に屋敷を与えられた開拓の主戦力ですから。

味方の陣地に戻った私をチームメイトたちは笑って迎えてくれました。全員二十代から三十代の経験豊富な冒険者や傭兵ですので、実力を認めたら小娘だと侮ることなく、対等に接してくれるのが嬉しいです。王都では騎士の訓練に混じっても腫物扱いですからね。

味方チームの面々が軽口を叩きながら褒めてくれるが、彼らが敵の守護役と一騎打ちの状況を作ってくれなければ無理だったのです。まさしくチーム全員で手に入れた一点です。チームメイトとハイタッチを交わしつつ、久々の充足感に酔いしれます。

「やるなお嬢ちゃん、どうだい今晩俺に付きあわないか？　見ただろ？　俺がヘンリーたちをぶっ飛ばす雄姿をよぉ！」

「ジェイソンてめぇ自分の面見て女誘えよ！　嬢ちゃん、こんな人間と豚と熊を足して割らないようなブ男より、若くてイケメンの俺の方が良いだろ？」

「誰がイケメンだ！　ポール！　てめぇこそ鏡を見な！　そこらのイボカエルの方がまだマシなツラしてらぁ！」

「ふふっお誘いありがとうございますジェイソンさん、ポールさん。ですが私には婚約者がいますので、遠慮させていただきますわ」

「あー確かになんか良い家の娘さんっぽいし、そういうのが居るんだなぁ残念だ」

良い家どころか王女ですけどね、婚約者がいると言うと、周囲の殿方は残念そうな表情で一斉にため息をついてます。社交界とかと違ってこういう素直な反応は好感が持てますね、私はこの街でもうまくやって行けそうです。

「おっし！　仕切り直しだ、俺たちも嬢ちゃんに負けてられねぇぜ」

チームリーダーのジョニーの一声で、全員気を取り直したかのように顔を引き締めます。先制しても気を抜けばあっという間に抜かれてしまうのが、この球技ですからね。

一点取るごとに、観客の中の魔法使いが凸凹になった地面を修復しています、その間のインターバルがあるのが開拓地冒険者ルール。その間に体力を回復させ怪我の手当てをしたり、作戦を練ったりと選手以外も意外と忙しかったりします。

チーム参謀のマイケルが元神官で、治癒を得意とする神聖魔法の使い手なので、衝撃波で擦りむいた脚を綺麗に治してくれました。体操着のズボンも破れてしまいましたが、この試合の間くらいは問題ないでしょう。

「ありがとうございますマイケルさん」

「なに、可愛い女の子には優しくして、良いところを見せたいのが男ってもんだからね」

なかなか良いセリフですけどねぇ……マイケルは鼻の下を伸ばしながら、私のお尻を凝視してては台無しですよ？　ほら、マイケルの奥さんがやって来て襟首を掴んで連行されてしまいました。あの奥さん、マイケルを連れて行かれちゃったら作戦が……まぁ良いか。

なんでも法の女神様に仕える神官だったのが、神殿の敷地内で奥さんとエッチしたのがバレて破門され、冒険者になった人らしいです。煩悩塗《まみ》れでも加護を与えてくれるあたり、女神様は流石に寛大ですね。

チーム参謀が奥さんに連行され折檻されているので、リーダーを中心に戦術を話し合っているうちに、地面の修復がそろそろ終わりそうです。仲間たちと声を掛け合い、共に戦場に集結する。

◆　◆　◆

それはゲーム終盤の事でした、スコアは四対三でこちらが優位。しかし敵チームリーダーは私にこれ以上点を取らせまいと、自ら私のマークをし、なかなかボールに触れられません。

敵リーダーのロバートは『天翔け』の異名を持つ、単騎で敵陣に突入し敵将を討った武勇伝を持つ歴戦の傭兵。私とは経験も技量も違いすぎます。彼ほどの手練れは王都の精鋭騎士団でも五指に満たないでしょう。

剣士としても、部隊を率いる指揮官としても並みの傭兵とは隔絶した技量を持つだけでなく、『天翔け』の由来となった空気を蹴って空を走る風魔法を得意とする歴戦の魔法戦士。全てを駆使して挑んでも勝てる相手ではありませんし、空を走る相手に振り切ることも不可能です。

この試合彼には三点も許してしまっています。今まで彼を抑えていたジョニーが居なければ、優位のまま終盤を迎えることはなかったでしょう。しかし劣位にあるにも関わらずロバートは、ここで私を抑え攻撃の起点を潰す戦略に出た。

結果、攻勢の出鼻を挫かれた我がチームは、敵の連携に翻弄されてしまい、自陣近くまで攻められてしまっています。くっ私が自由に動ければ、足の速さでかき乱してやるのに。

悔しいですが、冷静に考えれば敵の最大戦力を、この場に釘付けにしてると考えれば悪くはありません。しかし流石は歴戦の傭兵であるロバートは、私を抑えながらも的確に指示を出し、一糸乱れぬ動きを見せる敵チームを前に、自陣を抜かれてしまう、くっこれで同点ですか。

また仕切り直しで次はこちらが攻め手、開始前の作戦会議ではマイケルの提案により、私がボールを持って駆け、残りは周囲でサポートする事で、チーム一丸となって敵陣を攻める作戦となりました。

「勢いは向こうにある、ここは博打に出るしかねぇ……いけるか、嬢ちゃん」

「勿論ですわ」

大任を任せてくれたチーム全員の期待を一身に背負い、一騎駆けする私の前には、やはりロバートが立ち塞がります。

ここでボールを奪われては敵の勢いに飲まれるだけです、私は覚悟を決めロバートに立ち向かう。

しかしその時、何もない虚空から声が響いた。

「コイツは俺が抑える！　お嬢ちゃん先に進め！」

「ジョニー！」

私ですら気づかないうちに現れたリーダーのジョニーとロバートの一騎打ちが始まりました。ジョニーの周囲は陽炎のように空気が歪み距離感を狂わせます。地味に見えますが近接戦で間合いを狂わせる効果は、多少なりとも武術の心得があるならば、誰しも脅威と感じるでしょう。

武器同士がぶつかり合う音を背に、再び敵陣へと向かって駆けます。ロバートが追おうとしてるみたいですが、ジョニーに追いつかれ思うように動けないみたいです。

空を走れるロバートに追いつけるとは、凄まじい足の速さだと思いましたが、そんな生易しいものではありません。彼は炎魔法で空間を焼滅させ殆ど瞬間移動の速度で動けるのです。

凄まじいですね、流石はこの街に来た冒険者の中でも屈指の実力者にして、最強の炎使い、魔法戦士『陽炎』のジョニーです。

リーダー同士の一騎打ちに観客たちは大盛り上がりです。チーム全員の期待に応えるため私はまっすぐに進む、そして私に立ち塞がる、巨大な影が現れました。なっ！　何故彼がこんなところに？

二本の鉄帯を自らの手足のごとく自在に操る『龍首落し』。ジャックが自陣の護りを放棄し私の前にやってきたのです。

「守りに入っちゃ勝てねぇからな！　ここは攻め手に回るぜ、覚悟しなお嬢ちゃん！」

拙い！　彼に自由に動き回られると私には成す術がありません。十メートルにも及ぶ二本の鉄帯を変幻自在に操るジャックは、広い空間でこそ真価を発揮します。加えて実戦経験豊富な冒険者、近接戦しか戦う術の無い私とは戦術の幅が違いすぎます。

鉄帯を動かすのは相当消耗するらしいのですが、逆に言えば消費を気にしなければ、正しく戦場を縦横に駆ける巨大な蜘蛛の如き。

ならば……ここは味方にボールを渡し、彼をここで抑えるしかありません。

「みんな！　敵陣に全力で走ってぇぇぇぇぇ！」

敵陣に向かって思いっきりボールを蹴り飛ばし、なんとかジャックを抑えるべく覚悟を決めたのですが、敵とて木石じゃありません。全力で蹴ったボールを鉄帯で弾かれてしまい、ボールは高く飛び屋敷の敷地の外へ飛んでいき……。

「きゃぁぁぁぁぁ！」

なぜか上空から悲鳴が聞こえたと思ったら、なんか空から女の子が落ちてきました！

◆　◆　◆

空から落ちて来る女の子は、真っ白な翼と、同じく白い髪の鳥人族だ。ボールの当たり所が悪かったのか気絶してるのか、脳震盪を起こしてるのかは分からないが自力で飛べないようだ。

「ちっ！　あの勢いじゃ助からない」

冒険者の中にも彼女を助けようとしてる人がいるが、落下地点は俺が一番近い。なにより俺が風を起こしたせいでもあるからな。

少女の落ちそうな場所に向かって駆け寄り、風魔法で上昇気流を起こす、専門じゃないので力は弱いが勇者としての膨大な魔力でなんとか落下速度を遅くする。

前を見ると同じように女の子を助けようと駆け寄ってくる少女がいた。玉蹴りで活躍してたショートカットの女の子だ。

「俺に任せろ！」

走り寄って来る女の子に声を掛け。上昇気流をさらに強くし落下速度を抑え。身体強化で自身を加速、加速、限界まで加速して……地面にぶつかる直前に、ダッシュしたまま女の子をなんとか抱きかかえる。

加速しすぎたせいで勢い余って地面を十数メートル滑る事になったが、俺が下になったので白い翼の少女は無傷だ。呼吸も正常だし大丈夫だろう。俺の背中はヤスリで削ったような感じでめっちゃ痛いけど。

「だっだっ大丈夫ですか！　背中から凄い血が……」

声をかけてきたのは、駆け寄ってきた黒髪の女の子だ。遠目でも可愛い子なのは分かってたけど、近くで見るとすごい綺麗だな。育ちのいい感じがするけど冒険者かな？

「回復魔法が使えるから大丈夫だよ、まぁ傷口を洗ってからでないとダメだけど」

闇魔法で痛みは抑えてるし、止血してるから大丈夫っちゃ大丈夫だけど、ズボンまで血塗れになってて視覚的に痛いな。彼女にこの子を任せて、傷を洗うのに風呂でも借りようかな。

「済まないけど、女の子は気絶してるだけだから、ベッドに寝かせてあげてくれ、それと屋敷の人を呼んできて」

「わ、分かりましたわ！　お任せください」

黒髪の子は冒険者に劣らない身体能力の持ち主だからなのか、軽々と女の子を背負う。

「ありがとう流石に血塗れのまま、ベッドまで運んであげるわけにはいかないからな。ああ、そういえば名乗って無かったな俺はクリスだ」

「貴方こそ怪我してるのですからご自愛ください、私はアルチーナと……クリス？　ひょっとして勇者様？」

あんまり自覚はないけど、頷くとアルチーナさんはいきなり顔面蒼白になり、背負っていた女の子がずり落ちそうになったので慌てて支えてあげる。なんか随分とショックを受けてるみたいだ、どうしたの？　俺はそんな怯えられるような真似をした覚えは……ちょっとあるな。

「たったっ！　大変ご無礼を！　申し訳ございませんっ！」

アルチーナと名乗る少女は、急に真っ赤になって、しきりに髪とか服を気にしてる。気の強そうな子が慌てる姿は可愛いけど、気絶した女の子を落としちゃ駄目だよ。

「落ち着いて、アルチーナさんが謝るようなこと何もないから、ね？」

信心深い子なのかな？　そんなに畏れられるとちょっと傷つくんだけど。出来る限り笑顔で話しかけてみても、混乱してて俺の声が聞こえてないっぽい。

「わっわっ笑われた！　うわ〜〜〜ん！　ごめんなさい勇者様！」

なぜか謝られて、アルチーナさんは物凄い速さで屋敷に走っていった。困ったな、女の子を置いて行っちゃった。仕方ない、ユングフィアあたりに頼むか、お姫様だっこで嫁たちのところに戻ろうとしたら、女の子の瞼が動いた。ん？　意識が戻ったかな？

「う〜〜ん……」

「大丈夫か、お嬢ちゃん？」

回復魔法をかけてあげているうちに、意識が戻ったようで、徐々に目の焦点が合ってきた。

「あ……んっ……痛っ！　……くない？　あれ翼を傷めたような？」

キョロキョロとあたりを見渡しながら、不思議そうに自分の翼を見ている女の子。白い翼に目が行きがちだが、翼と同色の長い髪と、人形のように整った顔立ちの神秘的な印象を受ける美少女だ。

「回復魔法で怪我とかは治したからな、頭とかは打ってないか？　なんか朦朧としてたし」

「へ？　あ、ありがとう？　今は大丈夫です、あごに何かぶつかって落ちた拍子に翼が痛かったのは覚えて……」

あ、地面に寝かせるわけにはいかないからお姫様だっこのままだった、女の子はひどく驚いた表情で俺を見ている。触ったままでいるのも悪いので地面にゆっくりと降ろしてあげる。

「…………ティータニアと申します。ご尊名を伺っても？」

「クリスだ、本当に大丈夫か？　足元がふらついてるぞ」

足元がおぼつかない感じだけど、視線だけは俺を真っすぐに見据えるティータニアちゃん。歩くのが厳しいのかな？　おんぶしてあげれば良いのかな？

しかし未婚の女性にあんまり触れるのも宜しくない。ここはユングフィアに頼んでおんぶでも……ん？　肩に手を置かれた、肩を貸してほしいのかな？　次に両手で頬に手を添えられ、顔を近付けてきた、改めて近くで見ると綺麗な顔してるなぁ。

でもなんか目の焦点が合ってない気がする。やっぱり気絶するくらい強くボールがぶつかったから脳震盪起こしてるのかな？　段々と俺に寄りかかってくるし、やっぱり自力じゃ立ってられな……んむっ！

へ？　キス？　ティータニアちゃんの顔を近づいてきたと思ったら、いきなり唇に温かくて柔らかい感触。どうしていいのか分からず呆然としてると、頬に手を添えたまま、赤面したティータニアちゃんは俺を見据えたまま……。

「ダーリンとお呼びしても宜しいでしょうか？」

★　？？？SIDE　★

ここはリーテンブ帝国、皇帝の居城。細部に至るまで緻密な細工を施された豪奢な部屋は、神に選ばれた俺様の為だけに用意された離宮の一室だ。この離宮に存在する全ての者は俺様を悦ばせ、尽くすためだけに存在する。

だが、そんな選ばれた俺様でも儘ならないモノはある。無能な馬鹿が新しい奴隷の調達に失敗するとかな。

「おい！　何時になったら獣娘を連れてくるんだよ！　今の奴隷共にはそろそろ飽きてきたぞ！

クレイターには圧力をかけて十分追い込んでる筈だろう！」

「は、はっ！　ご、ご安心ください只今クレイター国王はようやく己の立場に気付いた様子で、二人の王女を送る準備をしていると申しておりました！」

「馬鹿か！　準備なんぞ要らんだろう！　ここに連れてきて奴隷にして犯すだけなんだ早く連れて来い！」

ふざけた報告に通信の魔法道具を投げつけ叩き壊した。こののろま共が！　差し出された姫たちは、ちやほやされて育ったせいか、奴隷にしてやったらあっという間に精神が壊れやがるから、ちょっと犯したら飽きちまうんだよ！

以前女の調達に高級娼婦を薦めてきた奴がいたが、殺さない程度にぶちのめし、捨て駒としてマーニュ王国へ送り込んだ。ふざけたことを言う奴は、当然の末路として敵国でアンデッドになってろ。まったく、他の男に股を開いたようなビッチなんざ抱く奴の気が知れない。

それに女ってのは、口では調子の良いこと言っても、腹の底でなにか企んでやがるからな。隠し事の出来ない奴隷が一番だ。特に高貴な女が奴隷にまで堕ちて、泣きながら俺様に従順に奉仕してくるのは堪らない。

「ったく、俺様が魔王を追い出してやったというのに」

気に入らない報告でささくれだった気分は、今一番気に入ってる姫奴隷で解消するか。妾腹とはいえ皇帝の娘で、俺様が侍らしている姫奴隷の中では一番身分が高い。

しかも姫騎士レヴィアは皇帝が俺様に『差し出して』来た女の中では群を抜いて美人だ。だがどうにも気が強く、奴隷の呪いをかけてやっても憎々しげに俺様を睨む程だ。逆らえないのに反抗的なのが最近可愛く思えてきた。

媚薬で感度を上げてやって、焦らしながら絶頂させてやると、目に涙を浮かべて睨んでくるのがまた良い。オマンコの締まりも最高だし、奴隷にすると妊娠しないからいくら出してやっても面倒にならないのが良い。

クククッ……口ではなんと言おうが、奴隷の刻印を刻まれた奴は主人に逆らえない。やっぱり奴隷は良いな、絶対服従の奴だけが信用できるからな。

これが、これが軍神ファールスの加護、倒した者を犯し奪い屈服させる勇者としての能力だ！

それに加えあらゆる属性の魔法を使いこなせ、指一本で歴戦の戦士を倒せる身体能力。

皇帝ですら俺様の意向は無視できない、なぜならば俺様こそが神に選ばれた勇者だからだ。

「しかしそろそろマーニュとの戦争が始まる時期だってのにグダグダしてやがるなぁ。ったく、早くオルランドの妹のアルチーナを姫奴隷にしてやりたいってのに……」

折角好きなゲームの世界に転生したんだ、お気に入りキャラを早く犯してぇな。早くスパイ共はカールを裏切らせろよ使えねぇ連中だ。

書き下ろし短編

カロリングの街の平和な休日

「このままでは拙《まず》いぞランゴ。何か手を打たねば遠からず悪魔が目覚めようぞ」

「然り。筆頭たる貴殿が感じておらぬはずはない、あの悪魔の胎動を」

「今まで悪魔を封じていた姫は動けぬし、あの女騎士は役に立つか怪しい以上。我らが座視していては部下たちも巻き込んで地獄に落ちる羽目になるのだぞ」

ここ暫く晴天が続き、今日も燦々と太陽が照り付けている。王都に比べれば涼しいラーロン地方だが、ここ数日は屋外に立っているだけで汗が噴き出るほどの暑さが続いている。

だが、流石に辺境伯の屋敷である。壁は熱を遮断する素材で造られていて。夏は涼しく、冬は暖かく過ごせる造りとなっている。

また、重要度の高い部屋には、冷気を発する魔法道具が置かれ、他にも快適に過ごせる心遣いが随所に見受けられる、先代様のお優しい気質が屋敷に現れてると言えるだろう。

カロリング家に仕える武官達の、訓練所と宿舎を兼ねる離れにあるこの部屋も、冷気の魔法道具が置かれている重要な部屋の一つ。十人程度が集まって話し合いをするには少々広い程度の会議室。

主に幹部たちが集まる会議室で、装飾品はそれほど華美な物はないが、掃除が行き届いており、上品で落ち着いた雰囲気の部屋だ。

涼しく明るいこの部屋で、暗い表情で顔を突き合わせているのは、カロリング家に仕える幹部武官全員。全員がこのまま手をこまねいていれば、悪魔の手で地獄に落とされるのを経験で知っている。

「一応腹案があるにはあるが、皆の意見も聞きたい。悪魔を封じる為、手段はあればあるだけ良いのだから」

場を纏める筆頭武官である私の言葉に、皆がそれぞれ意見を出し合い、有効であるかを検討していく。常であれば我の強い武官同士の話し合いは、腕力で意見を通すような野蛮な状況に陥る事も多々あるが、今だけは例外だ。

全員が目の前の危機を前に真剣に討論し、悪魔を封じる作戦を徐々に具体的に、現実味のある形にしていく。

そう……この会議では我らが主君《陰険悪魔》カール様のストレス解消の策を皆で講じているのだ。あの方はストレスが限界に達すると、唐突に魔物の討伐に出たがる悪癖があるのだ。

勿論領主を一人で行かせるわけにもいかず、付き合わされる我ら幹部武官にとっては堪ったものではない。

まぁ魔物と戦うのは良い、武官として仕えている以上それが仕事だ。しかし……だがしかし！

魔物の群れを素手で撲殺する、あのカール《腹黒王子》様のストレス解消に付き合わされて、魔物の巣に突撃させられるのは勘弁して頂きたい。

アンタに万が一があると私たちは比喩抜きで首が飛ぶんだよ！　狩りならせめて安全な場所でしろよ！　それ以前に武器くらい持てよ！　っていうか大きな縄張り構えてる、地域の主レベルの魔物相手に素手で突っ込むなよ！

素手の方が戦ってる実感があって良い？　知るかそんなの、頼むから接敵しないで後ろで指揮に専念するか、せめて飛び道具で戦って欲しい。我ら武官の切実な願いだったりする。

このカール様の悪癖《理不尽魔王》を我らは『悪魔が目覚める』と呼んでいる。今までは悪魔《カール様》が目覚める《ストレスを溜める》前に、デシデラータ様がそれとなく休憩や気晴らしをさせていたのだが、妊娠してからはそれも望めない。

第二夫人になったジャンヌ嬢は、どちらかというと主君と一緒に戦う事に喜びを見出すタイプなので、討伐に出たがるのを多分止めない。

そして最近、書類に埋もれて執務室で一日中過ごしてるカール様から、悪魔が目覚める兆候を全員が感じ取っていた。そりゃもう、冥府から亡者が手招きしてると錯覚するような、どす黒いオーラを放ってるのだ。

「そうだ、ランゴよ。お前の腹案とはなんだ？　我ら武官による一発芸百連発で、カール様のストレス発散をすると話が纏まったのだが……よく考えると肝心の一発芸が思い浮かばんのだ」

「うむ、以前の隠し芸大会はいまいち不評だったからな、最後の手段で脱いだらなぜか殴られたし」

「如何に天才とは言え、我らとは歳が離れているし、やはり感性が合わなかったのか？　若い者に無理やりやらせても良いのだが」

我らに無茶ぶりするときの悪魔スマイルからは想像もできないが。腹黒で理不尽で人を人とも思わない魔王のような上司だが。物凄く意外なことに、ああ見えてカール様は繊細だからな。

我ら武官のノリに合わないのは仕方がない。ここは一つ発想を単純化させてみるのが良い。あの年ごろの少年のストレス発散と言えば一つしかあるまい。

「うむ、実は小耳にはさんだのだが、勇者様のお屋敷には遊泳所があるらしいのだ。そこに奥様達と一緒に遊びに行っていただいてはどうだろうか」

★　カールSIDE　★

山のように積み上げられた書類を、一枚ずつ目を通して処理していく。燦々と降り注ぐ太陽の下で、こうして部屋に籠って仕事しかしてない。

くそぉ街周辺の小さな集落にも代官を置いて、住民の不満とか要望を報告しろとか言ったバカは誰だ……ボクだよ畜生。

領主の仕事なのは分かってるけど、窓の外で玉蹴り遊びをしている冒険者たちの、楽しそうな声を聞くたびにため息が出そうになる。っていうかイラッとする。

ボクって公爵になるのが内定してるのに。この国では権力の頂点付近にいるはずなのに、何故だ！

何故毎日頭と胃を痛めながら仕事してるんだ！　責任者呼んで来い！　ボクだよ！

こんな気分を吹き飛ばすにはアレだな、ちょっと暴れるに限る。この地を治める者として先頭に立って住民を護るのは義務、そう領主としての義務だ。コレが仕事だから仕方がないんだ。呼び鈴を鳴らして武官の幹部たちを呼ぼうとした時、ノックの音が聞こえた。

「カール様、ランゴです。入室してもよろしいでしょうか？」

おっ、呼び出す前にやって来るとは良い心がけだね。この前は湖で泥鰌《ドジョウ》っぽい魔物の棲み処を殲滅したし、今日は山に行こうかな？　討伐プランを脳内で練りながら、入るように伝える。

部屋に入ってきたランゴに武官幹部を集めるように命じようとしたら、なぜか後ろにジャンヌもいた。一緒に討伐に行きたいのかな？

「カール様、ジャンヌ様が勇者様の夫人であるユングフィア様と親しい事は、ご存知かと思います」

「ん？　ああ知ってるよ、確か神官戦士の修業に混ぜて貰ったとき、知り合ったと聞いてる」

何かあったのかな？　ジャンヌの表情を見る限りそこまで深刻な事じゃなさそうだけど。

「カール様……じゃーーーーん！　これ見てください！」

ジャンヌが取り出したものは……スク水だった、見間違えようが無い程スク水だった。何故かお尻……というか尾てい骨のあたりに穴が開いてるけどスク水だった。

「実はですね、この前ユングフィアさんと、お買い物に行ったときに聞いたのですが……」

現在クリス殿の屋敷にある遊泳所は、ここ最近の暑さもあって夫人たちの憩いの場となってるらしい。ついでに勇者殿のスケベ心を満たす場所にもなってると聞いたが、まぁその辺の事情はどうでも良い。

泳ぐ機会が多いので、夫人たちは自分用の水着を、何着か懇意にしてる仕立て屋に注文してるのだが。『勇者様の奥様方が水遊びする為の服』って事で噂が広がり、一般人にも欲しがる人が多いらしい。

水着があったら泳ぎたくなるのが人情で、街の有志達が土魔法の使い手を雇い、近くの河原に遊泳所を一週間足らずで造り上げたそうだ。

工期が短すぎて不審に思ったが、なんでもクリス殿が名乗りあげて、あっという間に基礎工事を終わらせたせいらしい。うん、アンタはちょっと自重しようか、そこまでスク水が好きか？　好きなんだろうなぁスケベだし。

そんな話題性十分の遊泳所には、最近の暑さも相まって、男女問わずに大勢訪れていて、大変盛況だと聞いてる。

ちなみにスケベ心と勢いだけで造り上げたせいか、営業してすぐは無認可だった。しかしスク水の魅力に憑りつかれた漢達の暑苦しいまでの嘆願により、罰金だけで見逃してあげた。今は一応許可を出している。

泳ぐ場所があれば水着が欲しくなるのも当然で、今ではスク水専門の店がオープンするほど、スク水ブームがカロリングの街に巻き起こっている……と、報告書で見たな。インパクトがあり過ぎて書類を思わず読み返してしまったよ。我が領地は一体どこへ向かってるのだろうか？

他にも動きやすいからと言って、女性冒険者の間でブルマ姿で街を歩いてるのを見た覚えがある……我が領地は一体どこへ向かってるのだ？

そう言えば住民にはルーフェイ姫のファンがいて、彼女とお揃いの犬耳しっぽスタイルが若者の間で流行ってるとも聞いた……重要だから何度も言うが、我が領地の未来が心配になってきた。くそっ元凶は一体誰だ！　主にドスケベ勇者だが、一部はボクだ！

将来への不安であまり聞いてなかったが、ジャンヌも流行に乗ってスク水を買いに行ったって事か。どうもボクの夫人と言う事で優先的に仕立てて貰ったらしい。

「さぁカール様一緒に泳ぎに行きましょう！　勿論デシデラータ様の為に妊婦用のも用意してます」

スク水を着たデシデラータとジャンヌか……そりゃボクも男だし心惹かれるものがあるが、何処で泳ぐんだ？　スケベ心丸出しの男共が造った遊泳所か？　流石に貸し切りにでもしない限り、デシデラータを連れてくのは賛成できないぞ。

「実は、クリス様は今日の午前中、お出掛けになるらしいんです。折角なのでお願いしたら、留守番してる奥様の誰かに一声かけてくれれば、自由に使って構わないって言ってました」

「クリス殿に直接話を持って行ったのか。ジャンヌ、お前って一応は法の女神を信仰してるよね？　遊びたいから遊泳所を貸してとか、よく勇者相手に言えたな」

「水着を買いに行ったとき丁度お会いしましたので。あ、その時クリス様と一緒だったユングフィアさんが、水着を試着してたんですけど凄かったですよ。もうばるんばるんの、たゆんたゆんで……はっ！　カール様見ちゃいけません！　不倫は駄目ですよ！」

はい、とりあえずデコピンを一発。手加減はしたが良い音がしたな。

「お前の脳内でボクはどれだけ見境が無いんだよ。人妻にそういう気にならんから馬鹿な事言うな」

「ううう……だってユングフィアさんは凄いんですよ？　歩くだけでぽよんぽよんって感じで揺れるんですよ、腰が細くてお尻大きいんですよ……あぁ！　いけませんカール様止めてください！　このケダモノ！　私が犠牲になりますからユングフィアさんには手を出さな……あひん！」

ジャンヌの中でどんな脳内ストーリーが構築されたのか？　物凄くどうでも良いが、ボクが碌でもない扱いなのは確かなので、もう一発さっきより力を込めたデコピンをお見舞いして黙らせた。

額を押さえて呻いてるジャンヌを視界から外し考える。ふむ、遊泳所《プール》か。デシデラータも安定期に入ったし、軽い運動するのに丁度良いかも知れないな。あの嫌でも目立つ『水の塔』にも興味あるし。

クリス殿の屋敷にある遊泳所には、水の塔と呼ばれる、五十メートルもの塔がある。住民たちの間では様々な噂が錯綜したが、本人に聞いたら単なる滑り台。つまりウォータースライダーだった。

奥さんと遊ぶ為なら、無駄な事でも全力を傾ける姿勢は嫌いじゃないよ。でも事前に連絡頂戴ね、余計な仕事が増えるから。っていうか増えたから。

「そうだね、ボクも水着姿が見たいし、今日の午前中だけなら大丈夫だろう。デシデラータに声を掛けてきてくれないか」

「は、はひぃ……かしこまりました。うううカール様ぁ、おでこに痣が残っちゃいますよぉ」

手加減したから気にしなくていい。さて、キリの良い所まで仕事を終わらせるか……そう言えばクリス殿が午前中出掛けるって、何処に行くんだろ？

◆　◆　◆

カロリングの街の水源の一つである大きな河に沿って、寄り合い馬車で約三十分の場所。その施設には多くの男たち……否、漢たちが集まっている、その彼らの視線は壇上に立つ俺に集まっている。

「諸君『すくみず』は最高だと思わないか！」

張り上げた第一声に、彼らから次々と賛同の声が上がる。そう、今日は『すくみず』姿の女性が見たいが為に、その遊泳所を力を合わせて造り上げた、熱い漢達の為の一大イベントなのだ。

「今日は皆の狂おしいまでの情熱《煩悩》が実を結び、多くの賛同者の協力を得て、このイベントを開催する事ができた。一人の男として今日、この日を寿《ことほ》ごう。そして全員で存分に楽しもうじゃないか！

『すくみず』を！」

「『すくみず』ばんざぁぁぁい！」

「『すくみず』さいこぉぉぉ！」

「早く！　早くイベントを始めてくれぇぇぇ！」

漢達の興奮は、正に天を衝かんとばかりに昂っていき。魂から溢れてきたような叫び声に大気が震え、地面は揺れたかと錯覚するほど。今、この場にいる漢達の心は間違いなく一つとなっている。

俺の演説で場の空気が温まった後、協賛してくれた篤志達の挨拶が続くが、漢達の意識は遊泳所を隠す幕の中に注がれていた。無理もない、なぜなら布一枚隔てた先は楽園なのだと全員が知っているのだから。

俺も建設に手を貸したこの遊泳所。大きく三つに分かれていて、男女問わずに入れる大遊泳所。男が絶対に侵入できない女性用遊泳所。そして家族や恋人が楽しめる貸し切り遊泳所だ。

一応男専用の遊泳所もあるが、敷地の隅に申し訳程度にあるだけなので、誰も場所を覚えていない。

今日は遊泳所だけでなく、周辺の宿や食堂など商業施設が完成した記念のイベントで、主催はメイティア伯爵、協賛は俺や地元の商家や名士の皆さん。

挨拶が終わりとうとう幕が下る。全ての漢達の視線が、大遊泳所に注がれる。そこには『すくみず』を着て、扇情的なポーズで俺たちを迎える、娼婦のお姉さんたちの艶姿があった。うおぉぉ！　予想以上にエロい光景に、性欲とも違う熱い激情が込み上げて、まるで魂が燃《萌》えあがるかのようだ。

「おっ……うおぉぉぉぉぉぉ！」

「ひゃっほぉぉぉぉぉ！　ありがとう！　ありがとうぉぉぉぉ！」

「ばんざぁぁい！　ばんざぁぁい！　『すくみず』ばんざぁぁい！」

会場から湧き上がる、漢達から溢れだす激情の雄叫び。中には涙を流しながら叫ぶ漢までいる。

そう、今日は伯爵が王都から呼び寄せた、娼婦のお姉さんたちがこのカロリングの街に到着したので、宣伝とお披露目を兼ねたイベントなのだ。

おぉぉ！　色っぽい美人さん達の楽園、正しく漢の夢。あ、あの子可愛い、好みだからちょっと声を……鼻の下を伸ばしてると、いきなり耳を引っ張られた。

「クリスさん？　アタシが傍にいるのにそれはないんじゃないかな？」

「痛っ、ゴッゴメンよヴィヴィアン」

一応護衛として傍に立っていた、いかにも女性武官といった格好のヴィヴィアンに意識を戻す。

普段護衛として付いて来てくれるのはユングフィアなんだけど、彼女にスケベ心満載の漢達の前に立つ勇気は無かった。

小柄ながらスタイルが良く、可愛い顔立ちのヴィヴィアンにも不躾な視線が集まるが、彼女はどこ吹く風。気にした様子もなく俺の耳を引っ張る。

「ヘヘッ、勇者様も女房には勝てねぇようだぜ」

「珍しいもん見れたし、良い事あるかもな」

「おいおい、勇者さんを拝んだか？　なんでも女運が上がるらしいぜ」

「勿論だぜ、この前なんて付き合いが悪ぃけど、美人の看板娘を飲みに誘ったら頷いたんだぜ。まぁがっついてビンタされたが」

「ケケケッ！　そりゃテメーが悪ぃんだよ」

なにやら生温かい目線で見られてるが、まぁ気にしない。ヴィヴィアンに耳を引っ張られながら壇上を降りたら、入れ替わるようにメイティア伯爵の部下で、髭の似合うダンディなオッサンが今日のイベントの説明を始めた。

けど漢達は興奮してあまり聞いてないけどな。事前説明はさせれるからルール違反はしないと思うけど……色っぽいお姉さんが沢山いて理性を保てるか？　少なくとも俺はあっさり本能《煩悩》に身を委ねそうだ。

案の定、興奮しすぎて先走った若者がいたが、俺の張った結界に阻まれお姉さんに触れられず弾き飛ばされる。抜け駆けはいかんよ、ルール守らないとお姉さんたちに相手にされないよ？

まぁルールといっても、男女兼用の大遊泳所で集まった全員で泳いだりして遊ぶだけ。ゲーム大会とか食事会とかも企画してあるけど、基本それだけ。

ただお姉さんたちを口説いて、それぞれの名前が書かれた割符を貰えれば、後日お店に行くと指名料が無料になるほか、色々サービスがあるのだとか。

古くから伝わる『絵合わせ』と呼ばれる遊びの一種で、絵を描いた木の板を複数に切り、正しく並べて絵を完成させる子供の遊び。しかし娼婦に絵の欠片を渡されるのは、別の意味があったりする。

娼婦に割符を渡されると馴染みの客として認められたって証明で、転じて「貴方になら身請けされても良い」とする娼婦側の意思表示になる。

半分に割った絵を客に渡し、再びやって来た時に娼婦が持ってるもう半分と合わせ、完成した絵を見て微笑み合うのが『粋』な挨拶なんだと、ディアーネに教えて貰った。

今日のイベントはそこまで深い意味はなく、単に割引券を配るようなものだ。けど中には色町の遊びを知ってる漢もいて、世慣れたお姉さんに男として認められた証として、割符を求める人もいるそうだ。

つまり、今日のイベントは娼婦のお姉さんを頑張って口説き、割符を貰うのが漢どもの目的なので、抜け駆けは駄目。ついでにお触りも厳禁で、俺自らお姉さんたちに防御結界を張ってる。ふっ超えられるものなら超えて見ろ。

勿論俺には効かないから、こっそりお姉さんたちと親しくなって割符を……痛ッ！　痛いってばヴィヴィアン！

「はいはい、クリスさんはこっちだよ、折角貸し切りの遊泳所で遊べるのに、他の女に鼻の下伸ばされたら……泣いちゃうよ？」

「ごめんなさい！　俺が悪かった」

自分のスケベなのが悪いので、言い訳なんて男らしくない真似はせず、ただ謝るのみ。ペコペコするのが男らしいのかだって？　デート中に他の女に目移りとか全面降伏以外にありえん。

イベント開始と同時に集まった漢たちは大遊泳所に我先に向かったので、ヴィヴィアンが関係者に挨拶して、耳を引っ張られたまま貸し切りの遊泳所に向かう。

本来貸し切りは数週間前からの予約が必要なんだけど、遊泳所設営の一番の功労者として、特別に今日貸し切りにさせて貰ったのだ。

「お疲れ様でした、凄い盛り上がりでしたね。ここまで声が聞こえてきました」

「ごめんなさいヴィヴィアンさん、嫌な目で見られたでしょ？　本当にごめんなさい」

「気にしなくていいよユングフィア。スケベ男の目線なんて大したことないからさ、それじゃアタシ着替えてきますよ」

貸し切りの遊泳所で待っていたのは、『すくみず』姿のアルテナとユングフィア。試着の時も見せて貰ったけど、明るい場所で見るとまた違った魅力がある。

長身に見合った巨大なおっぱいと、戦士らしい引き締まりつつも、女性らしい柔らかさを兼ね備えたユングフィアは言うに及ばず。

白磁のように白い肌と金の髪が陽光に煌めいてまるで芸術品のような美しさのアルテナ。普段の隙なく着こなしてる神官服とのギャップに目が離せない。

どうやら随分とだらしない表情をしてたみたいで、摘まれた耳を放して貰ったら、今度は頬を抓られた。そして「期待しててね」とだけ言い残し、ヴィヴィアンは更衣室に向かう。

くそぉヴィヴィアンめ、やきもち焼かれるのってなんか嬉しいぞ。耳を引っ張られた仕返しに、後でたっぷり気持ち良くさせてやる。

とりあえずヴィヴィアンが着替え終わるまで先に泳ぐのも悪いので、色々準備しておこう。この貸し切り遊泳所には色々揃っていて、更衣室の隣にはお風呂や温室、キッチンなどが揃っている。待ってる間、アルテナにはテーブルの上に飲み物やお菓子を用意して貰い。俺とユングフィアで水に浮かべる透明な風船を膨らませる。

この風船は正式にはスライムバルーンと言って、主に高い建物や木の上で作業する人の救命具だ。二十メートルの高さから飛び降りてもこの風船を下に置いておけば、殆ど怪我をしないそうだ。

一時期高所からこのスライムバルーン目掛けて飛び降りる度胸試しが流行ったが、バルーンの弾力で弾き飛ばされ怪我する人が多いので今は禁止され、やってるの見られたら罰金に科せられる。だったら別の遊び方を考えるのが人の常で、バルーンは円盤形の形状で人間が複数人乗れるから、これを使って水に浮かぶのが最近流行ってる。なので買ってみたが結構膨らませるのが大変で、ユングフィアと交代で息を吹き込み続けても、全然終わらない。

膨らませるまでが大変だけど、一度空気を入れて吹き込み口を熱で溶かし水で冷やせば、もう中の空気が逃げないので、バルーンが破れるまで使えるらしい。成程普段使わないと邪魔になるだけだから、これ使った遊びが流行るのも当然か。

俺がイベントの開会式に出てる間、ユングフィアが空気を吹き込んでてくれたんだけど、まだ殆どぺっしゃんこのままだ。うーん今日はこれ使うの諦めた方が良いのかな？　そんな事を考えてると不意に頭の中に声が響いてきた。

――クリス、私がやってあげるの。任せてなの。

と、姿が見えないと思ってたトレニアが俺の頭の上に着地した。そして風が吹いたかと思うと、一瞬でバルーンは膨らんだので、急いで吹き込み口を塞ぎ水の上に浮かべる。

「ありがとうトレニア……って、お前その格好どうしたんだ？」

なにやらいつもの草を編んだ服ではなく、トレニアまで『すくみず』を着ていた。俺の手の上に降りると、なにやらお尻を突き出したエッチなポーズをして感想を求めてきた。

――向こうに沢山いる人間みたいなポーズすると、クリスが好きになってくれるの。どう？　私の事好きになった？

つまり娼婦のお姉さんの真似してるのか。スタイルの良いトレニアのエロティックなポーズはそれなりに興奮するが、いかんせん身長十五センチである。

しかしバルーンもそうだが、実はこの遊泳所を造るのに、トレニアの能力を貸して貰ってるのだ。そのため真の遊泳所設営の功労者であるトレニアを、今日は優先しないといけなかったりする。

「トレニアにそんなエッチな恰好されたら、ますます好きになったよ。『すくみず』も似合ってて可愛いよ」

――えへへ、オリヴィアが縫ってくれたのよ。

機嫌よく俺の周囲を飛ぶトレニア。そうしてるうちにヴィヴィアンが着替え終わり更衣室から出てきた。うむ、トランジスタグラマなヴィヴィアンの『すくみず』姿は初めて見たが、彼女を余人に晒しては、血迷ったやつが犯罪に走りかねないくらい色っぽい。

道を踏み外す人間が出ないように、彼女はこの俺が責任を持って独占しないとな。ここで気の利いた言葉を言えたらいいんだが、咄嗟に出てこない。

トレニアを頭の上に乗せたままだが、とりあえず駆け寄って来たヴィヴィアンをお姫様だっこし、そのまま水溜まりに走る。ユングフィアとアルテナも俺に続き、皆で一斉に飛び込んだ。

★　カールSIDE　★

さて、ジャンヌの誘いに付いてきたボク達だけど、良いのかなぁ？　一応お土産は持ってきたけど、特に訪ねる約束してないのに。いや立場的に追い返されたりはしないだろうけど。

不安に思いつつクリス殿の屋敷にやって来ると、ディアーネさんが出迎えて、歓迎してくれた。なんでも「自分たちだけで遊ぶのは勿体ない遊泳所だから、お客さんが遊びたいのなら使わせてあげて」と、クリス殿が許可を出してるそうだ。

挨拶を済ませたボク達はディアーネさんに案内され、あの嫌でも目立つ水の塔の真下。勇者がスク水姿の嫁さんを見たいがために造り上げた遊泳所にやって来た。

かなり広い中庭の約半分を占め、水の塔を中心に直径五十メートル近い円形のプール。ディアーネさんの説明によると塔の近くが水深十メートルくらい、そして円の南側がボクの胸元くらい、そして北側は膝上までと、三段階に深さが異なる。つまり泳ぐなら南側で、水遊びなら北側って事だね。

水を浄化する高価な魔法道具が水の塔に設置されていて、このまま飲んでも大丈夫なくらい綺麗な水で満たされており。プールサイドには色とりどりの花が咲いていて、泳ぐだけでなく水辺を歩くだけでも楽しめそうだ。他にもベンチや東屋もあり、随所に寛げる工夫がなされてる。

周囲には柵が設けられ、屋敷からも庭からもプールの様子は見えないようになってる。これは多分プールで夫人たちとエッチするのに、お手伝いの人たちに見られないようにしてるんだろうな。

細々《こまごま》とした注意点を説明するディアーネさんは、ボクたちの感心した様子に心なしか自慢げだ。ディアーネさんって感情を表に出さないタイプだと思ってたけど、クリス殿の事になると自分の事のように喜ぶんだな。

クリス殿と話し合ってレイアウトを決めたとか、実はクリス殿は泳ぐのが上手いとか、自慢話と言うか段々と単なる惚気になってきた。政略結婚の筈なのに仲睦まじいね。ボクも政略結婚だがデシデラータとラブラブだがな！

とは言え、客であるボク達に延々と惚気を聞かせるほど、ディアーネさんは身勝手な人ではなく、少し恥ずかし気に話を終わらせる。アルチーナがまだ聞きたそうではあったけどな。まぁ嫁入りしてから好きなだけ聞けばいい。

「御用がございましたら、こちらの呼び鈴を鳴らしてくださいませ」

「ありがとう。今日は楽しませて貰うよ」

呼び鈴を置いて、屋敷に戻るディアーネさんを見送る。さて、泳ぐのは久しぶりだから今日は目いっぱい楽しむぞ。

男のボクは物陰で簡単に着替えを済ませられるので、プールサイドで待ってるつもりだった。しかし殆ど間を置かずに小屋から出てきたのはアルチーナ、後を追うようにジャンヌも出てきた。

「わぁい！　ジャンヌ義姉さん水の塔まで競争しましょ！」

「よーし、負けませんよアルチーナ様」

ボクがクリス殿の屋敷に遊びに行くと言ったら、強引に付いてきた妹はジャンヌを連れてさっさとプールに飛び込んだ。妹でぺったん娘《こ》のアルチーナはどうでも良い。しかしジャンヌ、お前はせめてじっくりとスク水姿をボクに見せろよ。

っていうか、着替えるの早すぎないか？　まさか服の下にスク水装備してたんじゃないだろうなお前達？　注意しようにも二人は既にプールの中心付近まで泳いでいる。

お仕置きの意味で着替え用の下着を隠しておくべきか？　ククク、涙目で下着を探すアルチーナとジャンヌを想像するとちょっと楽しいぞ。よーしデシデラータが着替え終わったら悪戯してやれ。

「カール様、いじめっ子の顔になってますよ。アルチーナ様もカール様と一緒に楽しめるのが嬉しいのでしょうし、悪戯は程々にいたしましょう」

しかし暫くして小屋から出てきたデシデラータは、ボクの考えを察したようで、止められてしまった。まぁ仕方ない、プールに飛び込んだアルチーナとジャンヌは放っておこう。

それよりもデシデラータだ。妊婦用に特別に仕立てたスク水は、大きくなったお腹を圧迫しないように、柔らかくて伸縮性が抜群の素材で出来ており、そして冷えるのを防ぐために、お腹の部分の裏地には水棲獣の毛皮が縫い付けられている。

その結果、なんというか……素材のせいもあるんだけど身体のラインがバッチリと浮き出て、非常にエロい。恥ずかしがり屋のデシデラータが、屋外でこんな恰好するのは生まれて初めてだろう、恥じらってる表情が最高だ。

　正直今すぐ押し倒したいけど、妹が邪魔なので我慢するしかない。泳ぐのが初めてのデシデラータには常時付いてないといけないから、一緒に泳ぐ合間にイチャイチャしよう。

「それじゃデシデラータ、泳ぐ前に柔軟運動をして浅い所で水に慣れようか」

「はい、うふふ。こうしてカール様と遊んだりするのは、とても久しぶりですから嬉しいです」

　そう言えば出会ってすぐの頃は二人で遊んだりしてたけど、領地の運営に口を出すようになってからはあまり機会が無かったな。そう考えると……うん、今日は楽しもう。

　北側の浅い所で水をかけあったり、円環状に加工したスライムバルーン、要するに浮き輪に乗せて、ボクが水の塔の近くまで引っ張って行ったりと、楽しい時間を過ごす。

　周囲に家臣がいるとなかなか見れない自然な笑顔と、年相応の楽しそうな笑い声。それだけで今日、ここに遊びに来て良かったと思える。今朝まであったイライラが消えていき自然と頰が緩む。

「そうだ、確かこの水の塔は頂上まで登れるんだった。ちょっと行ってこようと思うけど、デシデラータはどうする？」

　水の塔はウォータースライダーなのは聞いてるので、滑ってみたい。けどデシデラータに怖い思いはさせたくないので、頂上から景色でも一緒に眺めようと思って提案したけど、どうも乗り気じゃないみたいだ。

「う～ん……申し訳ございません。流石にこの塔の頂上は……」

　まぁ五十メートルもある塔の上まで登るのは、妊婦にはちょっと辛いか。デシデラータは元々あんまり体力ないし。

「それじゃボクとアルチーナで登ってみるよ。デシデラータはあまり水に浸かってると身体を冷やすから、一度上がって休んでると良いよ」

プールサイドでデシデラータを休ませ、ジャンヌを呼んで温かい飲み物を用意するように頼む。

プールから上がったジャンヌは、濡れたスク水が身体に張り付き、健康的な色気を振りまいている。

一緒に来たアルチーナは……うん、似合ってるぞ、凹凸の無い体型が恐ろしいくらいスク水に似合ってる。

まぁ妹なんかより妻であるジャンヌだ、一瞬見蕩れてしまうくらい可愛くて、今すぐ押し倒したい。くっこれがスク水の魅力、エロ根性だけで遊泳所を造った連中の気持ちが分かってしまった。

何故ボクはもっと早く遊泳所の設営に着手しなかったんだ！　この地方暑い期間が短いからだよ畜生！

「休憩ですか？　それでは四人分用意いたします」

「ボクの分は後で良い、アルチーナの分もな。ちょっと塔の頂上まで登るからその間、デシデラータの傍に居るんだ」

「はい？　私もですか？　いやまぁ良い景色だとは思いますけど」

一緒に休憩するのだと思ってたらしいアルチーナは意外そうだ。

「一人で行っても良いけど、どうせなら兄妹で登ってみるぞ。ジャンヌを連れてっても良いんだけど、お前だとお茶の用意ができないし」

「むぅ……ま、まぁ確かにそうですけど」

渋々と言った感じだけど、特に嫌がってはいなさそうなので、二人でプールの中心、水の塔の階段を登る。多分魔法で造ったんだろうけど、殆ど継ぎ目のない石の階段を作るなんて、魔法に関しては素人のボクでも凄まじい技量だと分かる。

アルチーナも同じ感想のようで、しきりに感心してる。流石としか言いようがない。ただ問題はその凄い技術を嫁さんとイチャイチャする為だけに費やしてることだな。頼めばやってくれるだろうけど、相手はあまり気軽にモノを頼めない勇者である。

長い階段を昇り、塔の頂上に着くと。そこは自分の領地を一望できる素晴らしい光景だった。アルチーナも目を輝かせてその風景に見入っている。

「凄い景色だな、これだけでもこの塔を登った甲斐があるよ」

「まったくですね！　わぁ！　向こうにはお兄様のお屋敷、あっアレは大神殿ですね！　ちょっと遠いですけど向こうの公園で玉蹴りで遊んでるのが見えます」

さて……お茶を用意してるジャンヌに悪いから早く戻るか。登るのは大変でも降りるのは一瞬なのがこの水の塔《ウォータースライダー》だからね。

これがデシデラータかジャンヌだったら、後ろから抱きしめてロマンチックな雰囲気作るんだけど、まぁ所詮妹に気遣いは必要ない。早速この塔に登った目的を果たすか。

「デシデラータとジャンヌが待ってるし、そろそろ降りるぞ」

「はい、お兄様。うふふ今度はクリス様と二人っきりで登ろうっと」

機嫌よく階段に向かうアルチーナだが、油断してるところを羽交い絞めにして、滑り台の降り口まで運ぶ。

「え？　ちょ、ちょっとお兄様？」

「なんで階段で降りようとしているんだ。水の塔の降り口はここだぞ」

五十メートルもある塔の頂上から急斜面を滑り落ちる、っていうかほぼ落下に近い。興味はあったけど、流石に一人ではちょっと怖いので、丁度良い妹《生贄》も道連れだ。

「ま、待ってください、これは浄化した水を流す管ではないですか！　怒られちゃいますよ！」

「なに言ってるんだ、この塔は元々滑り台だぞ。塔の周囲だけ異様に深いのはこれが理由なんだよ」

喚く声も必死の抵抗も無視して滑り落ちる。狭い管の中で妹の悲鳴が響いて耳がちょっと痛い。

木の根のように塔に絡みつく管の内部を猛スピードで滑り落ち、勢いのままに着水。

「ふぅぅ、ちょっと怖かったけど楽しいな。どれもう一回……ん？　アルチーナ？」

途中悲鳴が聞こえなくなったと思ったら、コイツ気絶してやがる。水を飲んでたら危なかったが、呼吸はちゃんとしてるし大丈夫だな。

アルチーナはベンチに寝かせ、タオルを掛けてやればいいか。もう一回滑るのにジャンヌを誘ったけど、アルチーナが気絶したのを見て嫌がったので諦めた。

一人で階段を登ったりするくらいなら、妻二人とお茶でも飲んでる方が良いか。そしてお茶を飲んでる時に気が付いた、あれ？　今の状況理想的じゃね？　邪魔な妹は気絶してるし、妻二人はスク水のままだし。

ふむ、ベッドの中でスク水着せても良いけど、それだと風情が無い、やっぱりスク水はプールとかの水辺でこそ映えるのだ、つまりエッチするには今しかない。

そうと決まれば行動あるのみ、しかし恥ずかしがり屋のデシデラータは屋外でのエッチは嫌がるだろうから……更衣室でエッチだな、それもまた良し。

「デシデラータ、ちょっといいかな？　ジャンヌも付いておいで」

「はい、いかがなされ……きゃっ」

不意打ちでデシデラータをお姫様だっこして、きょとんとしてる隙に着替え用の小屋に連れ込む。ジャンヌも良く分かって無い表情で付いてきた。素直で宜しい。

◆　◆　◆

着替え用の小屋は、外から見ると広そうに見えたけど、お風呂やトイレ、簡易のキッチン、小さめのサウナまであって。更衣室は三人で入ると少々手狭だった。

だが今はそれが好都合。床に胡坐《あぐら》をかいたボクは自分の膝の上にデシデラータを座らせ、いきなりの事に混乱している愛妻にキスをする。そして後ろからおっぱいも揉む。

「あむぅ……んっんっん……」

スク水越しに触れるおっぱいは、妊娠する前よりも大きくなって、今ではボクの手では収まらないほど。

「あぁ可愛いよデシデラータ。君が魅力的過ぎてボクはもう我慢できないんだ」

「ひゃん！　あっあぁ……だめぇカール様。アルチーナ様が目を覚ましたら……」

チラチラと入口の方を気にするデシデラータだが、もう止まらない。アイツだって子供じゃないんだから、夫婦の営みの最中に声をかけたりはしないだろう。

「そんなに気になるのなら……ボクを早くイカせてみなよ。そうすればアルチーナにバレないよ？」

おっぱいを揉む手を下に降ろし、片手で大きくなったお腹を優しく撫でつつ、もう片手は水着の隙間に手を差し込み、少しずつ湿りだしてるオマンコを直接愛撫する。

「あっあぁん……そんなぁ恥ずかしいです」

ボクに背中を預ける形のデシデラータは微かな抵抗なのか手足を動かすのだけど、正直ライオンとウサギくらい体力に差があるのでボクの興奮を煽るだけだ。

「ジャンヌ、デシデラータを気持ち良くさせるんだ」

「は、はい……デシデラータ様ぁ」

座ったボクに背後から抱きしめられてるデシデラータにジャンヌから逃れる術はなく。唇を奪われ、両手を掴まれて微かな抵抗すらできなくなった。

ジャンヌはデシデラータのお腹を押したりはしないように気を付けつつも、自らの胸を押し付けより深くキスを続ける。

「んっ！　ちゅっ、んむっ……はぁ！　あぁジャンヌの唇……柔らかい」

「デシデラータ様こそ……あぁなんてお美しい……」

お互いに擦れあうおっぱいにより、性感が高まったのか、オマンコから溢れる愛液は増えて、もういつでも受け入れられる状態になっている。

ただデシデラータの意識がジャンヌに向いてるのはちょっと面白くないので、お腹を撫でていた手を二人のおっぱいの間に差し込み、デシデラータのすでに充血し大きくなってる乳首を摘まむ。

「ひぅ！　やっ！　あっ！　カール様、そ、そこは……あっあっあぁぁぁぁぁ！」

前後から攻められたデシデラータにはもう成す術もなく、あっという間に高まった官能の前にあっさりと絶頂に達する。脱力したようにボクに背中を預けるデシデラータに優しくキスする。

「はっはっ……はふぅ……もう、カール様ったら悪戯ばかり」

聞き分けの無い子供でも見るかのような、「仕方ないなぁ」とでも言いたげに、優しく微笑むデシデラータ。

彼女もここで終わりとは思っていないようで、身体の向きを変えて、正面から向き合う形になると、その嫋《たお》やかな手でボクのチンポを取り出し自らの秘所に導く。

ボクは彼女の腰に手を添え、もう一度キス。そして同時にトロトロに蕩けたオマンコの膣奥まで昂りきったチンポを押し込んだ。

「ンンンンッ！　あぁっ！　カール様のオチンチンが私の中に！」

「良い！　気持ちいいよデシデラータ！」

少し薄暗い小屋の中、スク水を着たまま抱き合うようにセックスしている。彼女の膣はボクのチンポを柔らかく包み込み、突き上げる度に痺れるような快感に襲われる。

「はぁん、あっあっ！　だめぇカール様、そんなに奥まで、奥まで挿入《い》れられたら、赤ちゃん。私たちの赤ちゃんがびっくりしちゃいます」

「大丈夫だよ、ボク達が沢山愛し合ってるんだって、子供に教えてあげよう」

他家の屋敷なので、必死に声を抑えてるデシデラータが可愛くて、より彼女を求めてしまう。

敏感になってる乳首を口に含み舌先で転がし、同時にお尻に手を添えてより深く、デシデラータの膣の奥までボクのチンポを届かせる。

「んっ！　はぁぁん……す、すごいのぉ、カール様のが凄くて気持ちいいのが止まりません」

彼女の膣から滴る淫蜜は、すでにボクの先走りと混じり床を濡らしている。その事実がボクを更に興奮させる。

「あっあっあぁぁぁぁ！　カール様、カール様ぁ！　私……もう、もうイッちゃいますぅぅ」

「いいぞ、いつでもイクんだ！　ボクも、ボクもイクッ！」

「あっ！　くるぅ！　あっあっんあぁぁぁぁぁぁ！」

デシデラータの身体が震えた瞬間、膣がキュッと締まり、我慢することなく愛する妻に膣内射精《ナカダシ》した。いつもならここで小休止するのだけど、スク水姿の二人が可愛すぎてまだまだ興奮は鎮まらない。

ボクたちの情交を傍で見ていたジャンヌの腰に手を回し唇を奪う。デシデラータに挿入したままだ、美少女二人をこの手に抱く充実感に、射精したばかりのボクの逸物はまた膨れ上がる。

デシデラータの膣内の感触を堪能しながら、ジャンヌと舌を絡めた濃厚なキスを楽しむ。あぁ最高だ、最高に幸せだ。

「んっんむっ……カール様ぁ私も、私もカール様のが欲しいです」

キスだけでは我慢できなくなったらしいジャンヌは、控えめにおねだりしてきた。ふふっお尻を撫でつつも、プールの水とは明らかに違うもので溢れるくらい濡れていた。

「ボクのなにが欲しいんだい？　言ってみなよ、ジャンヌはどこになにが欲しい？」

「あうぅ……カール様のいじめっ子」

何を今更、毎晩デシデラータと二人がかりで、ベッドの中でいじめてる《可愛がってる》じゃないか。

「わ、私にもデシデラータ様みたいに……カール様の、その……おっきなオチンチンを、ジャンヌのオマンコに……い、いれてください」

うんうん、よく言えました。ご褒美に沢山いじめて《可愛がって》あげるからね。

その後は妊娠中のデシデラータには出来ない、激しいセックスで何度もジャンヌをイカせた。

流石にバテてきた頃にアルチーナが起きたらしく、ボク達を探す声が聞こえた。慌ててセックスの名残を消して、なんとか三人でお風呂に入っていたのだと誤魔化したら、世間知らずだからか素直に信じたようだ。

危ない危ない、箱入りのコイツは性臭に気が付かなかったみたいだな。気付かれてたら多分殴られてたよ。

ただディアーネさんには感付かれたみたいで、笑顔でメイティア家特製の超高級匂い消しを勧め《押し売》られ沢山買わされることになった。ううう……綺麗な笑顔だったけど目が笑って無くて怖かった

よぉ。

ボク達夫婦は彼女こそ、勇者以上に怒らせてはいけない人だと思い知らされた。勿論アルチーナは微塵も気づいておらず、単に妻の為に香水を買ったのだと思ってるみたいだった。

トホホ、今日は凄く楽しかったけど、ボクの自由にできる小遣《おこづかい》い予算が殆ど無くなっちゃったよ。くそぉ他人の家のプールでセックスとか非常識な奴は誰だ！　ごめんなさいボクです！

◆　◆　◆

留守番してる皆も連れて来れば良かったかなぁ？　仰向けに浮かびながら空を眺め、そんな事を考えていた。

我が家の遊泳所とは違い、この貸し切り遊泳所は大勢が遊べるようにかなりの広さだ。まして同じ広さの女性専用遊泳所もあるし、大遊泳所は水溜まりの面積だけでも三倍はある。

よくもまぁこんな施設を一週間足らずで造り上げたものだ、人間のエロ根性ってたまに不可能を可能とするんだな。尤も、彼女がいなければもう少し時間はかかっただろうけど。

「トレニア姫、ご機嫌はいかがですか？」

――楽しいの！　ほらクリスもっと速く泳ぐの。むふふ、クッキーを出しなさいなの。

ふんぞり返って俺に命令をするお姫様には逆らわず【収納空間《アイテムボックス》】から取り出したクッキーをトレニアに渡す。

仰向けに浮かんでる俺の胸元に妖精用に作ったクッションを置いて、優雅に……と言うか見よう見まねの偉い人っぽいポーズで寛ぎ、渡したクッキーを満足げに食ってるトレニアは実に楽しそうだ。

なんというかお馬さんならぬ、お舟さん状態。トレニアを胸元に乗せて、この広い遊泳所を何周もしてるのだ。トレニアが水を操るので特に疲れはしないけど、流石に飽きてきたぞ。見ればさっきまで競争してた三人は、水に浮かべたバルーンの上で楽しそうに笑ってる。

うぅう、折角遊びに来てるのに、嫁さん達とイチャイチャできないなんて……けど今日はトレニアを優先しないといけないからなぁ。

――ふふ～ん、何でも言う事聞くって言ったのはクリスなの。今だけは私がクリスを独占なの！

「はいはい、お姫様の仰せのままにいたしますよ」

なんでこんな状況かと言うと、実はこの遊泳所の基礎をあっという間に造り上げたのが、このトレニアだからだ。

街の有志たちがこの遊泳所を造ろうと頑張ってるのを見て、俺も協力を申し出た。資金の提供とか協力者を募るとかだけでも、十分だったのかもしれないけど、『すくみず』に懸ける情熱に共感した俺は工事にも協力を申し出た。

土魔法は苦手なんだが、魔力の総量だけはあるので、単純作業なら役に立てるだろうと、軽い気持ちで工事現場にやってきたのだが……勝手に付いてきたトレニアが、あっという間に設計図通りの遊泳所を造り上げてしまったのだ。

妖精は生まれながらにして自然物を操れる、天然の土魔法の達人。それが俺から（勝手に）魔力を得た事で、広域の地形すら思うがままに造り替えてしまったのだ。

普通では有り得ない巨大な規模の土魔法に、流石は勇者だと周囲は俺を称賛したが、頑張ったのはトレニアだ。彼女の手柄なのだと言おうとしたら彼女に止められた。

曰く、「妻の功績は夫の功績なの」だそうだ。結婚した覚えはないけど、そこには触れず。あまり妖精の事を言い触らすのも良くないとも言われてるので、結局周囲の誤解は解かずに色々とお礼を受け取った。

でもそれじゃ、悪い気がするから、せめて俺が頑張ったトレニアを労わろうという事で、今日はトレニアの言うことを聞く約束をした、そして今に至る。

——むぅ～クリスはあんまり楽しくないの？　ワガママ言いすぎちゃったの？

あ、精神が繋がってるから飽きてるのに気付かれちゃったか。さっきまでふんぞり返ってたけど、申し訳なさそうに俺を見てる。

「浮かんでるだけだとちょっと飽きるけど、トレニアが楽しそうにしてるのを見てるだけで十分だから、気にしなくていいぞ。ほら、他のお菓子も食べるか？」

——ダメなの、クリスも楽しくなきゃデートじゃないの。だからクリスも楽しい事するの。

なにをする気だ？　と言い出す前にトレニアは水を操作して一直線にスライムバルーンまで俺を飛ばす。・・・いきなりだったが、流石にユングフィアとヴィヴィアンは気が付いたようで、俺を受け止めてくれた。

「どうしたんですかクリス様？　トレニアさんの悪戯ですか」

受け止めてくれたユングフィアの巨大な膨らみが後頭部に押し当てられて気持ちがいい。あぁおっぱい枕は最高だ……じゃなくて！

「こら、トレニアいきなりなにを……って！」

トレニアの手でいきなり穿いてるズボンを脱がされてしまった。ついでにユングフィアのおっぱいが気持ちいいので、節操のない我がムスコはぐんぐんと大きく勃ちあがる。

——クリスが楽しい事してあげるの。アルテナとヴィヴィアンにも、クリスを動けなくするように伝えて欲しいの。

俺を動けなくするようにと、俺が伝えるのか？　まぁ妖精は言葉が話せないから仕方ないんだが……まぁいいか、今日はトレニアの言う事を聞く日だし。

「ユングフィアはそのままで、アルテナとヴィヴィアンは俺を動けなくしろって、トレニア様のご命令だとさ」

アルテナはなにがなんだか分かってないみたいだが、とりあえず言われたとおりに俺に抱き付いてきた。逆にヴィヴィアンは大体の事情を察したらしく、悪戯っぽい笑みを浮かべる。

「ふはは〜、クリスさんかくごしろ、わたしたちよにんで、こらしめるぞ〜」

俺に抱きつきつつ、わざとらしい棒読み口調のヴィヴィアンに抵抗する……振りをして、自由に動く両手で左右から抱き付いてくる二人の腰に手を回す。当然ながらその前に特注品でもなお、窮屈そうなユングフィアの水着を上半身だけ脱がし、おっぱいを解放している。

「うわ～うごけないぞ～」

「え？　え？　クリス様これからエッチするのですか？」

突然の事についてこれないユングフィアのおっぱいに頬ずりしつつ、左右の手は二人のお尻を優しく撫でる。

――クリスはこうするのが一番楽しいの。私も頑張るの。クリスが楽しければ私も楽しいの。

そう言って、全裸になり、俺のチンポにその小さな身体を寄せるトレニア。

どこで知識を仕入れたのかは不明だが、チンポの先端を手で撫でるだけでなく、愛おしそうに、本当に大切なモノのようにキスしてくれる。

「んっ、気持ちいいよトレニア……くっうぅ……」

俺の言葉に気を良くしたらしく、キスが激しくなり舌でチンポの奥の奥まで舐めてくる。今まで感じた事のない刺激に、自然と声が出てしまう。そしてその快感に増々チンポは昂る。

――凄い。大きくなっていくの。えへへなの。私クリスが大好きだからなんでもしてあげるの。

その真っ直ぐな好意に気恥ずかしくなり、照れ隠しに妻三人への愛撫を激しくする。三人も反撃するかのようにその身を摺り寄せ、ますます興奮する。

――スリスリするとクリスは嬉しいの？　だったら私もするの。

先端へのキスは止めないまま、その裸体で俺のチンポを強く抱きしめ、身体を上下させてくれる。

ううう……ヤバい気持ちいいぞ。癖になりそう。

小さな身体では疲れる行為らしく、頬は紅潮し、荒い息を吐いている。あんまり長時間させてたらトレニアがヘトヘトになるし、我慢しないで早く射精しよう。

——ンンッ私頑張るの。クリスに喜んで貰うの。好き、好きなの。

チンポの先端を抱え込むような体勢になり、トレニアは自分の股間を擦りつける。その倒錯的なエロさと、微かに彼女の太股を伝う愛液に、堪らず可愛い妖精に俺の精液をぶっかけた。

——あぁ！　凄いの！　とっても熱いの！

俺の精液を全身で浴びたトレニアは疲れ切った様子で寝転がり……幸せそうな表情で寝息を立て始めた。コイツ大分はしゃいでたから体力の限界になったのか？　さて、トレニアは万が一踏まれないように安全な場所に動かして……。

「さて、トレニアばっかり可愛がるのも不公平だし。次はお前たちな」

「うん、手を出されないわけが無いと思ってたから安心したよ」

「泳いで終わりとは思ってなかったので、いつでも受け入れますわ」

「あ、あの……ここではなくせめて屋内では……」

とりあえずユングフィアの提案は無視して、ふっふっふ。さっき耳を引っ張られた仕返しとして、最初はヴィヴィアンを足腰立たなくなるまで可愛がってやる。

爽やかな快晴の下、涼しい風が吹く遊泳所で俺たちは、時間いっぱいまで健康的で生産的な汗を流した。昼飯を食べるのを忘れるくらいエッチに夢中になっていたのはご愛敬である。全ては『すくみず』の魅力が悪いんである。

あとがき

本書を手に取っていただき、先ずは御礼を申し上げます。

皆様に応援していただいたおかげで、こうして本作の第二巻発売と相成りました。

「小説家になろう　ノクターン」にてこうして少しずつ物語を書き進める事ができるのは、偏に皆様の温かいお言葉や厳しいご指摘があっての事。これからも是非よろしくお願い申し上げます。

まぁそれはそれとして、今回書籍化に伴い色々追加しましたが、つい浪漫が溢れて書きすぎたのに、エピソードを削らずに増ページしてもらって、本当に編集さんありがとうございます。

正直スク水の為に尺を取りすぎました。特に反省はしてませんが、ありがとうと言わせてください。ナイスバディな美少女のスクール水着は良いものです。サイズが合わずに食い込んでると更にイイですね。

合法ロリっ娘のスク水も最高ですね。二次元にしかいませんが。いないものは仕方がないので、こうしてエロラノベで想像、ってか妄想しましょう。そうすれば幸せになれると信じます。

ロリっ娘の水着姿は見れないことも無いですが、ガン見してたら通報されるご時世ですので、二次元で楽しむとしましょう。

幸いイラストレーターの池咲ミサさんの挿絵はエロくてとてもイイ感じですからね。色々変な指定をしてしまって、申し訳ありません。なお、三巻（予定）ではさらに変な指定をするつもりなのでよろしくお願いします。

こうして多くの人達に助けられ（迷惑をかけ？）て、無事二巻を発売できたこと。この本を読んでくれた皆さんにも、改めてお礼を言わせてください。

さて、次巻では今回新登場したフェノリーゼ＆トレニアのエッチシーンを、編集さんに怒られない程度に書き加え。ついでに更なるエロ妄想も加えるとしましょう。お話が壊れない程度に。

KiNG novels

キングノベルス
闇属性《やみぞくせい》の魔法使《まほうつか》いだが、なぜか勇者《ゆうしゃ》になってしまった 2
～それはともかく嫁《よめ》にいい暮《く》らしをさせるために頑張《がんば》って
成《な》り上《あ》がろうと思う～

2016年 12月27日 初版第1刷 発行

■著　　者　サンマグロシホタテ
■イラスト　池咲ミサ

本書は「ノクターンノベルズ」(http://noc.syosetu.com/)に掲載されたものを、
改稿の上、書籍化しました。
「ノクターンノベルズ」は、「株式会社ナイトランタン」の登録商標です。

発行人：久保田裕
発行元：株式会社パラダイム
〒166-0011
東京都杉並区梅里2-40-19
ワールドビル202
TEL 03-5306-6921

印 刷 所：中央精版印刷株式会社

KN020

闇属性の魔法使いだが、
なぜか勇者になってしまった
～それはともかく
嫁にいい暮らしをさせるために
頑張って
成り上がろうと思う～
1
テメーの女を
幸せにするのが
男の甲斐性だ!!
キングノベルス09
サンマグロシホタテ 著
池咲ミサ 画
定価 1200円+税
KiNG novels